软件职业技术学院"十一五"规划教材

SQL Server 2005 数据库实践教程
——开发与设计篇

主　编　钱　哨　张继红　陈小全

副主编　周晓红　朱继顺　胡宝莲　李挥剑

U0141036

中国水利水电出版社
www.waterpub.com.cn

内 容 提 要

本书针对计算机软件技术和开发专业的教学特点，坚持实用技术和实际案例相结合的原则，注重操作能力和实践技能的培养，以案例与核心知识讲解为主线，详尽介绍了 SQL Server 2005 编程及设计、规划、开发所需要的基本理论知识和高级应用。全书共 8 章。包括关系数据库标准语言 SQL，T-SQL 程序设计基础，事务处理、并发控制及数据库优化，管理触发器与存储过程，SQL Server 2005 XML 开发，.NET Framework 集成与 Service Broker 开发等。

为完善本书的课堂内、外授课效果，本书还编写了配套的课后小结、作业及实训练习内容。为完整地体现 SQL Server 2005 的课程体系，同时出版了《SQL Server 2005 数据库实践教程——管理与维护篇》，主要论述数据库管理与日常维护的内容。

本书实用性和操作性并重，且充分考虑到当下网络管理专业学生的特点和社会需求，注重学生实践能力的培养。本书不仅适高等院校计算机应用与开发、网络管理、信息管理、电子商务、软件技术等各专业的教学；也可作为软件从业人员在职培训以及 IT 人士提高应用技能与技术的教材；对于广大 SQL Server 2005 数据库自学者也是一本有益的读物。

本书配有电子教案文件、学习资料及源代码，读者可以到中国水利水电出版社网站或万水书苑免费下载，网址：http://www.waterpub.com.cn/softdown/或 http://www.wsbookshow.com。

图书在版编目（C I P）数据

SQL Server 2005数据库实践教程. 开发与设计篇 /
钱哨，张继红，陈小全主编. -- 北京 ：中国水利水电出
版社，2010.5
软件职业技术学院"十一五"规划教材
ISBN 978-7-5084-7464-9

Ⅰ. ①S… Ⅱ. ①钱… ②张… ③陈… Ⅲ. ①关系数
据库－数据库管理系统，SQL Server 2005－高等学校：技
术学校－教学参考资料 Ⅳ. ①TP311.138

中国版本图书馆CIP数据核字(2010)第077305号

策划编辑：石永锋　　责任编辑：李炎　　封面设计：李 佳

书　　名	软件职业技术学院"十一五"规划教材 SQL Server 2005 数据库实践教程——开发与设计篇
作　　者	主 编 钱 哨 张继红 陈小全 副主编 周晓红 朱继顺 胡宝莲 李挥剑
出版发行	中国水利水电出版社 （北京市海淀区玉渊潭南路 1 号 D 座　100038） 网址：www.waterpub.com.cn E-mail：mchannel@263.net（万水） 　　　　sales@waterpub.com.cn 电话：（010）68367658（营销中心）、82562819（万水）
经　　售	全国各地新华书店和相关出版物销售网点
排　　版	北京万水电子信息有限公司
印　　刷	北京市天竺颖华印刷厂
规　　格	184mm×260mm　16 开本　17 印张　418 千字
版　　次	2010 年 5 月第 1 版　2010 年 5 月第 1 次印刷
印　　数	0001—3000 册
定　　价	29.00 元

凡购买我社图书，如有缺页、倒页、脱页的，本社营销中心负责调换

序

　　随着信息技术的广泛应用和互联网的迅猛发展，以信息产业发展水平为主要特征的综合国力竞争日趋激烈，软件产业作为信息产业的核心和国民经济信息化的基础，越来越受到世界各国的高度重视。中国加入世贸组织后，必须以积极的姿态，在更大范围和更深程度上参与国际合作和竞争。在这种形势下，摆在我们面前的突出问题是人才短缺，计算机应用与软件技术专业领域技能型人才的缺乏尤为突出，无论是数量还是质量，都远不能适应国内软件产业的发展和信息化建设的需要。因此，深化教育教学改革，推动高等职业教育与培训的全面发展，大力提高教学质量，是迫在眉睫的重要任务。

　　2000 年 6 月，国务院发布《鼓励软件产业和集成电路产业发展的若干政策》，明确提出鼓励资金、人才等资源投向软件产业，并要求教育部门根据市场需求进一步扩大软件人才培养规模，依托高等学校、科研院所，建立一批软件人才培养基地。2002 年 9 月，国务院办公厅转发了国务院信息化工作办公室制定的《振兴软件产业行动纲要》，该《纲要》明确提出要改善软件人才结构，大规模培养软件初级编程人员，满足软件工业化生产的需要。教育部也于 2001 年 12 月在 35 所大学启动了示范性软件学院的建设工作，并于 2003 年 11 月启动了试办示范性软件职业技术学院的建设工作。

　　示范性软件职业技术学院的建设目标是：经过几年努力，建设一批能够培养大量具有竞争能力的实用型软件职业技术人才的基地，面向就业、产学结合，为我国专科层次软件职业技术人才培养起到示范作用，并以此推动高等职业技术教育人才培养体系与管理体制和运行机制的改革。要达到这个目标，建立一套适合软件职业技术学院人才培养模式的教材体系显得尤为重要。

　　高职高专的教材建设已经走过了几个发展阶段，由最开始本科教材的压缩到加大实践性教学环节的比重，再到强调实践性教学环节，但是学生在学习时还是反映存在理论与实践的结合问题。为此，中国水利水电出版社在经过深入调查研究后，组织了一批长期工作在高职高专教学一线的老师，编写了这套"软件职业技术学院'十一五'规划教材"，本套教材采用项目驱动的方法来编写，即全书所有章节都以实例作引导来说明各知识点，各章实例之间并不是孤立的，每个实例都可以作为最终项目的一个组成部分；每一章章末还配有实习实训（或叫实验），这些实训组合起来是一个完整的项目。

　　采用这种方式编写的图书与市场上同类教材相比更具优越性，学生不仅仅学到了知识点，还通过项目将这些知识点连成一条线，开拓了思路，掌握了知识，达到了面向岗位的职业教育培训目标。

　　本套教材的主要特点有：

　　（1）课程主辅分明——重点突出，教学内容实用。

　　（2）内容衔接合理——完全按项目运作所需的知识体系结构设置。

（3）突出实习实训——重在培养学生的专业能力和实践能力，力求缩短人才与企业间的磨合期。

（4）教材配套齐全——本套教材不仅包括教学用书，还包括实习实训材料、教学课件等，使用方便。

本套教材适用于广大计算机专业和非计算机专业的大中专院校的学生学习，也可作为有志于学习计算机软件技术与开发的工程技术人员的参考教材。

编委会

2006 年 7 月

前　　言

本书面向的读者

本书源于计算机及应用软件教学第一线教师多年的随堂讲义和授课心得,面向 SQL Server 2005 的初、中级用户,全面系统地介绍了 SQL Server 2005 的编程开发特点、SQL Server 2005 数据库需求分析与规划设计流程知识和具体的应用案例。全书由浅入深,层层深入地讲解了 SQL Server 2005 管理信息系统软件,从 SQL 的基础知识,到高级编程设计开发的具体知识,每章不仅有配套的电子讲义,还有配套的学习资料与源代码。

本书以教师课堂实际授课案例为主线,融合关系型数据库理论和 T-SQL 编程开发设计理念于其中,不仅适合于希望了解并深入学习 SQL Server 2005 的读者,也适合于作为 SQL Server 2005 培训的专业教材。

本书的组织结构

为了配合"SQL Server 2005 数据库开发与设计"课程的教学工作,体现本教材的编写特色,更好地为读者服务,编写了本书。主要内容有三个部分:

第一部分是学习指南(书籍内容),包括了课程性质与任务、课程内容和要求、教学建议、教学时间分配。

第二部分是书籍正文(书籍内容),教师可以在课堂演示的基础上,布置学生根据教材的案例,完成上机实践操作。同时,在每章后面都有课后作业和考核要点内容,重点章节还包括有实训内容,教师可以布置学生在课余完成有关作业和实训工作。

第三部分是电子教案(网上资源),采用 PowerPoint 课件形式。教师可以根据不同的教学要求按需选取和重新组合。

第四部分是参考资料(网上资源),教师每讲授一章都有辅助的文献资料,这些资料都是互联网上很多工作在软件开发一线的 SQL Server 2005 编程开发者心血的结晶,对扩展学生眼界、拓展学生课余知识起到很好的辅助效果。

本书由钱哨、张继红、陈小全任主编,周晓红、朱继顺、胡宝莲、李挥剑任副主编。全书由钱哨老师统稿,最后由朱继顺、胡宝莲老师进行修改并定稿。参加本书编写的还有夏永恒,鲁一力,何文,张传立,潘静虹,黄少波,王满师、潘静虹,李继哲等老师。本书的出版还凝聚了很多学习本课程学生的帮助:邓南洲,傅凯铮,李小龙,施正,陈昌,李晓云,陈昌明,林辉,他们在校稿、策划、预读、资料收集整理、课件制作等方面也做了很多工作,在此一并表示感谢。应该特别指出的是,本书的顺利出版,与中国水利水电出版社的大力支持是分不开的,在此深表谢意。

限于编者水平有限,书中难免有错误或不妥之处,请读者给予批评指正。欢迎到作者博客讨论和下载资料:http://qianshao.blog.51cto.com/。

编者
2010 年 3 月

目 录

《SQL Server 2005 数据库实践教程

——开发与设计篇》学习指南

一、课程的性质与任务

SQL Server 2005 是微软历时多年打造的数据库管理系统软件，作为业界著名的数据库产品，与 SQL Server 2000 有很大的区别，但又保持着千丝万缕的联系。因为 SQL Server 2005 数据库产品的内容纷繁复杂，既需要阐述清楚 SQL Server 2005 与数据库理论之间的关联，又需要介绍该数据库产品的开发和规划设计，还需要说清 SQL Server 2005 安装配置和管理，显然在一本教材之中很难将所有的 SQL Server 2005 的知识体系囊括其中，因此编者在教材设计的时候特意将《SQL Server 2005 数据库实践教程》分成"管理与维护篇"和"开发与设计篇"，分别适合于网络管理专业和软件开发专业。当然从知识体系上说，如果可以双书合一就是更加完整的 SQL Server 2005 数据库知识体系了。

本书的课程性质是高等院校计算机类专业的一门主干专业课，是一本数据库编程与开发、规划及设计性质的书籍，主要任务是介绍 SQL Server 2005 数据库产品通过 T-SQL 进行的编程开发，基于.NET Framework 的集成，以及 Service Broker 的开发，数据库需求分析与规划等知识，努力打通 C#应用开发与 SQL Server 2005 数据库之间的瓶颈，从一定程度上提高学生的数据库编程技能和素质，为适应软件研发中数据库编程开发的职业岗位需要和进一步学习打下一定的基础。本课程的教学目标是使学生能运用所学的 SQL Server 2005 编程技术，根据实际需要完成在一定网络环境下的数据库编程开发与数据库规划设计工作。

二、预备知识

在学习本课程之前，最好已经学习过以下课程：

1）程序设计语言，能够用 C#进行简单的程序设计，了解程序设计的基本知识，掌握几种基本的程序结构（顺序结构、选择结构、循环结构）。

2）掌握数据库系统概论知识，可以通过 E-R 图对数据库系统进行设计，掌握数据库的范式标准和好的数据库的设计原则，掌握数据库完整性概念，掌握数据库设计的基本过程和理论，掌握基本的 SQL 设计能力。

3）掌握 Windows 服务器操作系统的配置和网络管理。

4）已经在.NET Framework 环境下学习过 C#语言，并可以进行 C# Winform 应用程序开发或者 ASP.NET 基于 Web 环境下的软件系统研发。为 SQL Server 2005 在.NET Framework 环境下的配置管理和开发工作奠定一定的基础。

三、学习提要

1. 教学内容及学时安排

单元	教学主讲内容和教学要求	学时	学时分配	
			理论	实践
第 1 章 关系数据库标准语言 SQL	（1）了解 SQL 的含义以及发展历程、语言的特点。 （2）掌握数据库文件的种类及数据库文件的命名方式，掌握数据文件页和区的概念。 （3）掌握数据库文件的类型，可以较熟练地在管理平台下建立数据库文件和文件组，通过 SQL 语句建立和修改数据库文件及日志文件，通过 SQL 语句对数据库的文件进行收缩。 （4）掌握通过 SQL 语句创建基本表，特别是完成关系逻辑模式的设计，对主键和外键关联性的定义；熟悉 SQLServer 的主要数据类型。 （5）掌握通过 SQL 语句修改基本表的模式结构以及通过 SQL 删除基本表。 （6）学习索引的基本概念和特性。 （7）掌握堆、聚集索引、非聚集索引、唯一性索引的内涵，建立与删除索引的 SQL 语句，获取及优化索引信息的方法。 （8）熟练掌握插入操作（insert），删除操作（delete），更新操作（update）的基本 SQL 语句。 （9）熟练掌握 SQL 查询的更名，取值重复行，条件查询，集函数与分组查询；熟练设计多表连接查询，单表的自身连接查询以及多表嵌套查询；掌握 SQL86 与 SQL92 语法的异同点，掌握 SQL86 与 SQL92 实现内连接查询、左外连接和右外连接查询；了解 SQL 交叉与无限制连接查询，SQL 集合并与交的查询，关系整除的 SQL 查询方法，近似除与关系整除的查询以及全称谓词查询。 （10）掌握建立和删除视图的 SQL 语句，特别是参数 WITH CHECK OPTION 的使用特点	12	6	6
第 2 章 T-SQL 程序设计基础	（11）了解 T-SQL 代码的基本格式及注释方式，学习 T-SQL 语法的全局变量与局部变量，了解 T-SQL 的临时表和全局表，掌握 T-SQL 的运算符号有哪些？ （12）熟练掌握 T-SQL 的基本语法格式，包括：IF…ELSE 条件语句，WHILE…CONTINUE…BREAK 循环语句，CASE 多条件分支语句，GOTO 跳转语句，Try…Catch 错误与异常处理语句。重点掌握循环语句和异常处理语句，特别是学习防止死循环的技巧。 （13）学习系统函数、行集函数和 Ranking 函数；重点掌握字符串函数、日期时间函数和数学函数的使用参数以及使用技巧。 （14）重点掌握用户定义的标量函数以及自定义函数的执行方法，掌握用户定义的内嵌表值函数以及与用户定义的标量函数的主要区别。 （15）了解游标的基本概念及特点，学会使用游标的基本步骤；掌握两个系统全局变量：@@cursor_rows 和@@FETCH_STATUS 在定义游标中的作用，掌握在游标中使用 FETCH 获取游标技术，掌握 FETCH 语句使用过程中的移动关键字；掌握如何使用游标修改或删除数据；了解如何使用递归游标遍历树算法解决家族树的问题，了解改进的非游标查询策略。 （16）了解什么是全文索引，全文索引和普通索引的区别是什么；熟练掌握配置全文索引服务，了解配置全文索引服务异常处理办法；熟练掌握通过 CONTAINS 及 FREETEXT 谓词进行查询的技巧，并可以区分二者之间的差异；了解全文索引中降噪词的作用	12	6	6

续表

单元	教学主讲内容和教学要求	学时	学时分配	
			理论	实践
第 3 章　事务处理，并发控制及数据库优化	（17）掌握事务的四个基本特性，分别可以阐述各个特性的内涵。 （18）了解事务的类型包括哪些内容。 （19）掌握事务处理的四种基本语句和具体的应用。 （20）了解如何编写有效的事务。 （21）数据库并发控制的概念。 （22）了解锁的四种不同模式及内涵。 （23）学习查看锁的基本信息，了解死锁及处理机制。 （24）了解数据库引擎优化顾问，并掌握数据库索引优化的基本步骤，掌握通过命令行的方式进行索引的优化 DTA	6	4	2
第 4 章　管理触发器与存储过程	（25）了解存储过程的基本特点及优势。 （26）重点学习如何创建存储过程，学习如何建立及执行存储过程的基本语法结构；特别是掌握存储过程输入参数赋值的两个方法，即根据参数名称给输入参数赋值和根据参数定义时的顺序赋值。 （27）掌握存储过程返回参数读取的方法，并学会熟练开发各种存储过程。 （28）了解触发器基本概念以及 SQL Server 2005 两大类触发器：DML 触发器和 DDL 触发器。 （29）掌握创建触发器基本语法规则。 （30）掌握如何通过触发器确保数据的完整性，学习修改、查看和删除触发器及语法规则	12	6	6
第 5 章　SQL Server 2005 XML 开发	（31）理解 XML 数据类型。 （32）掌握 XML 数据类型的用法。 （33）理解非类型化 XML 数据类型。 （34）掌握类型化 XML 数据类型具体用法。 （35）理解 XML 架构。 （36）理解 XML 数据类型查询方法。 （37）灵活使用 XML 数据类型 5 种查询方法。 （38）理解 FOR XML 子句。 （39）掌握发布 XML 数据方法。 （40）通过 XML 的开发实训，熟练掌握 XML 架构设计的过程。 （41）通过 XML 查询方法实训，熟悉并掌握 XML 的查询方法	8	4	4
第 6 章　.NET Framework 集成与 Service Broker 开发	（42）了解.NET Framework。 （43）掌握数据库对象开发方法。 （44）理解数据库对象部署和应用方法。 （45）了解 Service Broker 技术概念。 （46）理解 Service Broker 体系结构。 （47）掌握 Service Broker 应用	6	3	3
第 7 章　数据库需求分析与规划设计	（48）了解数据库设计的要点。 （49）掌握事实发现技术，基本步骤及完成数据库需求分析实例。 （50）了解 PowerDesigner 基本的特性和发展历程，其主要功能和应用范围以及主要模块。 （51）掌握通过 PowerDesigner 建立概念数据模型，认识其中的实体对象的属性、值域以及关键字，特别掌握实体之间关系的设计方法。 （52）掌握通过 PowerDesigner 建立物理数据模型，掌握配置 PDM 图的全过程。 （53）掌握将物理模型导入到数据库应用软件中的基本技术。 （54）掌握生成数据库报告的基本技术	6	3	3

单元	教学主讲内容和教学要求	学时	学时分配	
			理论	实践
第 8 章 SQL Server 2005 综合应用开发	（55）CLR 应用背景与 SQL Server 2005。 （56）CLR 开发基于 SQL Server 2005 的存储过程。 （57）学习建立数据库访问层 DataBase.cs 文件。 （58）多控件的数据库信息综合处理；实现数据库插、查、删、改四项基本操作。 （59）用户表现层代码和数据访问层代码之间的互访；ADO.NET 基本对象的操作及彼此之间的逻辑关联。 （60）Connection 对象连接 SQL Server 数据库的方法。 （61）通过综合控件实现对数据库的插、查、删、改操作。 （62）数据集对象 DataSet 与 DataReader 的使用。 （63）通过数据库操控层文件的调用，增强代码的低耦合，提高编码效率	机动	机动	机动
第 8 章 SQL Server 2005 综合应用开发	（64）以多种方式实现下拉列表的数据联动效果。 （65）基于 DataGridView 控件的增、删、查、改数据操作。 （66）DataGridView 控件与菜单等其他控件的组合应用。 （67）多窗体的数据传值。 （68）菜单技术在实际项目中的应用。 （69）通过数据库操控层文件的调用，增强代码的低耦合，提高编码效率。 （70）根据数据库中的动态数据，使 DataGridView 控件每行呈现不同颜色。 （71）通过快捷菜单操作 DataGridView 控件中的每行数据	机动	机动	机动

2. 难点内容

本课程的难点内容是第 1 章的通过 SQL 语句创建关系逻辑模式的设计，对主键和外键关联性的定义；熟练掌握 SQL 查询的单表的自身连接查询以及多表嵌套查询；掌握 SQL86 与 SQL92 语法的异同点，掌握 SQL86 与 SQL92 实现内连接查询、左外连接和右外连接查询；关系整除的 SQL 查询方法，近似除与关系整除的查询以及全称谓词查询；掌握视图参数 WITH CHECK OPTION 的使用特点。

第 2 章：T-SQL 的 Try…Catch 错误与异常处理语句。重点掌握循环语句和异常处理语句，特别是学习防止死循环的技巧。重点掌握字符串函数、日期时间函数和数学函数的使用参数以及使用技巧。重点掌握用户定义的标量函数以及自定义函数的执行方法，掌握用户定义的内嵌表值函数以及与用户定义的标量函数的主要区别。掌握两个系统全局变量：@@cursor_rows 和@@FETCH_STATUS 在定义游标中的作用，掌握在游标中使用 FETCH 获取游标技术，掌握 FETCH 语句使用过程中的移动关键字；掌握如何使用游标修改或删除数据。

第 3 章：掌握事务处理的四种基本语句和具体的应用；掌握数据库索引优化的基本步骤，掌握通过命令行的方式进行索引的优化 DTA。

第 4 章：如何创建存储过程，特别是掌握存储过程输入参数赋值的两个方法，掌握存储过程返回参数读取的方法，并学会熟练开发各种存储过程。掌握如何通过触发器确保数据的完整性。

第 5 章：XML 架构及 XML 数据类型查询方法；灵活使用 XML 数据类型 5 种查询方法；理解 FOR XML 子句；掌握发布 XML 数据方法。

第 6 章：理解 Service Broker 体系结构；掌握 Service Broker 应用。

第 7 章：掌握通过 PowerDesigner 建立概念数据模型，掌握实体之间关系的设计方法；掌握通过 PowerDesigner 建立物理数据模型，掌握配置 PDM 图的全过程。

第 8 章：SQL Server 2005 与 C# Winform 联合开发的融合。

四、教学建议

1. 教学时间分配

总学时	62
理论课	32
教师演示+学生上机实例	30
机动（可增加）	12

2. 课程设计及作业

每章学习后都有作业，请教师要求学生课后完成。重点章节有实训内容，根据课堂教学进度情况，可随需安排学生在机房进行实训，也可以安排在期末进行考核。

3. 考核方式及评分办法

本课程考核成绩由平时考核、期末考试及实训环节组成，分数比例为：

A 平时考核：30%，包括考勤 20%，平时表现与作业 10%。

B 期末考试：50%，是指闭卷考试成绩。

C 实训考核：20%，包括实训报告和实训结果等。

课程考核总成绩=A×30%+B×50%+C×20%

4. 教学条件

机房教学，学生人手一台计算机（能运行 Windows 2003 操作系统和 Visual Studio 2005 以上版本以及 SQL Server 2005 数据库管理系统）。机房需具有电脑投影设备以便于教师操作演示。

第 1 章 关系数据库标准语言 SQL

本章内容

- SQL 概述
- 通过 SQL 管理数据库文件
- SQL 与建立关系型数据表
- 索引技术
- 数据更新（包括数据的插入、删除和修改）
- 数据综合查询技术
- 视图技术
- 关系数据库与 SQL 实训

1-1 SQL 概述

学习目标

- 了解 SQL 的由来
- 了解 SQL 对关系数据库模式的支持
- 掌握 SQL 的特点
- 学习物理数据库文件和文件组
- 学习数据文件页和区
- 掌握数据库文件的命名规则

1-1-1 SQL 的由来

SQL（Structured Query Language，结构化查询化语言）是一个通用的、功能极强的关系数据库操作语言。1974 年由 Boyce 和 Chamberlin 提出，首先在 IBM 公司的关系数据库系统 System R 上实现；1986 年 10 月 ANSI（美国国家标准学会）的数据库委员会批准了 SQL 作为关系数据库语言的美国标准；1987 年 ISO（国际标准化组织）也通过了这一标准。目前的大中型数据库基本都支持于 1992 年发布的 SQL-92 标准。作为国际标准的非过程化计算机语言，SQL 的标准化经历了以下几个阶段：

1）SQL86 标准：建立了数据库语言 SQL 的基本规范标准。

2）SQL89 标准：具有完整性增强的数据库语言 SQL，增加了对完整性约束的支持。

3）SQL92 标准：是 SQL89 的超集，增加了许多新特性，如新的数据类型，更丰富的数据操作，更强的完整性、安全性支持等。

4）SQL3 标准：正在讨论中的新的标准，将增加对面向对象模型的支持。

小知识：

- ANSI（American National Standard Institute）

ANSI 成立于 1918 年，原名是美国工程标准委员会（American Engineering Standards Committee，AESC），1928 年改名为美国标准协会（American Standards Association，ASA），1966 年改名为美国标准学会（American Standards Institute，ASI），1969 年正式改为美国国家标准学会（American National Standards Institute，ANSI）。

美国国家标准学会是非赢利性质的民间标准化组织，是美国国家标准化活动的中心。许多美国标准化学会的标准制定都同它进行联合，ANSI 批准该标准成为美国国家标准，但它本身不制定标准，标准是由相应的标准化团体和技术团体及行业协会自愿将标准送交给 ANSI 批准的组织来制定，同时 ANSI 起到了联邦政府和民间的标准系统之间的协调作用，指导全国标准化活动。ANSI 遵循自愿性、公开性、透明性、协商一致性的原则，采用 3 种方式制定、审批 ANSI 标准。

- ISO（International Organization for Standardization，国际标准化组织）

ISO 于 1947 年 2 月 23 日正式成立，总部设在瑞士的日内瓦。它是一个全球性的非政府组织，是国际标准化领域中一个十分重要的组织。ISO 的任务是促进全球范围内的标准化及其有关活动，以利于国际间产品与服务的交流，以及在知识、科学、技术和经济活动中发展国际间的相互合作。它显示了强大的生命力，吸引了越来越多的国家参与其活动。许多国家的标准化组织如美国国家标准学会（ANSI）等都参与到 ISO 的标准建立过程。其组织机构包括全体大会、主要官员、成员团体、通信成员、捐助成员、政策发展委员会、理事会、ISO 中央秘书处、特别咨询组、技术管理局、标样委员会、技术咨询组、技术委员会等。

1-1-2　SQL 对关系数据库模式的支持

关系数据库的模式分为模式、内模式和外模式，也被称为三级模式结构。其中模式为数据库的全局逻辑结构，包括数据库表之间的关系和基本表的属性关系定义以及键的规定等，在 SQL 中一般表现为基本表的定义以及基本表彼此的逻辑映射关系；外模式也被称为应用模式，是为具体用户提供的查询视图，一般来自于基本表衍生的虚表，通过 SQL 的查询语句产生；内模式为数据库的存储模式，对应于基本表所依附的数据存储文件。如图 1-1 所示为 SQL 对关系数据库模式的支持。

1-1-3　SQL 的特点

作为结构化的查询语言，SQL 的特点主要表现为：

- 面向集合操作，一次针对一个集合进行查询。
- 高度非过程化，用户只需提出"做什么"，无须告诉"怎么做"，不必了解存取路径。

- 集数据定义、数据查询和数据控制功能于一体。
- 统一语法结构的两种使用方式，简单易学。

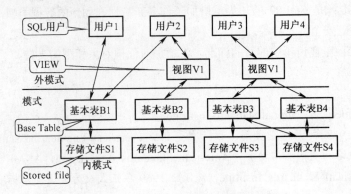

图 1-1 SQL 对关系数据库模式的支持

在进行 SQL 编写过程中，其语言书写需要注意以下事项：

- 大小写不敏感。
- SQL 语句中出现的所有单双引号、逗号、分号必须为半角字符。
- 字符常量要用引号引起。
- 数字常量不用加引号。
- 不同关系数据库软件中，命令可能有差异，以该软件命令手册为准。

SQL 语言的主要操作语法类型包括：数据查询语言、数据定义语言、数据操纵语言和数据控制语言。这些语言的操作符如表 1-1 所示。

表 1-1 SQL 功能操作符

SQL 功能	操作符
数据查询	SELECT
数据定义	CREATE、ALTER、DROP
数据操纵	INSERT、UPDATE、DELETE
数据控制	GRANT、REVOKE

1-1-4 物理数据库文件和文件组

SQL Server 2005 将数据库映射为一组操作系统文件。数据和日志信息从不混合在相同的文件中，而且各文件仅在一个数据库中使用。文件组是命名的文件集合，用于帮助数据布局和管理任务，例如备份和还原操作。

1. 数据库文件

SQL Server 2005 数据库具有三种类型的文件，分别是主数据文件、辅助数据文件和日志文件，如表 1-2 所示。

（1）主数据文件

主数据文件是数据库的起点，指向数据库中的其他文件。每个数据库都有一个主数据文件。主数据文件的推荐文件扩展名是.mdf。

（2）辅助数据文件

除主数据文件以外的所有其他数据文件都是辅助数据文件。某些数据库可能不含有任何辅助数据文件，而有些数据库则含有多个辅助数据文件。辅助数据文件的推荐文件扩展名是.ndf。

（3）日志文件

日志文件包含着用于恢复数据库的所有日志信息。每个数据库必须至少有一个日志文件，当然也可以有多个。日志文件的推荐文件扩展名是.ldf。SQL Server 2005 不强制使用.mdf、.ndf 和.ldf 文件扩展名，但使用它们有助于标识文件的类型和用途。

表 1-2　SQL Server 2005 数据库的三种类型的文件

文件	说明
主数据文件	主数据文件包含数据库的启动信息，并指向数据库中的其他文件。用户数据和对象可存储在此文件中，也可以存储在辅助数据文件中。每个数据库有一个主数据文件。主数据文件的建议文件扩展名是 .mdf
辅助数据文件	辅助数据文件是可选的，由用户定义并存储用户数据。通过将每个文件放在不同的磁盘驱动器上，辅助数据文件可用于将数据分散到多个磁盘上。另外，如果数据库超过了单个 Windows 文件的最大大小，可以使用辅助数据文件，这样数据库就能继续增长。辅助数据文件的建议文件扩展名是.ndf
日志文件	日志文件保存用于恢复数据库的日志信息。每个数据库必须至少有一个日志文件。日志文件的建议扩展名是.ldf

2．数据库文件的命名

SQL Server 2005 文件有两种命名的方式。

（1）逻辑文件名

是在所有 Transact-SQL 语句中引用物理文件时所使用的名称。逻辑文件名必须符合 SQL Server 标识符规则，而且在数据库中的逻辑文件名必须是唯一的。

（2）物理文件名

是包括目录路径的物理文件名。它必须符合操作系统文件命名规则。图 1-2 显示了在默认 SQL Server 2005 实例上创建的数据库的逻辑文件名和物理文件名示例。

3．数据文件页和区

SQL Server 2005 数据文件中的页按顺序编号，文件的首页以 0 开始。数据库中的每个文件都有一个唯一的文件 ID 号。若要唯一标识数据库中的页，需要同时使用文件 ID 和页码。图 1-3 显示了包含 4MB 主数据文件和 1MB 辅助数据文件的数据库中的页码。

每个文件的第一页是一个包含有关文件属性信息的文件的首页。在文件开始处的其他几页也包含系统信息（如分配映射）。有一个存储在主数据文件和第一个日志文件中的系统页是包含数据库属性信息的数据库引导页。

SQL Server 中数据存储的基本单位是页。为数据库中的数据文件（.mdf 或 .ndf）分配的磁盘空间可以从逻辑上划分成页（从 0 到 n 连续编号）。磁盘 I/O 操作在页级执行。也就是说，SQL Server 读取或写入所有数据页。

区是八个物理上连续的页的集合，用来有效地管理页。所有页都存储在区中。

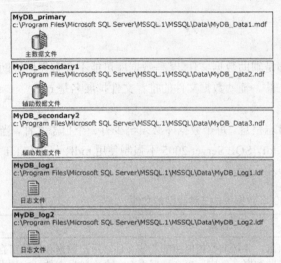

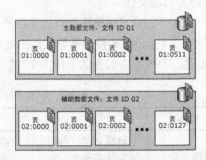

图 1-2   逻辑文件名和物理文件名示例图   图 1-3   主数据文件和辅助数据文件存储方式

（1）页

在 SQL Server 中，页的大小为 8 KB。这意味着 SQL Server 数据库中每 MB 有 128 页。每页的开头是 96 字节的标头，用于存储有关页的系统信息。此信息包括页码、页类型、页的可用空间以及拥有该页的对象的分配单元 ID。

注意：日志文件不包含页，而是包含一系列日志记录。在数据页上，数据行紧接着标头按顺序放置，如图 1-4 所示。页的末尾是行偏移表，对于页中的每一行，行偏移表都包含一个条目。每个条目记录对应行的第一个字节与页首的距离。行偏移表中的条目的顺序与页中行的顺序相反。

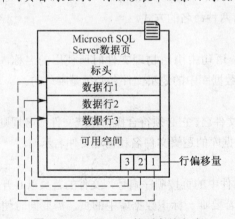

图 1-4   SQL Server 的页存储方式

（2）区

区是管理空间的基本单位。一个区是 8 个物理上连续的页（即 64KB）。这意味着 SQL Server 数据库中每 MB 有 16 个区。为了使空间分配更有效，SQL Server 不会将所有区分配给包含少量数据的表。SQL Server 有两种类型的区：

● 统一区，由单个对象所有。区中的 8 页只能由所属对象使用。

● 混合区，最多可由 8 个对象共享。区中每页可由不同的对象所有，如图 1-5 所示。

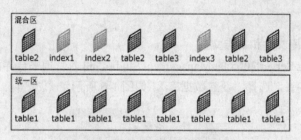

图 1-5　统一区和混合区的页分配

通常从混合区向新表或索引分配页。当表或索引增长到 8 页时，将变成使用统一区进行后续分配。如果对现有表创建索引，并且该表包含的行足以在索引中生成 8 页，则对该索引的所有分配都使用统一区进行。

4．文件大小

SQL Server 2005 文件可以从它们最初指定的大小开始自动增长。在定义文件时，可以指定一个特定的增量。每次填充文件时，其大小均按此增量来增长。如果文件组中有多个文件，则它们在所有文件被填满之前不会自动增长。填满后，这些文件会循环增长。

每个文件还可以指定一个最大大小。如果没有指定最大大小，文件可以一直增长到用完磁盘上的所有可用空间。如果 SQL Server 作为数据库嵌入某应用程序，而该应用程序的用户无法迅速与系统管理员联系，则此功能就特别有用。用户可以使文件根据需要自动增长，以减轻监视数据库中的可用空间和手动分配额外空间的管理负担。

1-2　管理数据库文件

学习目标

- 掌握数据库文件的类型，学习在管理平台下建立数据库文件和文件组
- 掌握数据库文件及日志文件的建立操纵语句
- 掌握对数据库文件的修改技术及操纵语句
- 掌握数据库的收缩技术及操纵语句

1-2-1　数据库文件及文件组

每个 SQL Server 2005 数据库至少具有两个操作系统文件：一个数据文件和一个日志文件。数据文件包含数据和对象，如表、索引、存储过程和视图。日志文件包含恢复数据库中的所有事务所需的信息。为了便于分配和管理，可以将数据文件集合起来，放到文件组中。

1．在图形化管理平台下建立数据库文件

这是最简便快捷的一种方式，下面我们通过一个小实例说明如何在图形化管理平台下建立数据库文件。

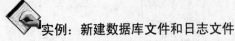

实例：新建数据库文件和日志文件

第一步：启动 SQL Server 2005 的 Management Studio，进入管理平台界面。在对象资源管理器中右击"数据库"文件夹，选择"新建数据库"，如图 1-6 所示。

图 1-6　新建数据库

第二步：在弹出的"新建数据库"对话框中，首先输入数据库名称，该名称被称为是逻辑文件名的命名；其次会在数据库文件工作区域出现两个默认文件，这两个文件的命名被称为是物理文件名的命名，后缀名分别是 mdf（主数据文件）和 ldf（日志文件），如图 1-7 所示。这两个文件分别可以通过设置进行数据库文件配置，包括文件的初始化大小，自动增长率配置，文件存储路径。当然，用户还可以建立新的数据库文件（辅助数据文件），后缀名为 ndf，以及日志文件，后缀名是 ldf。

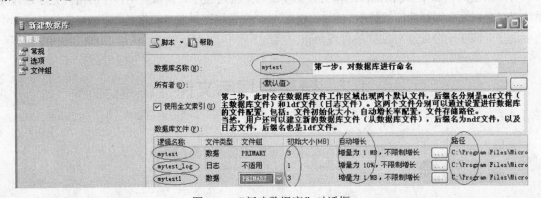

图 1-7　"新建数据库"对话框

2．文件组

每个数据库有一个主要文件组。此文件组包含主数据文件和未放入其他文件组的所有辅助数据文件。可以创建用户定义的文件组，用于将数据文件集中起来，以便于管理、数据分配和放置。

例如，可以分别在三个磁盘驱动器上创建三个文件 Data1.ndf、Data2.ndf 和 Data3.ndf，将它们分配给文件组 fgroup1。然后，可以明确地在文件组 fgroup1 上创建一个表。对表中数据的查询将分散到三个磁盘上，从而提高了性能。通过使用在 RAID（独立磁盘冗余阵列）条带集上创建的单个文件也能获得同样的性能提高。表 1-3 列出了主文件组和用户定义文件组以及默认文件组的差异。

如果在数据库中创建对象时没有指定对象所属的文件组，对象将被分配给默认文件组。不管何时，只能将一个文件组指定为默认文件组。默认文件组中的文件必须足够大，能够容纳未分配给其他文件组的所有新对象。如图 1-8 所示，如果 PRIMARY 文件组是默认文件组，则需要在默认值上打勾，这样任何新存储的文件信息只能够被保存在 PRIMARY 文件组中，而不能够被保存在 test_1

文件组，除非用脚本指定存放在 test_1 文件组。

表 1-3 主文件组和用户定义文件组的差异

文件组	说明
主文件组	包含主数据文件的文件组。所有系统表都被分配到主要文件组中
用户定义文件组	该文件组是用 CREATE DATABASE 或 ALTER DATABASE 语句中的 FILEGROUP 关键字，或在 SQL Server 企业管理器内的"属性"对话框上指定的任何文件组
默认文件组	在每个数据库中，每次只能有一个文件组是默认文件组。如果没有指定默认文件组，则默认文件组是主文件组

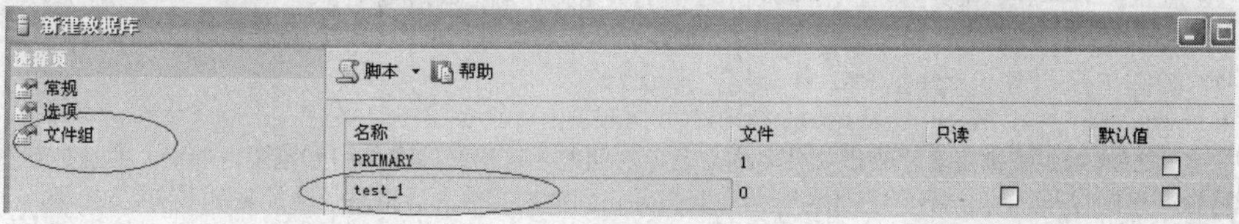

图 1-8 创建默认文件组

1-2-2 数据库的建立与撤消

数据库的建立是指在数据库服务器上建立数据库的物理文件，建立一个新数据库的基本语法处是：create database 数据库名。

撤消数据库是对数据库物理文件的删除过程，因此首先必须保证当前数据库并未在使用中，而是处于脱机工作的状态。撤消数据库的基本语法是：drop database 数据库名。

下面我们通过一个小实例来说明，如何建立一个数据库和删除一个数据库。

实例：创建 MyDB 数据库

第一步：按照图 1-9 的要求，建立一个主数据文件（大小 4M，命名为 MyDB_Prm.mdf）和一个日志文件（大小 1M，命名为 MyDB.ldf），存放的路径都在 C:\Program Files\Microsoft SQL Server\MSSQL.1\MSSQL\Data 目录下面；再建立两个辅助数据文件（大小 1M，命名为 MyDB_FG1_1.ndf 和 MyDB_FG1_2.ndf），路径相同。

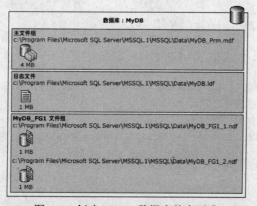

图 1-9 创建 MyDB 数据库基本要求

第二步：启动 SQL Server 2005 的 Management Studio，进入管理平台界面，在新建的查询界面中键入下面的代码：

```
USE master;
--调用主数据库master，任何用户自定义数据库文件的创建都是在master数据库下完成的。
GO
--结束批处理
--在默认文件组中建立日志文件和数据库文件，特别注意对主数据文件的增长率和最大字节数的规定
CREATE DATABASE  MyDB
ON
--ON语句的出现表示下面的代码是建立数据文件，并且下面建立的文件将存储在主文件组之中。
PRIMARY  (--如果出现PRIMARY则表示下面的数据文件为主数据文件
NAME='MyDB_Primary',   -- NAME关键字表示逻辑文件名的命名，注意结束时以逗号结尾
FILENAME='c:\Program Files\
Microsoft SQL Server\MSSQL.1\MSSQL\data\MyDB_Prm.mdf',
    -- FILENAME关键字表示物理文件名的命名，后面的字符串必须在单引号范围内书写，并且是存在的
物理路径，建议打开Windows的资源管理器，直接寻找到物理文件夹后将路径地址复制下来比较保险。
SIZE=4MB, -- 默认的初始值大小为4兆
MAXSIZE=10MB,   -- 文件最大增长到10兆即停止存储
FILEGROWTH=1MB  -- 文件增长率是按照兆字节进行增长，每次增长1兆
--注意这是建立数据库文件MyDB_Primary的最后一句话，因此结尾处没有逗号。),
--注意此处括号后仍然有逗号，表示将继续建立数据文件
FILEGROUP MyDB_FG1
--如果出现有FILEGROUP则表示将下列创建的数据文件保存到文件组MyDB_FG1中，
--而不是默认的主文件组之中，如果不出现FILEGROUP关键字，则直接存储在默认的主文件组之中。
( NAME = 'MyDB_FG1_Dat1',
 FILENAME = 'c:\Program Files\
             Microsoft SQL Server\MSSQL.1\MSSQL\data\MyDB_FG1_1.ndf',
SIZE = 1MB,
MAXSIZE=10MB,
FILEGROWTH=1MB),
--注意此处用逗号区分下一个数据文件的建立从此开始，也被存储在文件组MyDB_FG1中
( NAME = 'MyDB_FG1_Dat2',
FILENAME =  'c:\Program Files\
             Microsoft SQL Server\MSSQL.1\MSSQL\data\MyDB_FG1_2.ndf',
SIZE = 1MB,
MAXSIZE=10MB,
FILEGROWTH=1MB)

LOG ON
-- LOG ON语句的出现表示下面的代码是建立日志文件，日志文件没有主从之分。
( NAME='MyDB_log',
FILENAME = 'c:\Program Files\
             Microsoft SQL Server\MSSQL.1\MSSQL\data\MyDB.ldf',
SIZE=1MB,
MAXSIZE=10MB,
FILEGROWTH=1MB);
GO
```

1-2-3　数据库的修改

数据库的修改是指针对于已经建立的数据库文件或者日志文件进行后期的修改过程，修改数据库的基本语法是：

```
ALTER DATABASE database
/需要修改的数据库/
{ ADD FILE < filespec > [ ,...n ] [ TO FILEGROUP filegroup_name ]
/指定要添加的文件以及将要添加到的文件组/
| ADD LOG FILE < filespec > [ ,...n ]
/添加的日志文件名称以及路径/
| REMOVE FILE logical_file_name
/从数据库文件中删除物理文件，注意：必须在文件中数据为空的时候才可以/
| ADD FILEGROUP filegroup_name
/指定将要添加的文件组/
| REMOVE FILEGROUP filegroup_name
/指定将要删除的文件组信息，注意：必须是在文件组为空的时候才可以/
```

实例：向数据库 sales 中添加一个含有两个数据库文件和两个 5M 的日志文件的文件组

第一步：启动 SQL Server 2005 的 Management Studio，进入管理平台界面后，单击工具栏中的第一项"新建查询"。

第二步：在打开的"新建查询"界面中，键入下面代码并执行：

```
Use master
Go
Alter database sales add filegroup salesgroup
--修改数据库 sales，增加文件组 salesgroup
Go
--下面是修改数据库 sales，增加一个数据库文件 sales1_data
Alter database sales
add file
(name=sales1_data,
--逻辑文件名是 sales1_data
filename='E:\Program Files\Microsoft SQL Server\MSSQL\Data\sales1data.ndf',
--物理文件名是 sales1data.ndf，此处必须用单引号将具体的物理路径和文件括住，同时需注意文件名的后缀是 ndf。建议直接复制资源管理器的路径，避免出错。
size=5,
--初始化大小为 5MB，此处在数字后面是否加 MB 都可以
maxsize=50,   --文件最大是 50MB
filegrowth=5%  --文件增长率是 5%),
--此处仅仅建立了一个数据文件，下面增加另一个数据文件 sales3_data，其他内容与上面相同
(name=sales3_data,
filename='E:\Program Files\Microsoft SQL Server\MSSQL\Data\sales3_data.ndf',
size=5,
maxsize=50,
```

```
filegrowth=5)
To filegroup salesgroup
--将上面两个数据文件保存到新建的文件组 salesgroup 中，结束数据文件的添加工作，如果不写该
句代码，则直接保存至默认文件组中。
--下面，再次修改数据库 sales，但此次仅仅修改该数据库的日志文件。
Alter database sales
Add log file  --添加日志文件
(name=saleslog2,
filename='E:\Program Files\Microsoft SQL Server\MSSQL\Data\saleslog2.ldf',
--日志文件的后缀是 ldf
size=5,
maxsize=50,
filegrowth=5),
--添加日志文件 saleslog2.ldf 完毕，具体含义与数据文件一致，下面再添加另一个日志文件
saleslog3.ldf
(name=saleslog3,
filename='E:\Program Files\Microsoft SQL Server\MSSQL\Data\saleslog3.ldf',
size=5,
maxsize=50,
filegrowth=5)
--结束日志文件的添加工作，日志文件是没有工作组的概念的
```

问题：在新建数据文件和日志文件时，按兆字节增长和按百分比增长应当在什么情况下使用？各有什么好处？

数据库服务器的存储首先被存储到内部寄存器当中，当达到一定的字节量时一次性的反写磁盘，进行磁盘数据存储。因此，如果确定当前的应用系统是小型应用系统，则每次存储的数据量不大，可以考虑按照百分比增长；但是如果是大型应用系统，每次存储的数据量较大，则建议使用兆字节增长。总之，为了避免存储在内部寄存器中数据的意外丢失，以最小数据量写磁盘为最佳。故而我们在创建数据文件和日志文件时多采用系统默认的形式，即不随便指定文件的增长率为好。

1-2-4　数据库的收缩

数据库在使用一段时间后，会产生一些磁盘碎片的空间，这是由于频繁的删除和插入数据造成的。数据库的收缩就是将这些产生的碎片空间进行重新整合，从而优化数据磁盘组合，进而提高查询效率的过程。在收缩数据库时，将创建一个新的数据库文件，重新组织表页以使其驻留在相邻的数据库页中，并通过将所有数据库数据都重写到新的数据库页中来回收未使用的空间。

实例 1：通过资源管理器收缩数据库

第一步：鼠标右键单击 school，在展开的菜单中，选择"任务"→"收缩"→"数据库"，如图 1-10 所示。

第二步：在打开的"收缩数据库"窗口中配置当前的分配空间和可用空间，如图 1-11 所示。

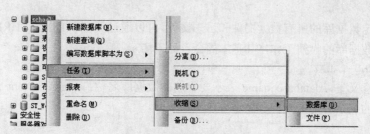

图 1-10　选择收缩数据库

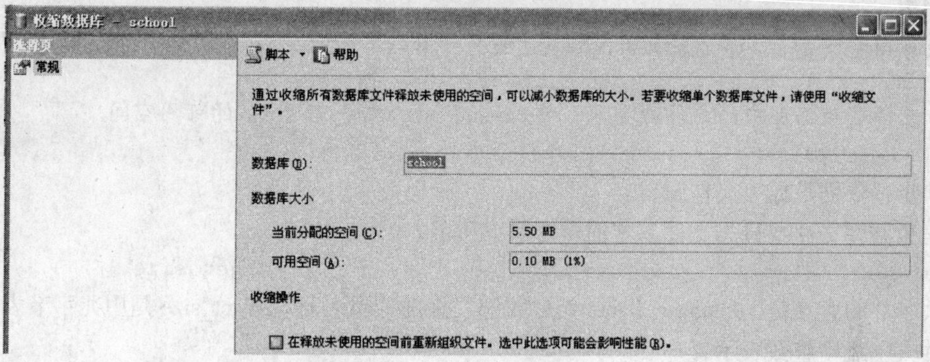

图 1-11　"收缩数据库"窗口

第三步：也可以收缩单个的数据库文件，如图 1-12 所示。通过配置界面，我们可以选择收缩的文件是数据库文件还是日志文件，以及具体的收缩操作。

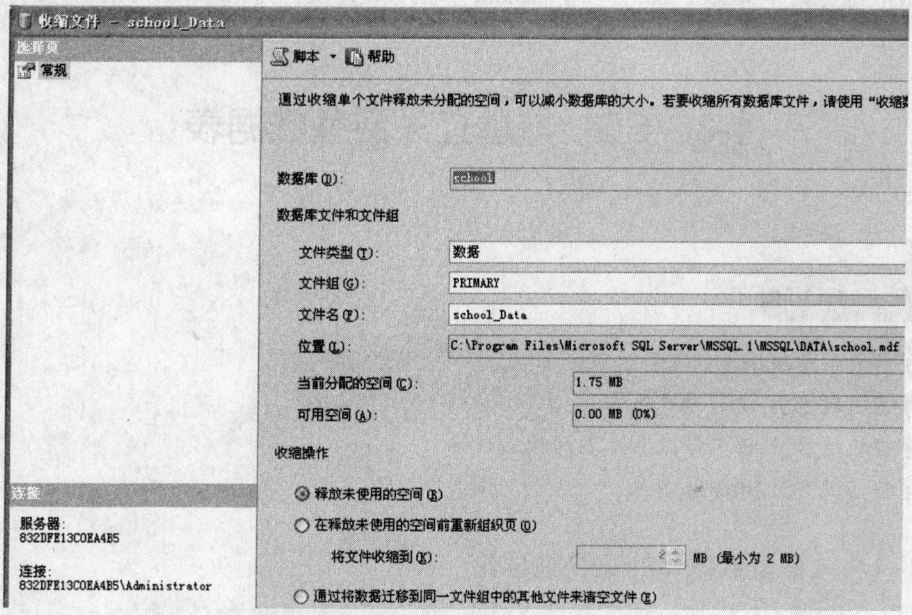

图 1-12　选择收缩数据库的具体文件

实例 2：通过命令行收缩数据库实例

第一步：收缩数据库

若要收缩特定数据库的所有数据文件和日志文件,可以通过关键字 DBCC SHRINKDATABASE 来完成并实现对数据库的收缩工作, 其基本的命令如下所示:

```
DBCC SHRINKDATABASE    ( database_name [ , target_percent ] )
```

相关参数的意义是, database_name 表示要收缩的数据库名称; target_percent 是指收缩后的数据库文件中所要的剩余可用空间百分比。

 问题:假设有数据库文件, 大小为 60M, 收缩比为 25%, 请问可用空间是多少?

假设可用空间是 x, 那么基本的代数表达式为: $\dfrac{x}{60-x}$=25%, 因此可用空间为 12M。

例如: 请将数据库中的文件减小, 以使 school 中的文件有 10% 的可用空间。

```
DBCC SHRINKDATABASE (school, 10)
```

第二步: 收缩数据库文件或日志文件

收缩数据库文件或日志文件基本的命令如下所示:

```
DBCC SHRINKFILE ( { file_name | file_id } { [ , target_size ]} )
```

相关参数的意义是: database_name 是已收缩文件的逻辑名称, target_size 是用兆字节表示的所要的文件大小 (用整数表示)。

在进行数据库文件收缩时, 需要注意的事项包括以下两点:

● 如果已用空间超过目标文件的时候, 就仅仅释放掉原来未使用的磁盘空间。

● 文件改大可以, 改小不可以。

例如: 收缩数据库 school_data, 以使 school 中的数据库文件为 128M 的可用空间。

```
dbcc SHRINKFILE (school_data, 128)
```

1-3 SQL 与建立关系型数据表

学习目标

● 了解关系型数据库的完整性理论
● 掌握通过 SQL 语句创建基本表
● 掌握通过 SQL 语句修改基本表的模式结构
● 掌握通过 SQL 删除基本表

1-3-1 关系型数据库的完整性理论

SQL (Structured Query Language, 结构化查询语言) 是一个通用性的数据库操纵、定义语言, 被普遍使用在信息系统的应用中。SQL 的数据定义语句首先是针对基本表、视图和索引的创建、删除和修改, 具体如表 1-4 所示。

表 1-4　SQL 的数据定义语句

操作对象	操作方法		
	创建	删除	修改
表	CREATE TABLE	DROP TABLE	ALTER TABLE
视图	CREATE VIEW	DROP VIEW	
索引	CREATE INDEX	DROP INDEX	

SQL 在建立基本表信息的时候，必须按照关系型数据库完整性理论建立基本表，该理论包括：实体完整性、参照完整性和用户定义完整性。具体内容包括：

1. 实体完整性

即主键的非空性原则，如果主键为空则意味着这条元组不知道或者无意义。

2. 参照完整性

要求外键的填写或者为空，表示尚无规定的信息与此条主键信息对应；如果非空，则填充的外键信息必须出自父表的主键信息集合。

3. 用户定义完整性

由用户根据具体的信息逻辑所定义的信息填充方案，如性别只能够是男或者女。

1-3-2　由一个案例所见到的关系数据理论

1. 基本表情况说明

这里给出一个学校数据库的三个基本表，用来在以后的实例中说明 SQL 语句的各种用法。

（1）学生表：student(Sno,Sname,Ssex,birthday,class)

student 由学号(Sno)、姓名(Sname)、性别(Ssex)、生日(birthday)、班级(class)五个属性组成，其中 Sno 为主键，如表 1-5 所示。

表 1-5　student 基本表

Sno	Sname	Ssex	Birthday	Class
103	李勇	男	1982-3-4	95031
105	刘晨	女	1983-5-8	95031
107	王明	女	1983-12-21	95033
109	赵明棋	男	1982-11-4	95033
110	张惠	女	1982-9-26	95033

（2）课程表：course(Cno,Cname,Cpno,Ccredit,tno)

course 由课程号(Cno)、课程名(Cname)、先修课号(Cpno)、学分(Ccredit)、任课教师号(tno)五个属性组成，其中 Cno 为主键，如表 1-6 所示。

（3）学生选课表：SC(Sno,Cno,Grade)

SC 由学号(Sno)、课程号(Cno)、成绩(Grade)三个属性组成，主键为(Sno,Cno)，如表 1-7 所示。

表 1-6 Course 基本表

Cno	Cname	Cpno	Ccredit	Tno
322	数据库	166	4	804
343	数学		2	
105	信息系统	322	4	825
245	操作系统	166	3	835
166	数据结构	888	4	804
324	数据处理	166	2	856
888	C 语言	343	4	856

（4）教师表：teacher(tno,name,sex,prof,depart,salary)

teacher 由教师号(tno)、教师名(name)、性别(sex)、职称(prof)、部门(depart)、薪酬(salary)六个属性组成，主键为(tno)，如表 1-8 所示。

表 1-7 SC 基本

Sno	Cno	Grade
103	322	92
103	343	85
105	105	93
105	245	63
107	166	78

表 1-8 Teacher 基本表

Tno	Name	Sex	Birthday	Prof	Depart	Salary
804	李诚	男	1958-12-2	副教授	计算机系	3400
825	王萍	女	1972-5-5	助教	计算机系	1230
835	刘冰	女	1977-8-14	助教	电子工程系	1142
856	张旭	男	1969-3-12	讲师	电子工程系	2450

实例：可视化状态下建立基本表实例

第一步：启动 SQL Server 2005 的 Management Studio，进入管理平台界面后，右击对象资源管理器中的数据库，选择“新建数据库”后，新建数据库 school。

第二步：在对象资源管理器中用鼠标右键单击新建数据库 school，在弹出的快捷菜单中选择“新建表”，如图 1-13 所示。

第三步：按照基本表说明内容依次建立四张基本表，需要说明的是针对每一张基本表需要认真规定每个属性的名称和数据类型，如图 1-14 所示。另外对于主键以及外键的设计必须按照数据库概念设计模型进行规划设计后才可以实施，具体设计的方法和步骤见第 7 章。

school
数据库关系图
新建表(N)...
筛选器(L)
报表
刷新(F)
视

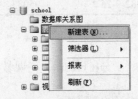

图 1-13 新建基本表

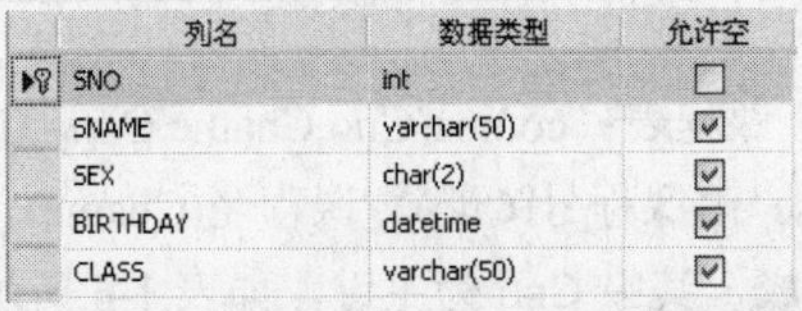

列名
数据类型
允许空
SNO
int
SNAME
varchar(50)
SEX
char(2)
BIRTHDAY
datetime
CLASS
varchar(50)

图 1-14 定义基本表的属性名称和数据类型

第四步：在对象资源管理器 school 数据库的树型结构中找到“数据库关系图”项，用鼠标右键单击后，于弹出的快捷菜单中选择"新建数据库关系图"，如图 1-15 所示。

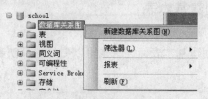

图 1-15　新建数据库关系图

第五步：在弹出的"添加表"对话框中将全部的表都选中，单击"添加"按钮后，将全部表添加到新建关系图之中，如图 1-16 所示。

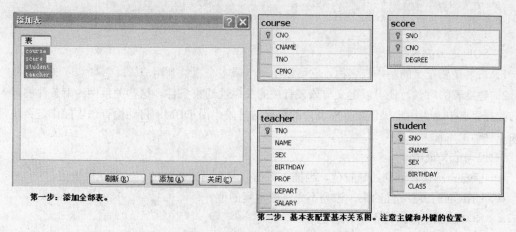

图 1-16　添加基本表和基本关系图

第六步：在基本关系图中，单击某张表的外键，将之拖至父表的主键上，从而建立起主、外键的关联。需要特别说明的是对于基本表 course，由于 cpno 是先修课程号码，必须来自 course 表中的 cno 主键集合，因此 cpno 属于单表自映射的主外键关系，如图 1-17 所示。在建立完该关系图后，即可以将具体数据录入数据表之中。

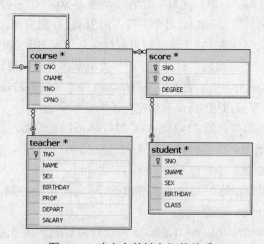

图 1-17　建立主外键之间的关系

1-3-3　通过 SQL 创建基本表

通过 SQL 可以更便捷地创建基本表，同时也可以更好地反映数据库完整性的思维方式。建立基本表语句格式如下：

```
create table  表名(
列名  数据类型 [default 缺省值] [not null][ UNIQUE]
[,列名 数据类型 [default 缺省值] [not null]]
……
[,primary key(列名 [,列名] …)]
[,foreign key (列名 [,列名] …) references  表名 (列名 [,列名] …)]
[,check(条件)])
```

1. SQL 建立基本表注意事项

1）表名是要定义的基本表名称，它可以由一个或多个属性列组成。

2）建立表的时候，还可以定义与该表有关的关系性约束条件，这些关系性约束条件被存入系统的数据字典中。当用户操作数据库表内的数据的时候，由 DBMS 自动检查该项操作是否违背这些关系性约束条件。

3）语句定义说明：

● Default：设置该列的缺省值，当插入数据，没有指定该列的值时默认取该值。

● UNIQUE：唯一性约束，该列不允许取重复的值。

● NOT NULL：该列不允许取空值。

● Primary Key：主键约束。

● Foreign key（本表中的外键引用对应主表中的主键）：外键约束。

● CHECK：用户自定义的约束条件，根据实际需要而定。

2. SQL Server 2005 的主要数据类型

SQL Server 2005 的基本数据类型包括：

● char(n)：固定长度的字符串，此数据类型可存储 1~8000 个字符，字符串长度在创建时指定；如未指定，默认为 char(1)，每个字符占用 1byte 存储空间。

● varchar(n)：可变长字符串（由于该类型可根据实际录入的数据字节量存储，因此在一定程度上较 char 要节省磁盘空间，故对于字符串类型数据建议使用该种类型）。此数据类型可存储最大值为 8000 个字符的可变长字符串。可变长字符串的最大长度在创建时指定，如 varchar(50)，每个字符占用 1byte 存储空间。

● int：整数，此数据类型存储 -2147483648~2147483647 的整数，占用 4bytes 存储空间。

● smallint：小整数类型，此数据类型存储 -32768~32767 的整数，占用 2bytes 存储空间。

● numeric(p,d)：定点数，小数点左边 p 位，右边 d 位。

● float(n)：此数据类型存储 1~53 的可变精度的浮点值，n 为 1~24，占用 4bytes 存储空间；n 为 25~53，占用 8bytes 存储空间。

● real：此数据类型存储 -3.40E-38~-1.18E-38 的负数和 1.18E+38~3.40E+38 的正数，占用 4bytes 存储空间。

● datetime：此数据类型存储从 1753 年 1 月 1 日到 9999 年 12 月 31 日的日期，占用 8bytes

存储空间。

- smalldatetime：此数据类型存储从 1900 年 1 月 1 日到 2079 年 6 月 6 日的日期，占用 4btyes 存储空间。

- time：时间（小时、分、秒）。

- money：此数据类型存储-922337203685477.5808~922337203685477.5807 的货币值，精确到小数点后 4 位，占用 8bytes 存储空间。

- binary：此数据类型存储 1~8000 个字符的二进制数据，其指定长度即为占用的存储空间。

实例：建立基本表的 SQL 实例

--例 1：建立基本表 student

```
CREATE TABLE Student
(Sno varchar (5) NOT NULL UNIQUE,
/*Sno 取值唯一,不许取空值*/
Sname varchar (20) UNIQUE,
Ssex char(1),
Sage INT,
Sdept varchar (15));
```

--例 2：建立基本表 sc

```
CREATE TABLE SC
(Sno varchar (5) NOT NULL UNIQUE,
Cno varchar (4) default '1', /*cno 默认值为 1*/
GRADE Smallint,
Primary Key(Sno,Cno),
Foreign Key (sno) References student(sno),
/*Sno 为当前表的外键,对应于 student 表的主键*/
Foreign Key (Cno) References Course(Cno),
Check(Grade between 0 AND 100));
/*grade 成绩属性在 0～100 之间,用户定义完整性*/
```

--例 3：建立基本表 student

```
CREATE   TABLE   STUDENT
(SNO varchar(4),
 SNAME  varchar (8)  NOT NULL,
 SAGE   Smallint,
 SSEX   varchar (1),
 sdept varchar (8),
 PRIMARY KEY (SNO),           /*Sno 为当前表的主键*/
 CHECK (SEX=0 OR  SEX=1));   /*Sex 只能够取 0 或者 1,用户定义完整性*/
```

--例 4：建立基本表 course

```
CREATE   TABLE   COURSE
(CNO  varchar (4),
 CNAME varchar (10)  NOT NULL,
 CPNO  varchar (4),
 CCREDIT  SMALLINT, PRIMARY KEY(cno));
```

1-3-4　SQL 修改基本表关系结构

建立完基本表后，由于关系数据库的模式设计需要，或者项目逻辑关系的变化，经常需要进行基本表逻辑关系的修改。修改基本表的语法如下：

```
alter  table  表名
    [add <新列名> <数据类型> [完整性约束]]     --这里可以增加新的属性
    [drop <完整性约束名>]      --删除列
    [alter column <列名> <数据类型>]   --修改列属性
```

注意：增加完整性约束可以使用 Add Constraint 数据库中约束名称 [完整性约束条件]，如果是用户定义完整性约束可以使用 check()语句。

实例：修改基本表的 SQL 实例

--例 1：向 student 表中增加"入学时间"列，其数据类型为日期型
```
ALTER TABLE Student ADD Scome datetime;
```
--例 2：将年龄的数据类型改为短整型，需注意的是修改原有的列可能会破坏已有的数据
```
Alter table student alter column sage smallint;
```
--例 3：重新设定 student 的主键是 sno
```
ALTER TABLE Student ADD PRIMARY KEY(Sno);
```
--例 4：去除掉 sage 列
```
ALTER TABLE Student drop column sage;
```
--例 5：给教师表增加一项"教研室号码"，int 类型，并且不可以大于 20
```
Alter table teacher
Add  教研室号码 int  Constraint  fk1 check(教研室号码<20)
```
--例 6：将刚才的教研室号码约束删掉后再将教研室号码删掉
```
Alter table teacher drop fk1
Alter table teacher drop column  教研室号码
```
--例 7：更改一条外键的约束
```
Alter table sc add constraint fk3 foreign key(sno) references  student(sno)
```
--例 8：删除一个属性列
```
CREATE TABLE doc_exb (column_a INT, column_b VARCHAR(20) NULL)
ALTER TABLE doc_exb  DROP COLUMN column_b  /*删除列*/
```

1-3-5　SQL 删除基本表

删除基本表的 SQL 语法比较简单，基本格式为：DROP TABLE <表名>。例如删除学生表 student 使用 DROP TABLE Student 即可。

注意：

● 删除基本表后，基本表的定义、表中数据、索引都将被删除。

● Drop Table 不能够去除由 foreign key 约束引用的表，因此必须先去除引用的 foreign key 约束条件。

问题：对关系型数据库系统而言，删除基本表的顺序是先删除父表还是先删除子表呢？

父表是主键所在表，子表是外键所在表，根据参照完整性规则，外键必须受制于主键集合的约束，添加信息或者为空，或者必须出自主键集合。如果先删除父表，则外键将无所依靠，必将产生错误。因此对关系型数据库系统而言，删除基本表的顺序是先删除子表，再删除父表。

1-4 索引

学习目标

- 学习索引的基本概念和特性
- 掌握堆、聚集索引、非聚集索引、唯一性索引的内涵
- 学习建立与删除索引的 SQL 语句
- 掌握获取及优化索引信息的方法

1-4-1 索引概述

SQL Server 访问数据库的方式有两种：一种是扫描表的所有页，称之为"表扫描"，另一种是使用索引技术。当进行表扫描的时候，必须对整张表数据信息进行遍历查询，效率较慢，而通过索引可以提高查询的效率，如图 1-18 所示。

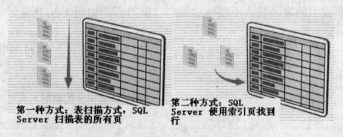

第一种方式：表扫描方式，SQL Server 扫描表的所有页

第二种方式：SQL Server 使用索引页找到行

图 1-18 两种不同的检索方式

用户对数据库进行最频繁的操作就是数据查询。一般情况下数据库进行查询时需要对整张表进行数据搜索，当表中数据信息量相当大的时候就需要很长的时间。这就造成了服务器资源的浪费，为了提高检索数据的能力，数据库需要引进索引的概念和机制，我们可以将数据库看成是一本书，而索引文件就是这本书的目录。

索引的引入具有以下几个特性：

1）索引是一个单独的、物理的数据结构，它是某个表中一列或者若干列值的集合和相应的指向表中物理标示这些值的数据列的逻辑清单。

2）索引是依赖表建立的，它提供了数据库中排列表中数据的内部方法。

3）一个表中的存储是由两部分组成的，一部分用来存储表的数据页面，另一部分用来存储索

引页面。索引就放置在索引页面上，通常索引页面相对于数据页面小得多，当进行数据检索时，系统先进行索引页面搜索，从中找到数据的指针，再通过数据指针从数据页面中寻找数据，具体表述如图 1-19 所示。

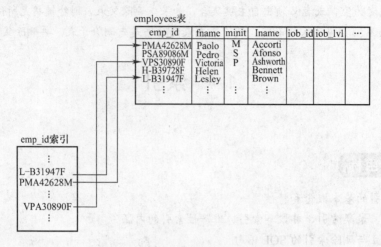

图 1-19   基本表和索引之间的关系

1-4-2　SQL Server 2005 索引基本概念

SQL Server 2005 索引基本概念有四种：堆、聚集索引、非聚集索引、唯一性索引。

1. 堆

堆就是数据的堆积，本质为全表遍历查询，很显然这种方式的检索效率是非常低的。其主要特点是，首先没有聚集索引的表，其次不按特定顺序存储的页，如图 1-20 所示。

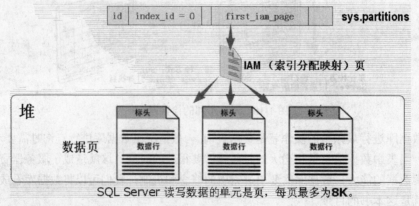

图 1-20   堆示意

2. 聚集索引（Clustered Index）

根据索引的顺序与数据表的物理顺序是否相同，可以把索引分成两种类型：聚集索引与非聚集索引。聚集索引是指数据表的物理顺序和索引表的顺序相同，它根据表中的一列或多列的值排列记录。每一个表只能有一个聚集索引，因为一个表的记录只能以一种物理顺序存放，在通常情况下，使用的都是聚集索引。

聚集索引有利于范围搜索，由于聚集索引的顺序与数据行存放的物理顺序相同，因此，聚集索引最适合于范围搜索，因为相邻的行将被物理地存放在相同或相邻的页面上。

（1）创建聚集索引的几个注意事项

● 每张表只能有一个聚集索引。

● 由于聚集索引改变表的物理顺序，所以应先建聚集索引，后建非聚集索引。

● 创建索引所需的空间来自用户数据库，而不是 TEMPDB 数据库。

● 主键是聚集索引的良好候选者。

（2）不使用聚集索引的场合

● 数据项频繁进行更改的情况。

● 索引键为宽键（两个或以上属性共同构成键）的情况。

3．非聚集索引（Nonclustered Index）

非聚集索引旨在提高聚集索引没有覆盖的常用查询的性能。如果你的表已经建立了聚集索引，并且希望检索非键值属性列，那么你就别无选择，只能够建立非聚集索引，以提高查询效率。

对于非聚集索引，表的物理顺序与索引顺序不同，即表的数据并不是按照索引列排序的。索引是有序的，而表中的数据是无序的。一个表可以同时存在聚集索引和非聚集索引，而且一个表可以有多个非聚集索引。例如记录网站活动的日志表，可以建立一个对日期时间的聚集索引和多个对用户名的非聚集索引。

（1）创建非聚集索引的几个注意事项

● 创建非聚集索引实际上是创建了一个表的逻辑顺序的对象

● 索引包含指向数据页上的行的指针

● 一张表可创建多达 249 个非聚集索引

● 创建索引时，缺省为非聚集索引

（2）使用非聚集索引的场合

● 通过内链接或者 Group by 子句提高查询性能

● 期望提高非键值查询效率，而结果非大型结果集

● 提高宽键查询效率

● Where 语句中频繁涉及的属性

（3）使用非聚集索引注意事项

● 除非指定为聚集索引，否则数据库引擎将建立非聚集索引

● 如果表中数据仅有少量信息不同，不要使用（非）聚集索引，此时使用表扫描技术效率更好。

4．唯一性索引

唯一性索引是指不允许表中不同的行在索引列上取相同值。若已有相同值存在，则系统给出相关信息，不建此索引。系统将拒绝违背唯一性的插入、更新操作。如果表有主键，则在建立物理表时候（执行 create table 或者 alter table 语句），该表将自动建立唯一性索引。默认情况下，这也是聚集索引。

（1）唯一性索引的作用

● 强制实施唯一性。

● 索引的目标将提高查询的效率，但这种索引将占据更多的空间。

（2）主键与唯一性索引的差别

- 主键一定是唯一性索引，但是唯一性索引不一定是主键
- 一个表可以有多个唯一性索引，但是主键只能够有一个。
- 主键不允许为空，但是唯一性索引允许为空。

在 SQL Server 中，索引是按 B 树结构进行组织的。索引中的每一页称为一个索引节点。B 树的顶端节点称为根节点，B 树的底层节点称为叶节点。根节点与叶节点之间的任何索引级别统称为中间级。在聚集索引中，叶节点包含基础表的数据页。根节点和中间级节点包含存有索引行的索引页。每个索引行包含一个键值和一个指针，该指针指向 B 树上的某一中间级页或叶级索引中的某个数据行。每级索引中的页均被链接在双向链接列表中，如图 1-21 所示。

如图 1-22 所示，如果 LoginID 被设置为唯一性索引（不一定为主键），则如果录入数据与前面数据相冲突，则系统将不允许存在相同的值。

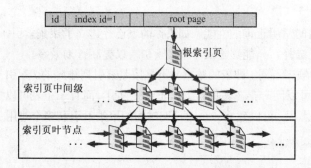

图 1-21　索引基本表和索引之间的关系

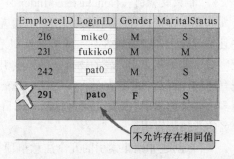

图 1-22　设置为唯一性索引禁止录入相同值

1-4-3　建立与删除索引

创建索引使用的是 CREATE INDEX 语句，**CREATE INDEX** 语句的语法形式如下：

```
CREATE [UNIQUE] [CLUSTERED | NONCLUSTERED] INDEX index_name
ON table_name (column_name [ ASC | DESC ] [ ,...n ] )
[WITH [PAD_INDEX],FILLFACTOR = fillfactor, DROP_EXISTING]]
```

而删除索引的一般格式为：DROP INDEX 表名.索引名

1. 建立索引语法说明

1）UNIQUE：指定创建的索引是唯一性索引。如果不使用这个关键字，创建的索引就不是唯一性索引。

2）CLUSTERED|NONCLUSTERED：指定被创建索引的类型，使用 CLUSTERED 创建的是聚集索引；使用 NONCLUSTERED 创建的是非聚集索引，这两个关键字中只能选其中的一个。

3）index_name：为新创建的索引指定的名字。

4）table_name：创建索引的基本表的名字。

5）column_name：索引中包含的列的名字。

6）ASC|DESC：确定某个具体的索引列是按升序还是降序排序。默认设置为 ASC（升序）。

7）DROP_EXISTING：删除先前存在的、与创建索引同名的聚集索引或非聚集索引。

2. FILLFACTOR 与 PAD_INDEX 参数说明

（1）FILLFACTOR 参数的说明

FILLFACTOR（填充因子）的作用是，当系统新建或重建索引时，在每一个索引页上预先留出一部分空间，使得系统在新增索引信息时能够保持索引内容在索引页上尽量连续。它使得索引的页分裂度最小，并可以对性能微调。

（2）设置 FILLFACTOR 值时，应考虑如下因素

- 填充因子的值是从 0～100 之间的百分比数值，用来指定在创建索引后对数据页的填充比例。
- 值为 100 时表示页将填满，所留出的存储空间量最小。只有当不会对数据进行更改时（例如，在只读表中）才会使用此设置。
- 值越小则数据页上的空闲空间越大，这样可以减少在索引增长过程中对数据页进行拆分的需要，但需要更多的存储空间。当表中数据会发生更改时，这种设置更为适当。
- 使用 sp_configure 系统存储过程可以在服务器级别设置默认的填充因子。
- 填充因子只在创建索引时执行；索引创建后，当表中进行数据的添加、删除或更新时，不会保持填充因子。

（3）PAD_INDEX 参数的说明

FILLFACTOR 只能指定叶级索引页的数据充满度。PAD_INDEX 指定索引非叶级中每个索引页上保持开放的空间，即非叶级的索引页的数据充满度。PAD_INDEX 必须和 FILLFACTOR 一起使用，而且 FILLFACTOR 的值决定了 PAD_INDEX 指定的充满度。PAD_INDEX 选项只有在指定了 FILLFACTOR 时才有用，因为 PAD_INDEX 使用由 FILLFACTOR 所指定的百分比。

3. 建立索引的基本方法

根据需要，可以动态地定义索引，即可以随时建立和删除索引。但是不允许用户在数据操作中引用索引，而索引如何使用完全由系统决定，这也支持了数据的物理独立性。索引建立的基本原则是：应该在使用频率高的、经常用于连接的列上建索引，虽然索引可以提高查询效率，并且一个表上可建多个索引，但是没有必要过多地建立索引，因为索引过多会耗费空间，且降低了插入、删除、更新的效率。

实例 1：通过 SQL 命令建立基本表的索引实例

--例 1：建立单列唯一性索引

```
CREATE UNIQUE INDEX Stusno ON Student(Sno);
```

--例 2：建立单列唯一性索引

```
CREATE UNIQUE INDEX Councno ON Course(Cno);
```

--例 3：建立多列唯一性索引

```
CREATE UNIQUE INDEX Scno ON  SCore (Sno ASC,Cno DESC);
```

--例 4：建立单列聚集索引

```
CREATE clustered INDEX Stusno ON Student(Sno);
```

但是在建立例 4 索引时会出现如图 1-23 所示的错误，解决的办法可尝试将聚集索引删除。

```
消息
 902, 级别 16, 状态 3, 第 1 行
   表 'Student' 创建多个聚集索引。请在创建新聚集索引前删除现有的聚集索引 'PK_student'。
```

图 1-23　删除索引错误

--例 5：删除聚集索引

```
drop index student.Stusno
```

再次建立时问题依旧（如图 1-24 所示），说明在建立 student 表时指定了主键 sno，默认根据主键建立唯一性索引和聚集索引，而一张表的聚集索引只能够有一个，因此出现错误。将提示的聚集索引删除。

> 消息
> 消息 3723，级别 16，状态 4，第 1 行
> 不允许对索引 'student.pk_student' 显式地使用 DROP INDEX。该索引正用于 PRIMARY KEY 约束

图 1-24　再次删除索引错误

--例 6：删除主键的唯一性索引

```
drop index student.pk_student
```

再次出现错误提示，主要原因是受到主键约束，禁止删除主键附带的聚集索引信息。解决方案是：去除主键信息。具体步骤如图 1-25 所示。

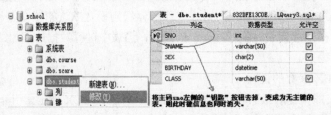

图 1-25　去除主键的标识

此时，再次执行 CREATE clustered INDEX Stusnocluster ON Student(Sno)，命令成功执行。

--例 7：建立单列非聚集索引

```
CREATE nonclustered INDEX Stusno_noncluster ON Student(Sname);
```

--注意：非聚集索引并不是唯一的，对于需要经常进行检索的属性项可以直接建立

--例 8：在 school 数据库中，为"课程"表创建一个基于"课程号"的名为 khh_index 的唯一性聚集索引，升序，填充因子 50%

```
CREATE UNIQUE nonclustered INDEX  khh_index
ON course(cno ASC)
WITH FILLFACTOR = 50
```

--例 9：在 school 数据库中，为"成绩课"表创建一个基于"学生编号，课程号"组合列的聚集、复合索引 xscj_index，升序，填充因子 50%

```
CREATE nonclustered  INDEX  xscj_index  ON score(sno ASC,cno ASC)  WITH
PAD_INDEX,FILLFACTOR = 50
```

--例 10：索引的更名操作，将 student 数据库中 course 表的 khh_index 索引名称更改为 kh_index。其程序清单如下：

```
EXEC  sp_rename  'course.khh_index','kh_index'
```

--注意：如果不加表名称则会出现错误！！

问题：为什么针对主键建立聚集索引必须去掉主键特性呢？聚集索引和唯一性索引在建立时有何差异呢？

聚集索引是随着物理表的建立，并且指定了主键的情况下一并建立的。这说明，一旦建立了主键信息，则同时将建立唯一性索引和聚集索引，但是唯一性索引允许建立多个，而聚集索引只能够建立一个。而如果重新建立聚集性索引，则必须将原有的主键属性去掉后，才允许建立新的聚集性索引。另外，由于仅仅建立聚集性索引，原有的唯一性索引就消失了，因为没有主键性质，所以该属性自然

就不具有唯一性。如图 1-26 所示为建立了主键就意味着同时建立了聚集性索引和唯一性索引。

图 1-26　去除主键的标识

实例 2：利用管理平台创建索引

第一步：选择 student 表，展开其"索引"项，右击选择"新建索引"项，如图 1-27 所示。

第二步：在展开的"新建索引"控制平台中，填写索引名称，选定类型为"非聚集"索引，单击"添加"按钮，打开索引键表列项，勾选 sname 属性，并单击"确定"按钮后，针对 sname 的非聚集索引建立完毕，如图 1-28 所示。

图 1-27　新建索引

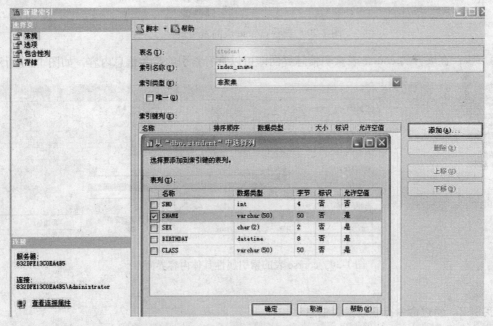

图 1-28　确定索引类型及索引项目

1-4-4　获取及优化索引信息的方法

某些情况下，我们需要获取索引的基本信息和类型，另外我们也需要针对数据库运行一段时间后的实际情况，对索引信息进行适当的优化工作，以提高数据库信息检索的效率。

1. 获取索引信息

获取索引信息的方法主要有两种：通过管理平台获取（可视化形式）和命令行方式。下面我们通过实例具体说明如何获取索引的基本信息。

实例 1：通过管理平台获取索引信息

第一步：选择 course 表，展开其"索引"项，右击选择"属性"项，如图 1-29 所示。

图 1-29   查看 course 表的索引属性

第二步：在展开的 course 表索引信息界面即可以查看索引的相关信息内容，如图 1-30 所示。

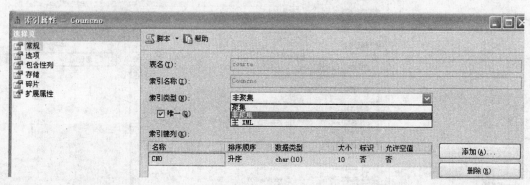

图 1-30   course 表的索引属性具体内容界面

实例 2：通过命令行获取索引信息

通过命令行获取某张表的索引信息和获取该表的全部信息，都需要依赖于系统存储过程 `sp_help` 和 `sp_helpindex`。例如查询学生表的基本信息：

--查询学生表的全部信息，如图 1-31 所示为查询结果界面。

```
exec sp_help student
```

	index_name	index_description	index_keys
1	index_sname	nonclustered located on PRIMARY	SNAME
2	PK_student	clustered, unique, primary key located on PRIMARY	SNO

图 1-31　student 表的基本情况反馈

```
--仅查询学生表的索引信息
exec sp_helpindex student
```

2. 优化索引

数据库经过一段时间的运行后，部分表的检索性能明显下降，我们可以通过查看这些表的事务日志，判别表索引是否出现大量的碎片，如果出现则需要我们对当前的索引进行优化，以提升这些表的检索速度。具体的查看碎片方法可以按照下面实例 1 的方法进行。

SQL Server 2005 通过数据库引擎优化顾问进行索引的优化工作，数据库引擎优化顾问是一种工具，用于分析在一个或多个数据库中运行的工作负荷的性能效果。工作负荷是对要优化的数据库执行的一组 Transact-SQL 语句。分析数据库的工作负荷效果后，数据库引擎优化顾问会提供在 Microsoft SQL Server 数据库中添加、删除或修改物理设计结构的建议。这些物理设计结构包括聚集索引、非聚集索引、索引视图和分区。实现这些结构之后，数据库引擎优化顾问使查询处理器能够用最短的时间执行工作负荷任务，如图 1-32 所示为数据库引擎优化顾问的基本工作原理。

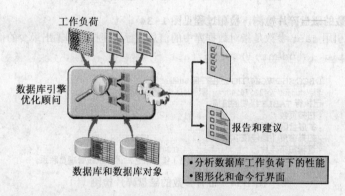

图 1-32　数据库引擎优化顾问工作原理

但是需要注意的是，使用事件探察器的时候，所监视的事件会保存到磁盘的文件中，这个文件称为"负荷（Load）"。要想获得负荷，需要运行跟踪的时间阶段比较重要，一般建议以为一天中较忙时间的标准用户流量为采样生成的标准。

实例 1：查看数据表磁盘碎片的方法

当一页的连续数据分配不到一个扇区，或者一页分配不到一个连续的磁盘空间的时候，就会造成磁盘的碎片，如果碎片数目过多，就会降低数据的检索速度。

查询磁盘碎片的基本语法如下：

```
DBCC SHOWCONTIG
[( { table_name | table_id | view_name | view_id }[ , index_name | index_id ])]
[ WITH { ALL_INDEXES | FAST [, ALL_INDEXES ]| TABLERESULTS [ , { ALL_INDEXES }][,
{ FAST | ALL_LEVELS }]}]
```

执行整理磁盘数据碎片语法如下：

```
DBCC INDEXDEFRAG
  ({database_name | database_id | 0} , { table_name | table_id | 'view_name'
| view_id } , { index_name | index_id }) [ WITH NO_INFOMSGS]
```

--例1：显示表的碎片信息，下例显示带指定表名的表的碎片信息。查询的结果如图1-33所示

```
USE school
GO
DBCC SHOWCONTIG (student)
GO
```

DBCC SHOWCONTIG 正在扫描 'student' 表...
表: 'student' (421576540)；索引 ID: 1，数据库 ID: 7
已执行 TABLE 级别的扫描。
- 扫描页数..: 1
- 扫描扩展盘区数......................................: 1
- 扩展盘区开关数......................................: 0
- 每个扩展盘区上的平均页数.........................: 1.0
- 扫描密度 [最佳值:实际值] ....: 100.00% [1:1]
- 逻辑扫描碎片..: 0.00%
- 扩展盘区扫描碎片...................................: 0.00%
- 每页上的平均可用字节数...........................: 8002.0
- 平均页密度（完整）................................: 1.14%
DBCC 执行完毕。如果 DBCC 输出了错误信息，请与系统管理员联系。

图 1-33   student 表磁盘碎片检测的结果

--例2：带有参数的磁盘碎片检测，检测过程见图1-34

-- （参数说明：引用 fast 参数是指对数据库中的信息执行快速扫描和输出最少的信息）

```
dbcc showcontig (student,1) with fast
```

DBCC SHOWCONTIG 正在扫描 'student' 表...
表: 'student' (421576540)；索引 ID: 1，数据库 ID: 7
已执行 TABLE 级别的扫描。
- 扫描页数..............................: 1
- 扩展盘区开关数........................: 0
- 扫描密度 [最佳值:实际值] ....: 100.00% [1:1]
- 逻辑扫描碎片..........................: 0.00%
DBCC 执行完毕。如果 DBCC 输出了错误信息，请与系统管理员联系。

图 1-34   带有参数的磁盘碎片检测

--例3：对表的索引进行磁盘碎片整理

```
create index stu_index on student(sno)
```
--对 student 表的属性 sno 建立索引 stu_index
```
dbcc indexdefrag (school,student,stu_index)
```
--对 student 表的属性 sno 的索引 stu_index 进行碎片整理

1-5   数据更新

学习目标

- 熟练掌握插入操作（insert）的基本 SQL 语句，熟悉如何插入一条数据，如何插入子查询结果中的若干条数据，如何插入数据的时候同时创建新表
- 熟练掌握删除操作（delete）的基本 SQL 语句

● 熟练掌握更新操作（update）的基本 SQL 语句

1-5-1　插入操作（insert）

数据的更新包括对数据的插入、删除和修改三种操作，其中带子查询的语句可参照后面的查询语句学习。插入操作的基本语法结构是：

1）插入一条指定值的元组，需要注意的是列名的数量和属性类型必须和后面 values 对应的值个数和类型一一对应。

```
insert into 表名 [（列名[,列名]…] values（值 [,值]…)
```

2）插入子查询结果中的若干条元组，需要注意的是列名的数量和属性类型必须和后面子查询的个数和类型一一对应。

```
insert into  表名 [（列名[,列名]…] （子查询)
```

3）插入数据的同时创建新表。

```
Select 属性列 Into 新建表 From 基本表 [where 条件]
```

执行该操作需要注意的是：Select…Into 语句并不能够替代连接或者视图，你可以认为它是一个数据的快照或数据的临时备份，但这种方法最好被视图所取代。

实例：插入数据操作

--例 1：插入一条学生数据
```
insert into student values (98001, '王明', '男', '1983-5-12', '95033')
--下一条命令与上面的命令是完全相同的。
insert into student(sno, sname, ssex,sage, class) values (98001, '王明',
'男', '1983-5-12', '95033')
```
--例 2：首先请创建一张表 stu_31，仅仅包含"学号，姓名，出生日期"的信息，将 student 表中的 95031 班全体男同学全部插入
```
use school1--进入 school 数据库
--建立基本表 stu_31
create table stu_31
(sno int primary key,
sname varchar(20) not null,
birthday datetime)
--批量插入 95031 班的男同学
insert into stu_31
select sno,sname,birthday
from student where class='95031' and ssex='男'
```
--例 3：查询所有女同学的同时将这些数据导入到 stu_femail 表中
```
Select *
Into stu_femail
From student Where ssex='女'
```

1-5-2　删除操作（delete）

删除操作是指从表中删除符合条件的元组，如果没有 where 语句，则删除所有元组。删除操作的基本语法结构是：DELETE　FROM <表名> [WHERE <条件>]；

实例：删除数据操作

——例 1：删除 98002 班的全体同学

```
DELETE  FROM  Student WHERE Sno='98002';
```

——例 2：删除 SC 表中的全部数据

```
DELETE   FROM  SC;
```

——例 3：删除张明同学全部的选修课程信息

```
DELETE  FROM  SC WHERE  sno= (SELECT  sno FROM  Student  WHERE  Sname='张明');
```

——例 4：删除低于平均工资的老师记录

```
DELETE   FROM    teacher WHERE   salary <(SELECT avg(salary)  FROM  teacher)
```

1-5-3   更新操作（update）

更新操作是指从表中修改符合条件的元组，如果没有 where 语句，则修改所有符合条件的元组，但需要注意的是 update 仅仅只能够针对单表进行批量更新。更新操作语句的一般格式为：

```
UPDATE  <表名>
SET  <列名> = <表达式> [,<列名> = <表达式>]…
[WHERE <条件>];
```

实例：更新数据操作

——例 1：将学号为 95031 的学生生日改为 1984-4-8

```
UPDATE  Student  SET  birthday='1984-4-8' WHERE  Sno=95031;
```

——例 2：将张明同学的所有成绩都归零

```
UPDATE  SC  SET  Grade=0  WHERE  sno=
    (SELECT  Sno FROM  Student  WHERE  Sname='张明');
```

——例 3：将全体学生成绩上调 5%

```
UPDATE  sc SET  grade = grade* 1.05
```

——例 4：工资超过 2000 的缴纳 10%所得税，其余的缴纳 5%所得税

```
--命令 1：
UPDATE  teacher SET  salary = salary * 0.9 WHERE  salary > 2000
--命令 2：
UPDATE  teacher SET  salary = salary * 0.95 WHERE  salary <= 2000
```

问题： 本题应当先执行命令 1，然后执行命令 2 呢？还是反过来才是正确的运行模式。

1-6   数据查询

学习目标

- 了解 SQL 查询的基本类型，掌握 SQL 查询的基本语法内涵
- 学习数据查询属性的更名运算，消除取值重复的行
- 学习数据条件查询，包括比较条件查询，确定范围的条件查询，确定集合的条件查询，字

符匹配的条件查询，涉及空值的条件查询，选取前 N 行的数据，多重条件查询

- 掌握集函数以及如何使用集函数对查询结果分组
- 学习多表连接查询，包括：比较连接查询，自然连接查询
- 学习单表的自身连接查询
- 学习多表嵌套查询
- 学习 SQL86 与 SQL92 语法的异同点，掌握 SQL86 与 SQL92 实现内连接查询
- 学习外连接，包括左外连接和右外连接查询
- 学习 SQL 交叉与无限制连接查询
- 学习 SQL 集合并与交的查询
- 了解关系代数中近似除与关系整除的 SQL 查询方法，近似除与关系整除的查询
- 集合差的 SQL 查询
- 了解全称谓词查询

1-6-1　查询概述

查询是建立数据库最为重要的目的，也是 SQL 最为广泛和复杂的应用。查询的类型概括来说可以包括以下几种：

1. 单表查询

包括按列查询、查询经过计算的值、消除取值重复的行、条件查询、对查询结果排序、使用集函数、对查询结果分组

2. 连接查询

等值与非等值连接查询、自身连接、复合条件连接

3. 嵌套查询

带有 IN 谓词的子查询、带有比较运算符的子查询

4. 集合查询

查询的一般格式为：

```
SELECT [ALL|DISTINCT] <目标列表达式> [,<目标列表达式>]…
FROM <表名或视图名> [,<表名或视图名>]…
[WHERE<条件表达式>]
[GROUP BY <列名1> [HAVING<条件表达式>]]
[ORDER BY <列名2> [ASC|DESC]];
```

Select 子句指定要显示的列，from 子句列出查询的对象表，where 为查询的条件，group by 表示分组，order by 表示排序。

1-6-2　基本表查询

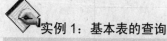

实例 1：基本表的查询

--例 1：查询指定列
```
SELECT Sno,Sname FROM Student;
```
--例 2： `SELECT Sname,Sno,class FROM Student;`

```
--例3：查询全部列
SELECT * FROM Student;
--等价于：SELECT Sno,sname,Ssex,Sage,class FROM Student;
```

这里需要注意的是，"*" 表示"所有的属性"。目标列可以为列名、*、算术表达式、聚集函数

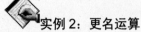

实例 2：更名运算

更名运算的基本格式是：old_name as new_name，为关系和属性重新命名，可出现在 select 和 from 子句中，当然关键字 as 是可选项目。

```
--例1：给出所有老师的姓名、所纳税额及税后工资额
select TNAME,Salary*0.05 as '纳税',Salary *0.95 as '实际收入'
from teacher
--例2：查询每个学生的姓名和年龄
SELECT Sname,year(getdate())-year(birthday) as '年龄' FROM Student;
```

实例 3：消除取值重复的行

在某些查询中，会出现查询的数据重复出现的现象。如图 1-35 所示，当查询 SC 表的时候，如从 SC 表查询学号 sno（SELECT Sno FROM SC），就会出现第一次的查询结果，95001 学号重复，如果使用了 distinct 参数（SELECT DISTINCT Sno FROM SC），则将去掉重复的信息。

Sno	Cno	Grad
95001	1	92
95001	2	85
95002	2	98

sc表

Sno
95001
95001
95002

第一次查询结果

Sno
95001
95002

使用了distinct
后查询结果

图 1-35　使用 distinct 去除重复行

1-6-3 条件查询

在 SQL 的查询语句中，where 语句后面出现的是条件查询，条件查询的基本内容如图 1-36 所示。

查询条件	谓词
比较	>, =, <, >=, <=, NOT
确定范围	BETWEEN AND，NOT BETWEEN AND
确定集合	IN，NOT IN
字符匹配	LIKE，NOTLIKE
空值	IS NULL，IS NOT NULL
多重条件	AND，OR

图 1-36　条件查询的关键字

实例 1：比较条件查询

--例 1：查 95033 班全体学生的名单

```
SELECT Sname FROM Student WHERE class='95033';
```

--例 2：查所有年龄在 20 岁以下的学生姓名及其年龄

```
SELECT Sname,Sage FROM Student WHERE year(getdate())-year(birthday)<20;
```

例 2 也可以用下面的语句实现同样的功能：

```
SELECT Sname,Sage FROM Student
WHERE NOT year(getdate())-year(birthday)>=20;
```

--例 3：查考试成绩有不及格的学生的学号

```
SELECT DISTINCT Sno FROM Course WHERE Grade<60;
```

 实例 2：确定范围的条件查询

Between ..and...是判断表达式的值是否在某范围内，其确定的是查询的集合范围。

--例 1：查询年龄在 20 至 23 岁之间的学生的姓名、系别和年龄

```
SELECT Sname,class, year(getdate())-year(birthday) as 年龄
FROM Student
WHERE year(getdate())-year(birthday) BETWEEN 20 AND 23;
```

--例 2：查询年龄不在 20 至 23 岁之间的学生姓名、系别和年龄

```
SELECT Sname, class,Sage
FROM Student
WHERE year(getdate())-year(birthday) NOT BETWEEN 20 AND 23;
```

 实例 3：确定集合的条件查询

判断表达式的值是否在子查询的结果中，关键字为 in 或者 no in。

--例 1：查询'95031'和'95033'班级的学生

```
SELECT Sname,Ssex FROM Student WHERE class IN ('95031','95033')
```

--例 2：查询非'95031'班级的学生

```
SELECT Sname,Ssex FROM Student WHERE class NOT IN ('95031')
```

 实例 4：字符匹配的条件查询

字符串匹配使用的谓词为 LIKE，其一般语法格式为：[NOT] LIKE '<匹配串>' ['ESCAPE' <转义字符>]。使用 like 关键字的含义是查找指定的属性列值与<匹配串>相匹配的元组，<匹配串>可以是一个完整的字符串，也可以含有通配符%和_。通配符含义为：

- "%"：匹配零个或多个字符；
- "_"：匹配任意单个字符；
- Escape：定义转义字符，以去掉特殊字符的特定含义，使其被作为普通字符看待。如 escape "\"，定义 \ 作为转义字符，则可用\%去匹配%，用_去匹配_。

--例 1：查找姓刘的学生的姓名,年龄,性别

```
SELECT Sname,Sno,Ssex FROM Student WHERE Sname LIKE '刘%';
```

--例 2：查询课程名称以"db_"开头的所有课程情况

```
Select * from course where cname like 'db\_%' escape '\'
```

--例 3：查询课程名称以"db_"开头，且倒数第 3 个字符为 I 的课程和详细情况

```
Select * From course Where cname like 'db\_%I__'escape '\'
```
--注意：Escape 为转义字符。表示\后面的字符_不再具有通配符的含义。

实例 5：涉及空值的条件查询

空值意味着不知道，没有的意思，对于空值需要注意的事项包括：

- 除 is [not] null 之外，空值不满足任何查找条件。
- 如果 null 参与算术运算，则该算术表达式的值为 null。
- 如果 null 参与比较运算，则结果可视为 false。在 SQL92 中可看成 unknown。
- 如果 null 参与聚合运算，则除 count(*)之外其他聚合函数都忽略 null。

--例 1：查缺少成绩的学生的学号和相应的课程号
```
SELECT Sno,Cno FROM SC WHERE Grade IS NULL;
```
--例 2：查所有有成绩的记录的学生学号和课程号
```
SELECT Sno,Cno FROM SC WHERE Grade IS NOT NULL;
```

实例 6：选取前 N 行的数据

可以使用 TOP N 来选取前 N 行的数据，但是一般最好配合 order by 语句进行排序查找。

--例 1：查询薪酬排名前 3 名的教师
```
select top 3 * from teacher order by salary
```

实例 7：多重条件查询

在 SQL 的查询语句中，如果 where 语句后面出现两个以上条件的查询就是多重条件查询。

--例 1：查 95031 班年龄在 20 岁以下的学生姓名
```
SELECT Sname FROM Student
WHERE class='95031' AND year(getdate())-year(birthday)<20;
```
--例 2：查询 95031 班或者 95033 班的学生姓名及性别
```
SELECT Sname,Ssex FROM Student WHERE class ='95031' OR class ='95033'
```
--例 2 语句与下面语句具有相同的执行结果：
```
SELECT Sname,Ssex FROM Student WHERE class IN ('95031', '95033');
```

注意：在多重条件查询中，经常使用的逻辑关系谓词是"与、或、非"，对应的是 and/or/not，其优先级为 Not 优先级高于 and，and 优先级高于 or。

实例 8：对查询结果排序

排序的关键谓词是 order by，在 SQL 的查询语句中出现在最后，如果是升序可以指定谓词 Asc，如果是降序则为 Desc，如果不添加默认为 Asc。

--例 1：查询选修了课程 166 号的学生学号及成绩，并按成绩升序排列
```
SELECT Sno,Grade FROM SC WHERE Cno='166'ORDER BY Grade Asc;
```
--例 2：查询全体学生情况，查询结果按所在系升序排列，对同一班级中的学生按生日降序排列
```
SELECT * FROM Student ORDER BY class,birthday DESC;
```

实例 9：使用聚合函数

聚合函数是 SQL 中规定好的处理集合数据算术运算的函数，主要包括以下几个：

- COUNT ([DISTINCT|ALL] *) 统计元组个数

- COUNT ([DISTINCT|ALL] <列名>) 统计一列中值的个数
- SUM ([DISTINCT|ALL] <列名>)计算一列值的总和
- AVG([DISTINCT|ALL] <列名>)计算一列值的平均值
- MAX([DISTINCT|ALL] <列名>)求一列值中的最大值
- MIN([DISTINCT|ALL] <列名>)求一列值中的最小值

--例 1：查询学生总人数

```
SELECT COUNT(*)  FROM  Student;
```

--例 2：查询选修了课程的学生人数

```
SELECT COUNT(DISTINCT Sno) FROM SC;
```

--例 3：计算 166 号课程的学生平均成绩

```
SELECT AVG(Grade) FROM SC WHERE Cno='166';
```

--例 4：查询学习 166 号课程的学生最高分数

```
SELECT MAX(Grade)  FROM SC WHERE Cno='166';
```

注意：空值对于集函数运算而言有着特殊的含义，如果出现对含有空值属性的统计，则空值选项不参与统计工作。如图 1-37 中的表 SC，我们看看不同的统计在有空值参与的情况下的结果。

--例 5： select sum(G) from SC --结果为 350

--例 6： select avg(G) from SC --结果为 87.5

--例 7： select count(*) from SC --结果为 6

--例 8： select count(G) from SC --结果为 4

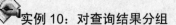

实例 10：对查询结果分组

对查询结果进行分组的命令是 group by，该谓词将表中的元组按指定列上值相等的原则分组，然后在每一分组上使用聚集函数，得到单一值；having 则对分组进行选择，只将聚集函数作用到满足条件的分组上，案例如图 1-38 所示。其基本表述如下：

列出每个学生的平均成绩

sno	cno	G
s1	c1	84
s1	c2	90
s1	c3	96
s2	c1	80
s2	c2	90
s3	c2	96
s3	c3	88

group by sno

列出每门课程的平均成绩

sno	cno	G
s1	c1	84
s1	c2	90
s1	c3	96
s2	c1	80
s2	c2	90
s3	c2	96
s3	c3	88

group by cno

sno	cno	G
s1	c1	80
s1	c2	90
s1	c3	95
s2	c1	85
s2	c2	null
s3	c2	null

图 1-37　表 SC 中成绩 G 的空值计算　　　　图 1-38　表 SC 不同分组统计结果

group by 列名 [having 条件表达式]

--例 1：列出每个学生的平均成绩

```
SELECT AVG(G)  FROM  SC group by sno
```

--例 2：列出每门课程的平均成绩

```
SELECT AVG(G)  FROM  SC group by cno
```

--例 1、2 的基本逻辑可以见图 1-38 所表述的逻辑关系。

--例 3：查询选修了 3 门以上课程的学生的学号

```
SELECT Sno FROM SC GROUP BY Sno HAVING COUNT(*) >3;
```

--例 4：列出每一年龄组中男学生（超过 50 人）的人数

```
select sage,count(Sno) from Student where  ssex = 'M'
group by sAGE having count(*) > 50
```

问题：如果有一 SQL 问题"列出及格的学生的平均成绩"，下面两个答案哪个正确呢？

答案 1：

```
select    sno,avg(grade) from SC group by sno having min(grade) >= 60
```

答案 2：

```
select    sno,avg(grade) from SC where grade>=60 group by SNO
```

1-6-4　多表连接查询及使用关系代数的理论查询数据

多表连接查询是用来连接两个表的条件，称为连接条件或连接谓词，其一般格式为：

[<表名 1>.] <列名 1> <比较运算符> [<表名 2>.] <列名 2>

其中比较运算符主要有=、>、<、>=、<=、!=。当连接运算为 = 时，称为等值连接。其他运算符称为非等值连接。连接谓词中的列名称为连接字段。连接条件中的各连接字段类型必须是可比的，但不必是相同的。连接查询包括的类型有：比较连接查询，自连接查询和复合条件连接等。

1. 比较连接查询

连接运算中有两种特殊情况：

1）广义笛卡尔积，是不带连接谓词的连接，两个表的广义笛卡尔积即是两表中元组的交叉乘积，其连接的结果会产生一些没有意义的元组，所以这种运算实际很少使用。

2）自然连接，若在等值连接中把目标列中重复的属性列去掉则为自然连接。

实例：自然连接查询

--例 1：查询 student 表和 sc 表所有数据信息

```
SELECT Student.*,Sc.*  FROM Student,SC  WHERE Student.Sno=SC.Sno;
/*将 Student 与 SC 中同一学生的元组连接起来，如图 1-39 所示*/
```

student

Sno	Sname	Ssex	Sage	Sd
98001	李勇	男	20	CS
98002	刘晨	女	19	IS
98003	王敏	女	18	MA

SC

Sno	Cno	Grad
98001	1	95
98001	2	89
98002	2	90

查询结果

Student.Sno	Sname	Ssex	Sage	Sd	SC.Sno	Cno	Grade
98001	李勇	男	20	CS	98001	1	95
98001	李勇	男	20	CS	98001	2	89
98002	刘晨	女	19	IS	98002	2	90

图 1-39　基本表 SC

2. 自连接查询

首先我们提出一个问题，对于课程表 course 而言，先修课的先修课是什么？如图 1-40 所示，假设数据库这门课程，按照查询的逻辑路线，其先修课的先修课是 pascal 语言，表现在 SQL 中的查询思路是，将物理表 course 分别复制到不同的内存工作区中，虽然它们的数据内容是完全一致的，但在概念上是属于不同的虚表，我们将之分别命名为 T1 和 T2 表，如果 T1 表的先修课程号码等于 T2 表的课程号，即 T1.cpno=T2.cno，就可以将单表自连接问题通过 SQL 语句体现出来，具体的 SQL 脚本是：select t1.cno,t2.cpno from course t1,course t2 where t1.cpno=t2.cno，具体的逻辑示意如图 1-41 所示。

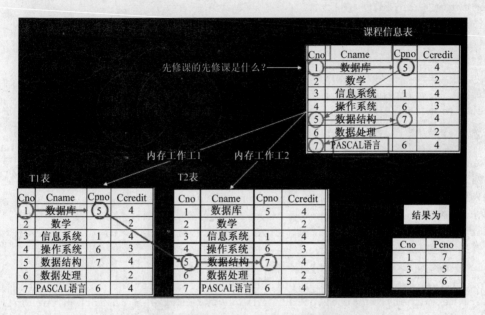

图 1-40   课程表 course 中先修课的先修课

因此，单表自连接问题是指单表自身产生逻辑连接关系的一类查询问题。处理这样一类问题的基本思路是：首先将单表在内存中建立多张相同的虚表，其次建立多张相同虚表的逻辑关联性。

比较典型的一类问题是家族树问题，假设有数据表 person，每行元组代表着一个具体的人，其自身又有父亲编号(father_id)以及母亲编号(mother_id)，而父母的编号又必须出自 person 表的主键person_id 的集合，即父母的编号是该表的外键。具体属性以及主外键的关联如图 1-42 所示。

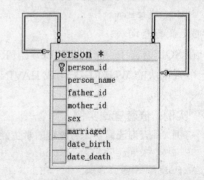

图 1-41   单表自连接示意图   图 1-42   家族树问题的逻辑关联结构

实例：通过 SQL 语句解决家族树的单表自连接问题

--首先建立一个新的数据库，命名为 family，在该数据库下新建一张基本表 person，代码如下：

```
create table person
(
person_id int primary key identity,  --该主键为自动增长的类型
person_name char(20),
father_id int,  --父亲的个人编号
mother_id int,  --母亲的个人编号
sex char(2) default '男',
marriaged char(1),
date_birth smalldatetime,
date_death smalldatetime,
foreign key (father_id) references person(person_id),
foreign key (mother_id) references person(person_id),
check (sex in ('男','女')) )
```

--例 1：查找"李杰"的孩子有谁？

```
select child.person_name from person me,person child where me.person_name=
'李杰' and me.person_id=child.mother_id
```

--例 2：请查询一下每个人的父亲和母亲是谁？

```
select me.person_name,mother.person_name,father.person_name
from person me,person mother,person father
where mother.person_id=me.mother_id and father.person_id=me.father_id
```

--例 3：哪些人是双胞胎？

```
select me.person_name,twins.person_name
from person me,person mother,person twins,person father
where me.mother_id=mother.person_id and twins.mother_id=mother.person_id
and me.father_id=father.person_id and
twins.father_id=father.person_id and twins.date_birth=me.date_birth
```

--例 4：每个人的外公和外婆是谁？

```
select me.person_name as 姓名, me.sex as 性别,grand_father.person_name as 外公
姓名, grand_mother.person_name as 外婆姓名
from person me,person mother, person grand_father,person grand_mother
where me.mother_id=mother.person_id
and mother.father_id=grand_father.person_id
and mother.mother_id=grand_mother.person_id
```

3. 嵌套查询

在 SQL 语言中，一个 SELECT…FROM…WHERE 语句称为一个查询块。将一个查询块嵌套在另一个查询块的 WHERE 子句或 HAVING 短语的条件中的查询称为嵌套查询。

实例：嵌套查询实例

--例 1：查询选修了 2 号课程的学生姓名

```
SELECT Sname FROM Student WHERE Sno IN
 (SELECT Sno FROM  SC WHERE Cno='2');
```

--例 2：查询选修了"高等数学"课程的学生姓名和学号

```
SELECT Sno,Sname                          ③最后在 Student 关系中取
FROM Student                              Sno 和 Sname
WHERE Sno IN
```

```
    SELECT Sno                          ②然后在 SC 关系中找出
    FROM  SC                            选修了 2 号课程的学生
    WHERE  Cno IN                       学号
      (SELECT  Cno                      ①首先在 Course 关系中找
      FROM  Course                      出"高等数学"的课程号，比
      WHERE  Cname='高等数学');          如结果为"2"
```

--例 3：查询与刘晨在同一个班的学生姓名、学号和班级

```
SELECT  Sno, Sname, class
FROM    Student
WHERE  class =
    (SELECT  class
    FROM Student WHERE Sname='刘晨');
```

注意：子查询一定要跟在比较符（比如"="）之后。本例的 WHERE 子句不能用下面的写法：

```
    WHERE  (SELECT  class
           FROM Student WHERE Sname='刘晨') = class;
```

4. 关系数据库的内外关系连接

SQL Server 2005 中的关系连接方法主要有：笛卡尔集合、交、并、差、除等，而作为表之间的关系连接，SQL Server 2005 也可以通过多种连接方法提供多表之间的关联，这其中就包括：内连接、（左、右）外连接、全外连接、非等值连接和交叉连接等，这些连接方法的本质是综合地反映关系代数的基本集合运算理论。

（1）内连接

目前我们讲述的 SQL 设计方法属于 ANSI-92 标准，早期的连接方法是通过在 FROM 语句中指定需要连接的表信息，然后再在 WHERE 表中将相关的属性进行连接。SQL Server 2005 仍然保持向后兼容的特点。下面我们将通过使用 ANSI-92 标准的设计方法实现表间的互连，基本语法格式如下：

```
Select  属性项目信息 From  table A
  (Inner)  join table B            --注意：这里的 inner 可以省略。
On  A.column=B.column
Where 查询条件
```

实例：内连接查询实例

--例 1：通过 SQL86 标准建立查询

--查询"计算机导论"课程成绩高于 90 分的同学学号

```
select score.sno
from score,course where score.cno=course.cno and
course.cname='计算机导论' and score.degree>90
--或者
select sno from score
where degree>90 and cno=
(select cno  from course  where cname='计算机导论')
```

--例 2：下面使用内连接的方法进行查询

```
select sno  from score
inner join course
on score.cno=course.cno  where cname='计算机导论' and degree>90
```

```
--或者
select sno from score
inner join course
on score.cno=course.cno  and degree>90 where cname='计算机导论'
--例 3：查询成绩低于 80 分的学生情况
SELECT student.sname, student.class, course.cname, score.degree
FROM student
INNER JOIN  score
ON student.sno = score.sno
INNER JOIN  course
ON score.cno = course.cno WHERE (score.DEGREE < 80)
```

总之，对于内连接，86 标准和 92 标准在查询成本上是一样的，在性能上也完全一样，但是数据库专家一般建议使用 92 标准，这样可以做到更好的兼容性。

（2）外连接

在某些情况下，我们查询的集合不仅是两张基本表的交集部分（如图 1-43 所示），而且期望将没有处于交集部分的数据信息也查询出来，这就必须用到外连接。外连接不仅会将两个数据集中相互重叠的属性涉及的元组抽出，而且会将重叠部分以外非匹配的那些元组一并纳入到集合中来。如图 1-44 所示，假设集合 A 是学生信息集合，集合 B 是选课信息集合，如果查询每个学生的选课记录，那么按照内连接的方法将 A、B 集合连接查询后的结果仅仅是那些选修了课程的学生记录，而将没有选课的学生记录丢失，显然并不符合查询每个学生选课记录的初衷。即使那些没有选课的学生的选课记录为空，我们也应当将他们显示出来。

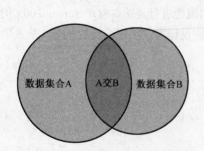

图 1-43 关系集合的交互关系

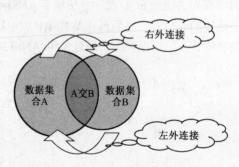

图 1-44 左右外连接集合的交互关系

外连接又分为左外连接（left outer join）和右外连接（right outer join），其基本的语法格式如下所示：

```
Select  需要查询的属性项 From  table1
Left/right  (outer) join  table2
On  table1.column=table2.column
Where ….具体的条件
```

上面我们书写的是 SQL92 标准的格式，在 SQL86 标准中，外连接同样也可以被查询出来，仅仅是格式上不同，关键点是通过 WHERE 语句进行"左右外连接"，*号在哪边就将哪边表的全部信息查询出来。基本格式为：

- 左外连接：*=
- 右外连接：=*

　　注意：*左右外连接的根本区别到底是什么呢？从本质上说，左右外连接没有任何区别！左和右仅仅是人为的感觉。所谓左和右用于指定无论是否具有匹配的行都要保留全部行的那个表称作"外连接表"，通常我们将用户定义的第一个表习惯性称作"外连接表"，也称作"驱动表"，所以"左外连接"就成为经常使用的说法了。这里的左和右指的是表在 SQL 语句中的位置，而与图形化工具所指定的表的位置毫无关系！*

实例：左、右外连接查询实例

--假设新建了一个数据库为产品销售数据库，命名为 cpxs，其基本的逻辑关系如图 1-45 所示。

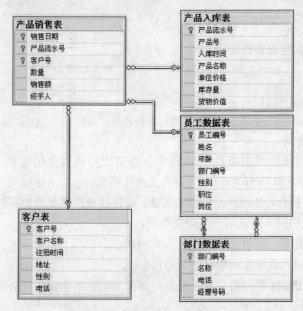

图 1-45　产品销售基本逻辑关系

--例 1：显示销售商的基本信息和其购买货物的基本情况

```
use cpxs
go
select 客户表.*,产品销售表.* from 产品销售表,客户表
where 产品销售表.客户号=客户表.客户号  order by 产品销售表.客户号
--或者
select 客户表.*,产品销售表.* from 产品销售表 inner join 客户表
on 产品销售表.客户号=客户表.客户号  order by 产品销售表.客户号
```

问题：查询是否正确呢？丢了什么？

　　很显然这是错误的解答，因为查询的数据仅仅是那些购买了商品的客户信息，而那些没有购买任何商品的客户信息丢失了。这里必须使用外连接查询，代码见下：

```
SELECT 客户表.*, 产品销售表.* FROM 产品销售表
RIGHT OUTER JOIN 客户表  ON 产品销售表.客户号=客户表.客户号
```

问题：刚才的查询是右外连接，那么换成左外连接的话，应该如何书写呢？

```
SELECT 客户表.*, 产品销售表.* FROM 客户表
```

```
LEFT OUTER JOIN  产品销售表 ON 产品销售表.客户号=客户表.客户号
--下面我们再通过 SQL86 标准将外连接查询写出来：
SELECT  产品销售表.*, 客户表.* FROM 客户表, 产品销售表
Where 客户表.客户号*= 产品销售表.客户号
```

5. 交叉无限制连接查询

交叉无限制连接用于对两张源表进行纯粹的关系代数乘运算，人们将这种乘积的结果叫作"笛卡儿积"。需要注意的是，这种"无因连接"产生的信息查询在实际应用中并无实际的意义，仅限于理论研究层面。交叉无限制连接的关键字是 Cross Join，语法格式见下：

```
Select  Something  From  Table_A
Cross Join Table_B
```

 实例：交叉无限制连接查询实例

```
Use school
Go
Select * from student cross join teacher
--教师表和学生表无任何主外键关联，但是可以查询出来
```

6. 集合并与交的查询

如果两个具有相同属性类型以及值域的集合想完成并或者交的操作，则需要用到关键字 UNION（集合并操作符）和 INTERSECT（集合交操作符）。

并操作不同于连接操作，并操作是集合的加法，而连接操作是集合的乘法。并操作必须遵循的原则如下，当然这一原则同样也适用于集合交查询：

1）列的名字必须由第一个 SELECT 语句选择列决定。

2）每个 SELECT 语句选择的列数目必须相同。

3）默认情况下 SELECT 语句将去掉重复行，如果希望出现重复的行必须加上 SELECT ALL。

实例：集合并与交的查询实例

```
Use school
Go
--例1：查询 95031 班的学生或者年龄小于 19 岁的学生
SELECT  *  FROM  Student  WHERE  class='95031'
UNION
SELECT  *  FROM  Student  WHERE  year(getdate())-year(Sage)<=19;
--例2：查询 101 号和 107 号都选修的课程号码
SELECT cno FROM  Score  WHERE  Sno='101'
intersect
SELECT cno FROM  Score  WHERE  sno='107';
```

7. 关系代数中近似除与关系整除的 SQL 查询方法

关系除运算是属于关系代数的抽象语义，其在解决现实问题之中非常实用，一个比较典型的案例是在解决集合与子集的包含问题时的应用。已知有学校数据库 school，该数据库中的基本表以及关系如图 1-46 所示。

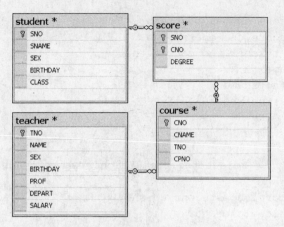

图 1-46　学校数据库逻辑关系

实例：近似除与关系整除的查询实例

　　如果提出两个问题：第一个问题，谁选修了王萍老师的全部课程，但没有选修其他任何老师的课程呢？第二个问题，谁不仅选修了王萍老师的全部课程，还选修了其他任何老师的课程呢？根据题设的逻辑结构，我们可以推定第一个问题属于关系代数除运算中的关系整除问题，而第二个问题属于近似除问题。近似除在上述问题中的关系代数除法语义是：$R÷S = \{tr\,[X]\,|\,tr \in R \land \pi_Y^x(S) \subseteq Y^x\}$，其中 R={某学生选修课程的象集}，S={王萍老师讲授的全部课程}。下面的 SQL 代码给出解决近似除的查询语义解释，即按照选修了王萍老师课程的学生分组，这些组中的课程数目等于王萍老师代课的数目时，这些分组的学生满足语义定义，就是所求的集合。但是，这些集合中所求的学生可能既选择了王萍老师的所有课程，也选修了其他老师的课程，故而这种求解方法为近似除的解决办法。

--例 1：谁选修了"王萍"老师的全部课程

```
select score.sno,sname
from student
join score on score.sno=student.sno
join course on score.cno=course.cno
join teacher on teacher.tno=course.tno
where teacher.name='王萍'
group by score.sno,sname
having count(distinct score.cno)=
    (select count(course.cno)  from course
where course.tno=(select tno from teacher where teacher.name='王萍'))
```

　　对于第一个问题，如果仅仅查询选修了王萍老师的全部课程，但没有查询选修其他任何老师的课程的情形，关系代数的近似除就不适合了，因为查询结果并没有将不仅选修王萍老师全部课程而且选修其他老师课程的学生集合除去。关系代数的整除就是试图剥离查询结果之中的查询余数集合，得到比较准确的查询结果。继承上面的关系代数算法，改进的关系代数除法表述算法为：如果 $R÷S=\{tr\,[X]\,|\,tr \in R \land \pi_Y^x(S) \subseteq Y^x\}$，其中 R={某学生选修课程的象集}，S={王萍老师讲授的全部课程}，则设定 W ={选修了王萍老师没有讲授课程的学生集合}，关系代数整除算法结论就是 R÷S-W，即利用差运算剥离查询结果之中的查询余数集合，得出最终的正确结果。下面的 SQL 代码给出解决整除的查询语义解释：

--例 2：谁不仅选修了王萍老师的全部课程，还选修了其他任何老师的课程呢？

```
select distinct student_wp.sno,sname
from
(select score.sno,sname
from student
```

```
join score on score.sno=student.sno
join course on score.cno=course.cno
join teacher on teacher.tno=course.tno
where teacher.name='王萍'
group by score.sno,sname
having count(distinct score.cno)=
   (
   select count(distinct course.cno)
   from course
   where course.tno=(select tno from teacher where teacher.name='王萍')
   )) as student_wp
join score on score.sno=student_wp.sno
join course on score.cno=course.cno
join teacher on teacher.tno=course.tno
where score.cno in
(select cno from course where tno in(select tno from teacher where name<>'王萍'))
```

8. 集合差的 SQL 查询方法

在图 1-43 中，如果 A-B，则剩余部分为集合 A 除去 AB 交集的部分。在 SQL 查询中一般我们通过 not in 谓词来实现这一集合操作。

实例：集合差的查询实例

--例 1：查询没有选修王萍老师课程的学生姓名

```
use school
go
select sname from student where sno not in
(select sno from score where cno in(select cno from course where tno=(select
tno from teacher where name='王萍')))
```

9. 全称谓词查询

在日常生活中经常遇到"所有的"，"任何"，"每个"，"凡"，"一切"，"有（些）"，"存在"等说法，涉及到个体域的全部元素或部分元素，故有必要引入量词概念对这一全称量词查询进行讨论。一般在 SQL 中是通过 exists 实现全称谓词的子查询工作的，exists 主要用于在某个集合之中查询全部信息。

（1）查询逻辑

首先取外层查询中的第一个元组行，根据它与内层查询相关的属性值处理内层查询，若 where 条件子句返回值为 true，则取外层查询中该元组的查询结果放入这个内层查询里面。然后以此类推，直至最内部的查询逻辑被执行为止。

（2）查询效率

由于带有 exists 量词的相关子查询只关心内层查询值是否返回逻辑值，无须查到具体的值，因此效率并不低于不相关的子查询，有时候更是高效率的查询方法。

实例：全称谓词的查询实例

--例 1：查询没有选修 3-245 号课程的学生姓名

```
select  sname from student where sno not in ( select sno from score where
```

```
cno='3-245')
    --另解:
    select  sname from student where not exists (select * from score where
sno=student.sno and cno='3-245')
```

--例 2: 查询选修了全部课程的学生姓名

--也就意味着没有一门课程 student 表中某个（任意个）学生都没有选修过。

```
select sname from student where not exists
  (select * from course where not exists
    (select * from score where sno=student.sno and cno=course.cno))
```

--备注: SQL 中是没有全称谓词的，因此多转化为否定之否定的逻辑语义。

--例 3: 查询至少选修了 103 号学生选修的全部课程的学生号码

```
select distinct sno from score sc1 where not exists
  (select * from score sc2 where sc2.sno='103' and not exists
    (select * from score sc3 where sc3.sno=sc1.sno and sc3.cno=sc2.cno))
```

--注意: 这种查询的逻辑与嵌套查询的差异是: 嵌套查询首先将子查询的结果集求出后，为上级查询提供条件逻辑集合，并逐级上溯，直至查询完结。

--例 4: 求没有选修张旭老师和李诚老师课程的学生学号

--逻辑语义可以转化为: 不存在这样的课程 y，学生 a 选修了 y，而学生 b 没有选修

```
select distinct sno from score sc1 where not exists
  (select * from
    (select  cno  from  teacher,course  where  teacher.tno=course.tno  and
teacher.name='张旭'
      union
      select  cno  from  teacher,course  where  teacher.tno=course.tno  and
teacher.name='李诚') sc2
    where not exists
      (select * from score sc3 where sc3.sno=sc1.sno and sc3.cno=sc2.cno))
```

--例 5: 求陆君同学和曾华同学都没有选修的课程和任课教师名单

```
select teacher.name,cname from
(select cno from course where cno not in
  (select course.cno from student,score,course
    where student.sno=score.sno and course.cno=score.cno and sname='陆君'
    intersect
    select course.cno from student,score,course
    where student.sno=score.sno and course.cno=score.cno and sname='曾华')) as
cno1,course,teacher  where cno1.cno=course.cno and course.tno=teacher.tno
```

1-7　视图

学习目标

- 了解视图基本定义和特点
- 学习如何建立和删除视图的 SQL 语句，掌握参数 WITH CHECK OPTION 的使用特点

1-7-1　视图概述

视图从本质上讲是虚表，即在物理磁盘中并不存储，仅仅当用户查询需要时在内存中临时生成，随着内存数据的清除而自动消亡，因此视图也被称为用户临时表。视图使用的好处主要体现在以下几点：

- 简化用户的操作
- 使用户能以多种角度看待同一数据
- 对重构数据库提供了一定程度的逻辑独立性
- 能够对机密数据提供安全保护

1-7-2　建立视图

建立视图的一般格式如下：

```
CREATE  VIEW  <视图名>[(<列名>[,<列名>]...)]
AS  <子查询>
[WITH  CHECK  OPTION];
```

删除视图的一般格式为：

```
DROP  VIEW  <视图名>;
```

下列三种情况必须明确指定视图的所有列名：

1）某个目标列不是单纯的属性名，而是聚合函数或列表达式。

2）多表连接时选出了几个同名列作为视图的字段。

3）需要在视图中为某个列启用新的更合适的名字。

WITH CHECK OPTION 指明当对视图进行数据修改时，要检查是否满足视图定义中的条件。是否带有 WITH CHECK OPTION 子句的视图最本质的区别是，在插入和更新视图的时候，也希望受到 WHERE 语句的限制，就必须带上 WITH CHECK OPTION。

同时我们需要注意的是，建立视图中的子查询语句可以是任意复杂的 SELECT 语句，但通常不允许含有 ORDER BY 子句和 DISTINCT 短语。

实例：建立视图实例

--例 1：建立视图，查询同类商品的库存信息
```
Use cpxs  --调用产品销售数据库
create view cpxi
as
(select  产品号,产品名称,sum(库存量) as 总库存量
from 产品入库表 group by 产品号,产品名称)
select * from cpxi   --查询刚刚建立的视图
```
--例 2：查询 2004-9-11 商场产品销售明细单
```
select 产品销售表.产品流水号,产品名称,数量 as 销售数量,客户名称
from 产品销售表,客户表,产品入库表
where 产品销售表.客户号=客户表.客户号 and 产品销售表.产品流水号=产品入库表.产品流水号
```

```
        and 产品销售表.销售日期='2004-9-11'
 --例3：创建视图,查询课程及格的学生姓名,班级,课程名,成绩表
Use school  --调用学校数据库
create view jg_stu2
as
select sname,class,cname,degree  from sc,student,course
where sc.cno=course.cno and student.sno=sc.sno
group by sc.cno,sname,class,cname,degree having degree>60 with check option
 --例4：建立成绩都及格的视图
create view jg_stu1
as
select * from score where degree>=60 with check option
 --下面将一条不及格信息插入该视图里面
insert into jg_stu1 values('105','9-888',30)
 --当添加了 with check option 参数后，由于将插入一条不及格信息，因此会出现错误。
消息550，级别16，状态1，第1行
```

试图进行的插入或更新已失败，原因是目标视图或者目标视图所跨越的某一视图指定了 WITH CHECK OPTION，而该操作的一个或多个结果行又不符合 CHECK OPTION 约束。语句已终止。

请注意，当通过视图插入数据的时候，以下的几种情况是不允许插入数据的：

1）select 子句中不能使用 unique 或 distinct 关键字

2）不能包括 group by 子句

3）不能包括经算术表达式计算出来的列

4）对于行列子集视图可以更新（视图是从单个基本表使用选择、投影操作导出的，并且包含了基本表的主键）

5）select 子句中的目标列不能包含聚集函数

1-8　关系数据库与 SQL 实训

实训目标

- 完成建立数据库实训任务
- 完成建立并修改基本表实训任务
- 完成综合数据库设计实训任务
- 完成索引实训任务
- 完成 SQL 综合查询实训任务

1-8-1　建立数据库实训

1. 实训一：建立数据库实训

在查询窗口中创建数据库 test1，建立的数据文件及日志文件的基本信息要求如表 1-9 所示，请按照规定的参数编写代码，并可以成功运行。

表 1-9　建立主外键之间的关系

参数	参数值	参数	参数值
数据库名称	Test1	日志逻辑文件名称	Test1_ log
数据库逻辑文件名称	Test1_data	操作系统日志文件	C:\mssql\data\test1_log.ldf
操作系统数据库文件	C:\mssql\data\test1_data.mdf	数据文件初始化大小	5M
数据文件初始化大小	10M	数据文件最大值及文件增长	5M，25M
数据文件最大值及文件增长	50M　20%		

2．实训二：修改数据库实训

请将刚刚建立的 test1 数据库进行修改，具体修改的基本参数如表 1-10 所示。

表 1-10　修改 test1 数据库基本参数表

参数	参数值
数据库名称	Test1
增加的文件组名称	Test1_fg1
增加的文件 1 的逻辑名	Test1_dat3
增加的文件 1 在磁盘中的路径	C:\mssql\data\test1_dat3.ndf
增加的文件 1 初始化大小	5M
文件 1 最大值及文件增长	50M/5M
增加的文件 2 的逻辑名	Test1_dat4
增加的文件 2 在磁盘中的路径	C:\mssql\data\test1_dat4.ndf
增加的文件 2 初始化大小	5M
文件 2 最大值及文件增长	50M/5M
增加的日志文件名	Test1_log2
增加的日志文件在磁盘中路径	C:\mssql\data\test1_log2.ldf
增加的日志文件初始化大小	5M
增加的日志文件最大值及文件增长	100M/5M

1-8-2　建立/修改基本表实训

1．建立基本表实训

建立 school 数据库，其逻辑关系如图 1-47 所示。

2．修改基本表实训

重新创建数据库 school1，按照下面的代码生成三张基本表 student、sc、course、teacher 表（注意：无任何约束条件和限制）。建立如下代码并运行，执行后将建立数据库 school1，并且生成若干不符合数据库规范的基本表，请按照要求进行修改基本表的练习。

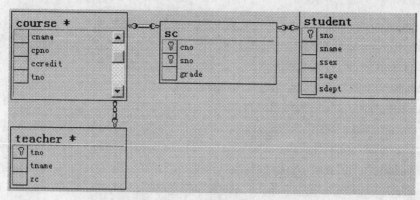

图 1-47　school 数据库逻辑关系图

```
use master
go
--开始建立 school1 数据库
create database school1
on
(name=school1_data,
filename='E:\Program Files\Microsoft SQL Server\MSSQL\Data\school1_data.mdf',
size=5,
maxsize=15,
filegrowth=10%)
log on
(name=school1_log,
filename='E:\Program Files\Microsoft SQL Server\MSSQL\Data\school1_log.ldf',
size=5,
maxsize=15,
filegrowth=10%)
--调用 school1 数据库
use school1
--在 school1 数据库下面建立表 student
create table student
(sno int primary key identity(1,1),
sname varchar(12),
sdept char(20),
sage int)
--建立基本表 course
create table course
(cno int primary key identity(1,1),
cname varchar(16),cpno char(10),credit int)
--建立基本表 sc
create table sc
(sno char(10),cno char(10),grade int)
--建立基本表 teacher
create table teacher
(tno char(10),tname char(14),tage int,tdept varchar(12))
```

根据 school1 数据库不规范的实际情况，请立即完成下面的实训修改练习：

1）将 sdept 由 char 改变为 varchar。

2）将 cpno 变成与 cno 相同的属性。

3）指定 cpno 必须受到 cno 的参照完整性的约束。

4）将 SC 表中的 sno 和 cno 同时指定为主键。

5）将 grade 变成 float 类型。

6）设定 sc 表的参照完整性约束。

7）修改 teacher 表中的 tno。

8）在 teacher 表中增加一项内容 cno 并且增加参照完整性。

9）将 tname 的 char 变为 varchar。

10）分别给 student 和 teachar 表增加性别项，并且取值仅仅只能够是"男"、"女"。

11）将学生的年龄限制在 12～40 之间。

1-8-3 综合数据库设计实训

1. 实训背景说明

创建产品销售数据库（CPXS），初始化大小 10，最大 100，10%增长。其中的基本表情况如下：

1）产品入库表（产品流水号，产品编号，入库时间，产品名称，单位价格，库存量，货物价值）（限制条件：库存量必须小于 10000，单位价格*库存量=货物价值，产品流水号为自动增长，产品编号为字符类型和产品自然编号吻合；入库时间默认为计算机当前的时间）。

2）销售商表（销售商编号，销售商名称，地区，负责人，性别，电话，登记时间）（限制条件：性别为男女，电话必须是 14 位数字以内，登记时间默认为计算机当前的时间，销售商编号为字符类型）。

3）产品销售表（销售日期，产品编号，客户编号，数量，销售额，经手人）或者产品销售表（销售日期，产品流水号，客户编号，数量，销售额，经手人），请问哪个正确呢？（限制条件：销售的数量必须小于某种产品到目前为止的销售数量之总和，销售额=单位价格*数量，经手人必须出自员工信息表；销售日期默认为计算机当前的时间）。

4）员工数据表（员工编号，姓名，性别，年龄，职位，部门编号，岗位）（限制条件：部门编号必须来自部门表，年龄低于 60）。

5）部门数据表（部门编号，名称，数据表，电话）（限制条件：经理编号必须来自员工数据表，电话必须是 14 位数字以内）。

2. 实训要求 1

请按照图 1-48 所示的逻辑关系图建立关系数据库，如果不将产品流水号作为主键，而将产品号、入库时间联合作为主键行吗？

3. 实训要求 2

请完成下面的 4 项实训任务：

1）用 T-SQL 设计数据库和表，指定表的主键和外键，设定用户定义的完整性。

2）每张表输入 10 条以上的数据。

3）将产品入库表中的货物价值按照规定的数值批量填充进去。

4）产品入库表中增加一项属性"增税"，增税=货物价值×2%；再增加一项"税后价格"，税后价格=增税+货物价值。

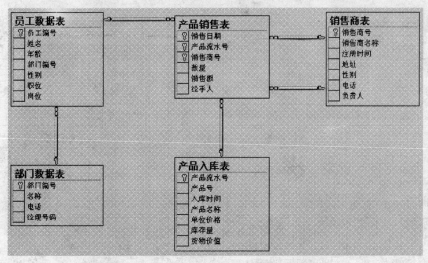

图 1-48　建立主外键之间的关系

1-8-4　索引实训

1. 实训要求

本实训的目标是能够使用 SQL Server Management Studio 和 Transact-SQL 创建索引。

1）建立课程表 course，教师表 teacher 的聚集索引和唯一性索引；建立对课程名 cname 以及教师名 tname 的非聚集索引。要求首先用命令行方式完成，而后再用管理平台完成。

2）建立成绩表 score 的聚集索引和唯一性索引。注意：score 表的键属于宽键，由 sno、cno 共同构成。

1-8-5　SQL 设计编码实训

1. 实训背景说明

首先建立下面的四张表（见表 1-11 至表 1-14），并录入表中的具体数据内容。而后，完成下面的 39 道 SQL 查询的基本任务，由于每个人在阅读题目语义时可能会产生歧义，加之完成同样的 SQL 查询任务时代码书写可能会完全不同，因此建议实训后由教师进行集体点评，并总结可能遇到的典型错误，归纳出较好的 SQL 设计思路，以提高学生 SQL 查询技能。

表 1-11　Student 表

NO	NAME	SEX	BIRTHDAY	CLASS
108	曾华	男	09/01/77	95033
105	匡明	男	10/02/75	95031
107	王丽	女	01/23/76	95033
101	李军	男	02/20/76	95033
109	王芳	女	02/10/75	95031
103	陆军	男	06/03/74	95031
110	张明	男	07/05/80	95033

表 1-12　Score 表

NO	CNO	DEGREE
103	3-245	84
105	3-245	67
109	3-245	98
103	3-105	78
105	3-105	91
109	3-105	68
101	3-105	93

表 1-13 Course 表

CNO	CNAME	TNO
3-105	计算机导论	825
3-245	操作系统	804
6-166	数字电路	856
9-888	高等数学	100

表 1-14 Teacher 表

NO	NAME	SEX	BIRTHDAY	PROF	DEPART
804	李城	男	12/02/58	副教授	计算机系
856	张旭	男	03/12/69	讲师	电子工程系
825	王萍	女	05/05/72	助教	计算机系
831	刘冰	女	08/14/77	助教	电子工程系

2. 实训要求

1）查询 student 表所记录的 name、sex、class 列。

2）显示教师工作的单位（不许重复）。

3）以汉字属性显示 student 表所有记录。

4）查询成绩在 60～80 之间的同学姓名。

5）查询成绩为 80，85 或 88 的记录。

6）查询 95031 班或者性别为"女"的同学记录。

7）以"班级"降序显示 student 中的记录。

8）以 cno 升序、degree 降序显示 score 中的记录。

9）显示 95031 班中的学生人数。

10）显示 score 表中分数最高的学生的学号和课程号。

11）显示 3-105 号课程的平均分数。

12）显示至少有 5 名学生选修的并以 3 开头的课程的平均分数。

13）显示最低分数大于 70，最高分数低于 90 的 no 列。

14）查询学生的姓名、所学的课程号以及该课程的成绩。

15）查询 95033 班所选课程的平均分数。

16）显示选修 3-105 课程的成绩高于 109 号同学成绩的所有同学的记录。

17）查询选修多门课程的同学中分数为非最高成绩的记录。

18）查询成绩高于学号为 109 号、课程号为 3-105 的成绩的所有记录。

19）查询和学号为 108 的同学同年出生的所有学生的 no、name、birthday 列。

20）显示"张旭"老师任课的学生姓名和成绩。

21）显示选修某课程的同学人数多于 5 人的教师姓名。

22）显示 95033 班和 95031 班全体学生的记录。

23）查询存在有 85 分以上的成绩的课程号。

24）查询"计算机系"教师所教课程的成绩表。

25）查询"计算机系"与"电子工程系"不同职称的教师的 name 和 prof。

26）查询选修课编号是 3-105 课程且成绩至少高于选修课程编号为 3-245 的同学的 cno、no 和 degree，并且 degree 按从高到低次序排列。

27）在屏幕上列出选修编号为 3-105 并且成绩高于选修课程编号为 3-245 课程的同学的 cno,no,degree。

28）查询成绩比该课程平均成绩低的同学的成绩表。

29）查询所有未讲课的教师的 name 和 depart。

30）查询至少有 2 名男生的班级号码。

31）查询不姓"王"的同学记录。

32）查询每个学生的姓名和年龄。

33）查询最大和最小生日值的学生及其姓名。

34）以班号和年龄从大到小的顺序查询 student 中的所有信息。

35）查询男老师及其所上的课程名称。

36）查询平均成绩最低的学生姓名及其平均成绩。

37）查询和"李军"同性别的所有学生的姓名。

38）查询和"李军"同性别但是并不同班的所有学生的姓名。

39）查询所有选修"计算机导论"的男学生成绩表。

本章考纲

- 了解 SQL 的含义以及发展历程、SQL 语言的特点；
- 掌握数据库文件的种类及数据库文件的命名方式，掌握数据文件页和区的概念；
- 掌握数据库文件的类型，可以较熟练地在管理平台下建立数据库文件和文件组，通过 SQL 语句建立和修改数据库文件及日志文件，通过 SQL 语句对数据库的文件进行收缩；
- 掌握通过 SQL 语句创建基本表，特别是完成关系逻辑模式的设计，对主键和外键关联性的定义；熟悉 SQL Server 的主要数据类型；
- 掌握通过 SQL 语句修改基本表的模式结构以及通过 SQL 删除基本表；
- 学习索引的基本概念和特性；
- 掌握堆、聚集索引、非聚集索引、唯一性索引的内涵，建立与删除索引的 SQL 语句，获取及优化索引信息的方法；
- 熟练掌握插入操作（insert），删除操作（delete），更新操作（update）的基本 SQL 语句；
- 熟练掌握 SQL 查询的更名，取值重复行，条件查询，聚合函数与分组查询；熟练设计多表连接查询，单表的自连接查询以及多表嵌套查询；掌握 SQL86 与 SQL92 语法的异同点，掌握 SQL86 与 SQL92 实现内连接查询、左外连接和右外连接查询；了解 SQL 交叉无限制连接查询，SQL 集合并与交的查询，关系整除的 SQL 查询方法，近似除与关系整除的查询以及全称谓词查询；
- 掌握建立和删除视图的 SQL 语句，特别是参数 WITH CHECK OPTION 的使用特点。

课后练习

一、填空题

1. _____ 是由一个或多个数据表（基本表）或视图导出的虚拟表。

2. 索引的类型有 _____ 和非聚集索引。

3. SQL Server 聚合函数有最大、最小、求和、求平均和计数等，分别是 _____、_____、

_____、avg 和 count。

4．在 SQL Server 中，页的大小为_____KB，每 MB 有_____页，一个区是_____个物理上连续的页，每 MB 有_____个区。

二、选择题

1．在 SQL 中，建立表用的命令是（　　）。
　　A．CREATE SCHEMA　　　　　　　B．CREATE TABLE
　　C．CREATE VIEW　　　　　　　　D．CREATE INDEX

2．在 SQL 语言中，条件"年龄 BETWEEN 15 AND 35"表示年龄在 15 至 35 之间，且（　　）。
　　A．包括 15 岁和 35 岁　　　　　　B．不包括 15 岁和 35 岁
　　C．包括 15 岁但不包括 35 岁　　　D．包括 35 岁但不包括 15 岁

3．下列四项中，不正确的提法是（　　）。
　　A．SQL 语言是关系数据库的国际标准语言
　　B．SQL 语言具有数据定义、查询、操纵和控制功能
　　C．SQL 语言可以自动实现关系数据库的规范化
　　D．SQL 语言称为结构查询语言

4．SQL 语言中，删除表中数据的命令是（　　）。
　　A．DELETE　　　　B．DROP　　　　C．CLEAR　　　　D．REMOVE

5．SQL 的视图是从（　　）中导出的。
　　A．基本表　　　　B．视图　　　　C．基本表或视图　　　D．数据库

6．下列哪个不是 sql 数据库文件的后缀？（　　）
　　A．.mdf　　　　B．.ldf　　　　C．.tif　　　　D．.ndf

7．建立索引的目的是（　　）。
　　A．降低 SQL Server 数据检索的速度　　B．与 SQL Server 数据检索的速度无关
　　C．加快数据库的打开速度　　　　　　D．提高 SQL Server 数据检索的速度

8．以下关于外键和相应的主键之间的关系，正确的是（　　）。
　　A．外键并不一定要与相应的主键同名
　　B．外键一定要与相应的主键同名
　　C．外键一定要与相应的主键同名而且唯一
　　D．外键一定要与相应的主键同名，但并不一定唯一

9．SQL 中，下列涉及空值的操作，不正确的是（　　）。
　　A．age IS NULL　　　　　　　　B．age IS NOT NULL
　　C．age = NULL　　　　　　　　D．NOT(age IS NULL)

10．每个数据库有且只有一个（　　）。
　　A．主要数据文件　　B．辅助数据文件　　C．日志文件　　　D．索引文件

11．当关系 R 和 S 自然连接时，能够把 R 和 S 原该舍弃的元组放到结果关系中的操作是（　　）。
　　A．左外连接　　　B．右外连接　　　C．内连接　　　D．外连接

三、设计题

1. 已知有如下 4 个表：

供应商表 S(SNO,SNAME,CITY)，零件表 J(JNO,JNAME,COLOR,WEIGHT)，工程表 P(PNO,PNAME,CITY)，供应情况表 SPJ(SNO,PNO,JNO,QTY)。

其中，SNO、SNAME、CITY 分别表示供应商代码、供应商姓名、供应商所在城市，JNO、JNAME、COLOR、WEIGHT 分别表示零件代码、零件名、颜色和重量，PNO、PNAME、CITY 分别表示工程代码、工程名、工程所在城市，QTY 表示某供应商供应某工程某种零件的数量。

分别写出 SQL 语句，完成如下功能：

（1）查询出重量大于 30 或颜色为 red 的零件名。

（2）查询出每个供应商为每个工程供应零件的数量。

（3）查询出给"北京"的工程供应"齿轮"零件的供应商名。

（4）建一个视图，定义为所有 green 颜色的零件。

2. 图书出版管理数据库中有两个基本表：

图书（书号，书名，作者编号，出版社，出版日期）

作者（作者编号，作者名，年龄，地址）

试用 SQL 语句写出下列查询：检索年龄低于作者平均年龄的所有作者的作者名、书名和出版社。

3. 现有关系数据库如下：

学生（学号，姓名，性别，专业、奖学金），课程（课程号，名称，学分），学习（学号，课程号，分数）。用 SQL 实现如下功能：

（1）查询没有获得奖学金、同时至少有一门课程成绩在 95 分以上的学生信息，包括学号、姓名和专业。

（2）查询没有任何一门课程成绩在 80 分以下的所有学生的信息，包括学号、姓名和专业。

（3）对成绩得过满分（100 分）的学生，如果没有获得奖学金的，将其奖学金设为 1000 元。

（4）定义学生成绩得过满分（100 分）的课程视图 AAA，包括课程号、名称和学分。

第 **2** 章　T-SQL 程序设计基础

本章内容

- T-SQL 概述
- T-SQL 流程控制语句
- T-SQL 函数
- 游标技术
- 全文索引技术

2-1　T-SQL 概述

学习目标

- T-SQL 代码的基本格式及注释
- T-SQL 语法全局变量与局部变量
- T-SQL 的临时表和全局表
- T-SQL 的运算符号

T-SQL 就是 Transact-SQL，是标准 SQL 在 Microsoft SQL 环境下程序设计语言的增强版，它是用来让应用程序与 SQL Server 沟通的主要语言。T-SQL 提供标准 SQL 的 DDL 和 DML 功能，加上延伸的函数、系统预存程序以及程序设计结构（如 IF 和 WHILE）让程序设计更有弹性，T-SQL 的功能随着新版的 SQL Server 而持续成长。

2-1-1　格式化的 T-SQL 代码

T-SQL 的批处理是一组扩展的 SQL 语句，在一个批处理中可以包含一条或多条 T-SQL 语句，成为一个语句组。两个 GO 之间的 SQL 语句作为一个批处理，如图 2-1 所示。这样的语句组从应用程序一次性地发送到 SQL Server 服务器进行执行。SQL Server 服务器将批处理编译成一个可执行单元，称为执行计划。

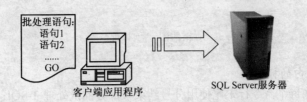

图 2-1　基本批处理是以 GO 语句为标识点

1．注释

注释是程序代码中不执行的文本字符串（也称为注解）。使用注释对代码进行说明，不仅能使程序易读易懂，而且有助于日后的管理和维护。注释通常用于记录程序名称、作者姓名和主要代码更改的日期，还可以用于描述复杂的计算或者解释编程的方法。

在 SQL Server 中，可以使用两种类型的注释字符：

（1）单行注释

该方法是 ANSI 标准的注释符"—"，用于单行注释；

（2）多行注释

该方法是与 C 语言相同的程序注释符号，即"/*　*/"。"/*"用于注释文字的开头，"*/"用于注释文字的结尾，利用它们可以在程序中标识多行文字为注释。当然，单行注释也可以使用"/*　*/"，我们只需将注释行以"/*"开头并以"*/"结尾即可。反之，段落注释也可以使用"—"，只需使段落注释的每一行都以"—"开头即可。

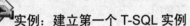

实例：建立第一个 T-SQL 实例

首先，我们建立公司数据库 sample，该数据库的基本表逻辑结构如图 2-2 所示。

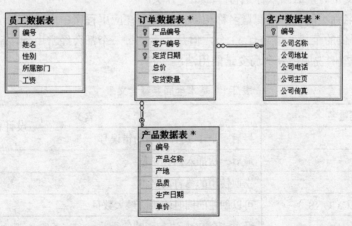

图 2-2　Sample 数据库的基本表

```
Use sample  --该批处理执行打开数据库 sample
Go /*批处理结束标志*/
--该批处理检索项目部员工
Select * From 员工数据表 Where 所属部门='项目部' and 工资>2000  Order by 姓名
Go/*批处理结束标志*/
--下面的批处理创建视图
Create view PM_View
```

```
As
Select * from 员工数据表 where 所属部门='项目部'
Go
```

2. 结束 T-SQL 语句的标准

T-SQL 标准规定在每个命令行末尾使用分号结束该部分的批处理 T-SQL 语句,但需要注意的是,T-SQL 编码时分号是可选择的,但是请注意以下位置的分号使用:

1)不要在 try end 后面添加分号。

2)不要在 if 语句后面添加分号。

3)必须在 SET 之前添加分号。

2-1-2　T-SQL 语法变量

变量是一种语言中必不可少的组成部分。T-SQL 语言中有两种形式的变量,一种是用户自己定义的局部变量,另一种是系统提供的全局变量。

1. 全局变量

SQL Server 系统本身就提供了一些全局变量。全局变量是 SQL Server 系统内部使用的变量,其作用范围并不仅仅局限于某一程序,而是任何程序均可以随时调用。全局变量通常存储一些 SQL Server 的配置设定值和统计数据。用户可以在程序中用全局变量来测试系统的设定值或者是 T-SQL 命令执行后的状态值。在使用全局变量时应该注意以下几点:

1)全局变量不是由用户的程序定义的,它们是在服务器定义的。

2)用户只能使用预先定义的全局变量。

3)引用全局变量时,必须以标记符"@@"开头。

4)局部变量名称不能与全局变量名称相同,否则会在应用程序中出现不可预测的结果。

SQL Server 提供的全局变量共有 33 个,但是并不是每一个都会经常用到,基本的全局变量如表 2-1 所示。下面举例说明部分全局变量的用法。

表 2-1　基本全局变量含义表

全局变量名	含义
@@ERROR	最后一个 T-SQL 错误的错误号
@@IDENTITY	最后一次插入的标识值
@@LANGUAGE	当前使用的语言的名称
@@MAX_CONNECTIONS	可以创建的同时连接的最大数目
@@ROWCOUNT	受上一个 SQL 语句影响的行数
@@SERVERNAME	本地服务器的名称
@@TRANSCOUNT	当前连接打开的事务数
@@VERSION	SQL Server 的版本信息

实例:T-SQL 全局变量实例

```
Use sample
```

```
Go
```
--例 1：检测限制检查冲突
```
--将项目部的工资更新为
Update 员工数据表 Set 工资=3000 where 所属部门='项目部'
--检查是否出现限制检查冲突
If  @@ERROR=547
print '出现限制检查冲突，请检查需要更新的数据'
```
--@@ERROR 全局变量将返回最后执行的 T-SQL 语句的错误代码，数据类型为 integer，如果成功 @@ERROR 返回 0，否则返回错误代码。有关错误代码的信息请在 sysmessages 系统表中查找。
```
-- print 关键字是打印输出的语句，可以输出"字符串"或者"字符串常量"或者"字符串变量"
--例如：Print  '你好吗？'
Print  @@version
```
--例 2：全局变量@@CONNECTIONS，检测连接次数
```
SELECT GETDATE( )  AS  '当前的时期和时间', @@CONNECTIONS AS  '试图登录的次数'
```
--例 3：全局变量@@RowCount 的用法
```
--@@RowCount 全局变量用以判别查询是否成功，并返回查询到的行数。
Use school
GO
update student set sname='叮当' where sname='老叮当';
if @@rowcount=0
  begin
    print '没有修改任何行'
End
```

2. 局部变量

局部变量是一个能够拥有特定数据类型的对象，它的作用范围仅限制在程序内部。局部变量被引用时要在其名称前加上标志"@"，而且必须先用 DECLARE 命令定义后才可以使用。

（1）定义局部变量的语法形式
```
DECLAER {@local_variable  data_type} […n]
```

其中，参数@local_variable 用于指定局部变量的名称，变量名必须以符号@开头，并且局部变量名必须符合 SQL Server 的命名规则。参数 data_type 用于设置局部变量的数据类型及其大小。data_type 可以是任何由系统提供的或用户定义的数据类型。但是，局部变量不能是 text、ntext 或 image 数据类型。

（2）定义局部变量的语法形式

使用 DECLARE 命令声明并创建局部变量之后，会将其初始值设为 NULL，如果想要设定局部变量的值，必须使用 SELECT 命令或者 SET 命令。两种语法形式为：
```
SET { @local_variable = expression }
SELECT { @local_variable = expression }[ ,…n ]
```

其中，参数@local_variable 是给其赋值并声明的局部变量，参数 expression 是任何有效的 SQL Server 表达式。

实例：　T-SQL 局部变量实例

--例 1：通过 SET 进行赋值实例
```
Use school
```

```
go
declare @char1 float,@num char(40)
select  @char1=max(degree)  from  score,course  where  cname='高 等 数 学'  and
score.cno=course.cno
set @num='高等数学的最高成绩是:'
print @num+Ltrim(STR(@char1))  --str 函数的作用是将数值类型转换成 char 类型；Ltrim
函数是去除左边空格。
```

--问题说明：如果高等数学的最高成绩查询为空，则执行"print @num+STR(@char1)"语句后显示为空，表示空值与字符串拼接后显示信息也为空。

--例 2：通过 SELECT 进行赋值，需要注意的事项是：

(1)如果查询之中 select 返回多个值，则仅仅将最后一个数值赋值给变量

(2)如果没有返回值则保持当前的变量值

```
use school
go
declare @cc1 nvarchar(32)
select @cc1=sno from score
print @cc1  --此句话可以将局部变量@cc1 正常显示出来
Go
print @cc1
```

--由于已经执行 Go 语句，批处理结束，因此此句执行错误，@cc1 局部变量生命周期已经结束

--例 3：通过 SELECT 进行赋值

```
declare @var1 nvarchar(30)
set @var1='张飞'
select @var1=sname from student where sno='0000'
print @var1
```

--0000 编号的学生是没有的，此时@var1 将显示初始值"张飞"，如果有则显示查询到的信息

```
select @var1=sname  from student  where sno='101'
print @var1
```

--例 4：通过 SELECT 进行赋值

```
Use sample  --调用 sample 数据库
Go
--开始声明局部变量
Declare @max_salary int
--将其赋值为全体员工的工资最大值
Select @max_salary=max(工资) from 员工数据表
Go
```

--注意：局部变量的作用范围是从声明该局部变量的地方开始到声明局部变量的批处理或存储过程的结尾。在局部变量的作用范围以外引用该局部变量将引起语法错误。

2-1-3 临时表和全局表

除了基本表和视图以外，SQL Server 还提供了临时表和全局表供数据库访问者进行访问操作，从本质上来说，临时表和全局表都属于虚表，其生命周期视用户访问情况而生成或者消失，唯一不同的是为建立者提供数据临时访问，还是为所有数据库访问用户提供临时访问。

1. 局部临时表

SQL Server 支持局部临时表（简称临时表）。临时表就是那些名称以井号（#）开头的表。如果当用户断开连接时没有除去临时表，SQL Server 将在一定时间后自动除去临时表。临时表不存储在当前数据库内，而是存储在系统数据库 tempdb 内。

局部临时表的创建方法与用户表相同，其生命周期自批处理开始生成，自该批处理结束终止，该临时表将从 tempdb 库中被删除。局部临时表往往在存储过程开发中被设计，至该存储过程结束终止。

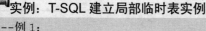

实例：T-SQL 建立局部临时表实例

```
--例1:
create table #stupass
( sno int primary key, sname varchar(20), sdegree int, cname varchar(20));
```

2. 全局临时表

以两个井号（##）开头的在所有连接上都能够访问到的表就是全局临时表。如果在创建全局临时表的连接断开前没有显式地除去这些表，那么只要所有其他任务停止引用它们，这些表即被除去。当创建全局临时表的连接断开后，新的任务不能再引用它们。当前的语句一旦执行完，任务与表之间的关联即被除去；因此通常情况下，只要创建全局临时表的连接断开，全局临时表即被除去。

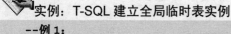

实例：T-SQL 建立全局临时表实例

```
--例1:
create table ##stupass1
( sno int primary key, sname varchar(20), sdegree int, cname varchar(20));
```

3. 全局临时表和局部临时表的差异

二者在名称、可见性和可用性上均不相同。局部临时表的名称以符号（#）打头，它们仅对当前的用户连接是可见的，当用户从 SQL Server 实例断开连接时被删除。全局临时表的名称以符号（##）打头，创建后对任何用户都是可见的，当所有引用该表的用户从 SQL Server 断开连接时被删除。

例如，如果创建名为 employees 的表，则任何人只要在数据库中有使用该表的安全权限就可以使用该表，除非它已删除。如果创建名为 #employees 的局部临时表，只有您能对该表执行操作且在断开连接时该表删除。如果创建名为##employees 的全局临时表，数据表中的任何用户均可对该表执行操作；如果该表在您创建后没有其他用户使用，则当您断开连接时该表删除；如果该表在您创建后有其他用户使用，则 SQL Server 在所有用户断开连接后删除该表。

2-1-4　运算符

运算符是一些符号，它们能够用来执行算术运算、字符串连接、赋值以及在字段、常量和变量之间进行比较。在 SQL Server 2005 中，运算符主要有以下六大类：算术运算符、赋值运算符、位运算符、比较运算符、逻辑运算符和字符串串联运算符。

1. 算术运算符

算术运算符可以在两个表达式上执行数学运算，这两个表达式可以是数字数据类型分类的任何数据类型。算术运算符包括加（+）、减（—）、乘（*）、除（/）和取模（%）。

2. 赋值运算符

T-SQL 中只有一个赋值运算符，即（=）。赋值运算符使我们能够将数据值指派给特定的对象。另外，还可以使用赋值运算符在列标题和为列定义值的表达式之间建立关系。

3. 位运算符

位运算符使我们能够在整型数据或者二进制数据（image 数据类型除外）之间执行位操作。此外，在位运算符左右两侧的操作数不能同时是二进制数据。表 2-2 列出了所有的位运算符及其含义。

表 2-2　位运算符

运算符	含义
&（按位 AND）	按位 AND（两个操作数）
|（按位 OR）	按位 OR（两个操作数）
^（按位互斥 OR）	按位互斥 OR（两个操作数）

4. 比较运算符

比较运算符亦称关系运算符，用于比较两个表达式的大小或是否相同，其比较的结果是布尔值，即 TRUE（表示表达式的结果为真）、FALSE（表示表达式的结果为假）以及 UNKNOWN。除了 text、ntext 或 image 数据类型的表达式外，比较运算符可以用于所有的表达式。

5. 逻辑运算符

逻辑运算符可以把多个逻辑表达式连接起来。逻辑运算符包括 AND、OR 和 NOT 等运算符。逻辑运算符和比较运算符一样，返回带有 TRUE 或 FALSE 值的布尔数据类型。三个运算符的优先级别为：NOT>AND>OR。

6. 字符串串联运算符

字符串串联运算符允许通过加号（+）进行字符串串联，这个加号即被称为字符串串联运算符。例如对于语句 SELECT 'abc'+'def'，其结果为 abcdef。

7. 运算符的优先级

在 SQL Server 2005 中，运算符的优先级从高到低如下所示，如果优先级相同，则按照从左到右的顺序进行运算。

括号：()
乘、除、求模运算符：*, /, %
加减运算符：+, —
比较运算符：=, >, <, >=, <=, <>, !=, !>, !<
位运算符：^, &, |
逻辑运算符：NOT
逻辑运算符：AND
逻辑运算符：OR

2-2　T-SQL 流程控制语句

学习目标

- 学习 IF...ELSE 条件语句
- 学习 WHILE...CONTINUE...BREAK 循环语句
- 学习 CASE 多条件分支语句
- 学习 GOTO 跳转语句
- 学习 Try...Catch 错误与异常处理语句

流程控制语句是指那些用来控制程序执行和流程分支的语句，在 SQL Server 2005 中，流程控制语句主要用来控制 SQL 语句、语句块或者存储过程的执行流程。

2-2-1　IF...ELSE 语句

在流程控制语句之中，首先我们应当认识的是语句块，一个语句块是以 BEGIN 语句开始，以 END 语句终止，作为一个完全独立的逻辑单元存在于流程控制语句之中，如下所示：

```
BEGIN
{ sql_statement | statement_block }
END
```

IF...ELSE 语句是条件判断语句，其中，ELSE 子句是可选的，最简单的 IF 语句没有 ELSE 子句部分。IF...ELSE 语句用来判断当某一条件成立时执行某段程序，条件不成立时执行另一段程序。SQL Server 允许嵌套使用 IF...ELSE 语句，而且嵌套层数没有限制。IF...ELSE 语句的语法形式为：

```
IF Boolean_expression
  { sql_statement | statement_block }
    [ ELSE
      { sql_statement | statement_block } ]
```

实例：IF...ELSE 语句实例

--例 1：如果员工数据表中有人在办公室工作，则显示这些人名单，否则告知没有人在办公室。

```
Use sample
Go
--声明用于发布消息的变量
Declare @message varchar(200)
--判断是否在办公室工作
If exist(Select * from 员工数据表 where 所属部门='办公室')
--如果有，则列出姓名
Begin
```

```
    set  @message='下列人员在办公室: '
    print @message
    select 姓名  from 员工数据表  where  所属部门='办公室'
End
--否则，输出没有人在工作的消息
Else
Begin
    Set  @message='抱歉，没有人在办公室'
    Print  @message
End
Go
```
--注意：begin 和 end 分别表示语句块的开始和结束，而且必须成对使用。
--例 2：如果有工资超过 5000 元输出一个消息，否则输出另一个消息
```
Use sample
Go
Declare @message varchar(200)
```
--判断是否存在工资超过 5000 的员工
```
If exist(Select  姓名,工资 from 员工数据表  where 工资>5000)
Begin
    Print '有员工工资超过 5000 元'
End
```
--否则，输出没有工资 5000 元以上的员工
```
Else
  Begin
    Set @message='抱歉，并没有员工的工资在 5000 元以上'
    Print message
  End
```
--例 3：如果员工平均薪水大于 3000 元，则输出一个消息，否则输出另一个消息
```
If  (select  avg(工资)  from 员工数据表)>3000
    print  '我们要求提高工资水平！'
Else
    print '工资水平较为合理！'
```

2-2-2   WHILE…CONTINUE…BREAK 语句

WHILE…CONTINUE…BREAK 语句用于设置重复执行 SQL 语句或语句块的条件。只要指定的条件为真，就重复执行语句。其中，CONTINUE 语句可以使程序跳过 CONTINUE 语句后面的语句，回到 WHILE 循环的第一行命令。BREAK 语句则使程序完全跳出循环，结束 WHILE 语句的执行，其语法形式为：

```
WHILE Boolean_expression
    { sql_statement | statement_block }
    [ BREAK ]
    { sql_statement | statement_block }
    [ CONTINUE ]
```

实例：WHILE…CONTINUE…BREAK 语句实例

--例 1：如果员工平均薪水少于 3000 元，则循环每次使每个员工工资增加 500 元，直到所有的员工的平均工资都是大于 3000 元或者有的员工的工资超过了 10000 元为止。

```
Use sample
Go
--根据是否存在员工的平均工资少于 3000 而确定循环是否继续执行
While (select avg(工资) from 员工数据表)<3000
--循环开始
begin
Update 员工数据表 Set 工资=工资+500
--如果有的员工的工资已经超过了 10000 元，则跳出循环
print '没有员工的工资已经超过了 10000 元，继续循环'
If (select max(工资) from 员工数据表)>10000
  Break
else
  continue
end
--循环结束
print '有的员工的工资已经超过了 10000 元，停止循环'
```

--例 2：另一种解法示例

```
declare @salary money,@min_money money,@max_money money,@avg_money money
select @min_money=MIN(工资),@max_money=MAX(工资),@avg_money=AVG(工资) FROM 员工数据表
while @avg_money<3000
  begin
  update 员工数据表 set 工资=工资+500
  if @max_money>10000
     break
  else
     continue
End
```

问题：例 2 出现死循环了，怎么解决？

问题分析：由于例 2 代码的第二行查询出来的数据是初始数据表的最小值、最大值和平均值，这些数据不会在后面的循环过程的累加变化中动态变化，即循环条件永远满足，从而导致死循环的产生。

--例 2：错误更正（1）

```
declare @salary money,@min_money money,@max_money money,@avg_money money
--此处是进行局部变量的初次赋值：
select @min_money=MIN(工资),@max_money=MAX(工资),@avg_money=AVG(工资) FROM 员工数据表
while @avg_money<3000
begin
  --此处赋值是每次循环时改变各个变量的值。
  select @min_money=MIN(工资),@max_money=MAX(工资),@avg_money=AVG(工资) FROM 员工数据表
```

```
update 员工数据表 set 工资=工资+500
if @max_money>10000
    break
else
    continue
End
```

问题：例 2 的错误更正虽然解决了死循环的问题，但是依然是错误的，为什么？

主要原因是在利用 update 修改数据后，并没有及时赋值，程序将继续开始循环，但此时 while 判断的@avg_money 变量的值已经不是最新的了，从而导致循环次数可能变多一次。

--例 3：错误更正（2）
```
declare @salary money,@min_money money,@max_money money,@avg_money money
--此处是进行局部变量的初次赋值；
declare @salary money,@min_money money,@max_money money,@avg_money money
select @min_money=MIN(工资),@max_money=MAX(工资),@avg_money=AVG(工资)
FROM 员工数据表
while @avg_money<3000
  begin
  update 员工数据表 set 工资=工资+500
  if @max_money>10000
      break
  else
      begin
      --调整位置，每次 continue 之前先进行赋值。
      select @min_money=MIN(工资),@max_money=MAX(工资),@avg_money=AVG(工资)
      FROM 员工数据表
      continue
      end
  End
```
--例 4：错误更正（3），本方法比较简洁明了。
```
while (select AVG(工资) from 员工数据表)<3000
  begin
  update 员工数据表 set 工资=工资+500
  if (select max(工资) from 员工数据表)>10000
      break
  else
      continue
  End
```

2-2-3　CASE 语句

CASE 语句可以计算多个条件式，并将其中一个符合条件的结果表达式返回。CASE 语句按照使用形式的不同，可以分为简单 CASE 语句和搜索 CASE 语句，它们的语法形式分别为：
```
CASE input_expression
WHEN when_expression THEN result_expression
```

```
[ ...n ]
[ELSE else_result_expression  ENDCASE
WHEN Boolean_expression THEN result_expression
[...n ]
[ELSE else_result_expression  END
```

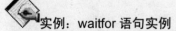

实例：CASE 语句实例

--例 1：根据员工数据表中每个员工所在的不同部门，显示不同的信息

```
Use sample
Go
Select 姓名, '部门说明'=
--分别为各个部门说明情况
Case  所属部门
      When '办公室' then '在办公室工作，该部门主要负责办公室的工作。'
      when '项目部' then '在项目部工作，该部门主要负责项目部的工作。'
      when '录入部' then '在录入部工作，该部门主要负责录入部的工作。'
      when '技术部' then '在技术部工作，该部门主要负责技术部的工作。'
End
From 员工数据表   --按照员工的数据表排序
Order by 姓名
```

2-2-4　waitfor 语句

WAITFOR 语句用于暂时停止执行 SQL 语句、语句块或者存储过程等，直到所设定的时间已过或者所设定的时间已到才继续执行。WAITFOR 语句的语法形式为：

```
WAITFOR { DELAY 'time' | TIME 'time' }
```

其中，DELAY 用于指定时间间隔，TIME 用于指定某一时刻，其数据类型为 datetime，格式为 hh:mm:ss。

实例：waitfor 语句实例

--例 1：

```
Use sample
Go
--指定在执行 select 语句之前需要等待 3 秒
Waitfor delay '00:00:03'
--执行查询
select 姓名,性别 from 员工数据表 where 所属部门='项目部'
```

2-2-5　GOTO 语句

GOTO 语句可以使程序直接跳到指定的标有标识符的位置处继续执行，而位于 GOTO 语句和标识符之间的程序将不被执行。GOTO 语句和标识符可以用在语句块、批处理和存储过程中，标识符可以为数字与字符的组合，但必须以 "："结尾。如"a1:"。在 GOTO 语句行，标识符后面不用跟

":"。GOTO 语句的语法形式为：

```
GOTO   label（标签名称）
……
label:
```

实例： GOTO 语句实例

--例1：利用 GOTO 语句求出从 1 加到 5 的总和。程序清单如下：

```
declare   @sum   int,  @count   int
select   @sum=0,   @count=1
label_1:
select   @sum=@sum+@count
select   @count=@count+1
if   @count<=5
goto   label_1
select   @count   @sum
```

注意：人们认为 GOTO 语句是影响可读性的严重因素，在使用的时候尽可能避免使用 GOTO 语句，因为过多的 GOTO 语句可能会造成 T-SQL 逻辑混乱而难以理解。另外，标识符仅仅标示了跳转的目标，并不隔离其前后的语句。只要标识符前面的语句本身不是流程控制语句，标识符前后的语句将按照顺序正常执行，就如同没有使用标识符一样。

2-2-6 错误处理与 Try …Catch 语句

这是 SQL Server 2005 特有的一种捕获和处理错误的标准方法，其基本理念是，尝试执行一个代码块，如果发生错误，则在 Catch 代码块之中捕获错误，其基本用法如下：

```
BEGIN TRY
    { sql_statement | statement_block } ;
END TRY
BEGIN CATCH
    { sql_statement | statement_block }
END CATCH
```

和其他语言的异常处理用法差不多，但要注意的是，SQL Server 只捕获那些不是很严重的异常，如数据库不能连接等这类异常是不能捕获的。在捕获异常错误时，经常会使用到一些系统的错误函数，具体内容如表 2-3 所示。

表 2-3   异常出现时使用的捕获错误的系统函数

错误函数	返回值
Error_Message()	错误的消息文本
Error_Number()	错误编号
Error_Procedure()	发生错误的存储过程或触发器的名称
Error_Serverity()	错误的严重程度
Error_State()	错误的状态

在进行异常捕获时，对于 CATCH 块我们需要注意处理好下面的工作：

1）如果批处理使用了逻辑结构（begin tran/commit tran），则错误处理程序应回滚事务。建议首先回滚事务，以释放各事务执行的锁定。

2）如果错误是存储过程逻辑检测到的，则系统将自动引发错误消息。

3）如果有必要，将错误记录到错误表中。

4）结束批处理，如果它是存储过程、用户定义函数或触发器，可使用 return 命令结束它。

实例：Try...Catch 语句实例

```
--例1：除0错误时候，捕获异常错误：
BEGIN TRY
DECLARE @X INT
  -- 0 作为除数错误
  SET @X = 1/0
  PRINT 'TRY 模块运行正常'
END TRY
BEGIN CATCH
  PRINT '出现异常错误'
  SELECT ERROR_NUMBER() ERNumber,
  ERROR_SEVERITY() Error_Severity,
  ERROR_STATE() Error_State,
  ERROR_PROCEDURE() Error_Procedure,
  ERROR_LINE() Error_Line,
  ERROR_MESSAGE() Error_Message
END CATCH
PRINT 'TRY/CATCH 执行完毕后显示信息'
--例2：try...catch 可以嵌套的案例
Use school
GO
Begin TRY
  delete from student where sName = '小明'
  print '小明同学已经被成功删除。'
End Try
Begin Catch
  Print '删除信息时有错误发生'
  Begin Try
    delete from score where sno = (select distinct sno from student where sName
= '小明')
    Print '小明同学第二次被成功删除。'
  End Try
  Begin Catch
    print '删除信息第二次错误发生'
    Begin Try
      delete from student where sno =
      (select distinct sno from score where cno = (select distinct cno from course
```

```
where cName = 'c 语言'))
        print '第三次删除学生成功。'
    End Try
    Begin Catch
      Print '删除信息第三次错误发生'
    End Catch
  End Catch
End Catch
```

2-3　T-SQL 函数

学习目标

● 学习系统函数、行集函数和 Ranking 函数；重点掌握字符串函数、日期时间函数和数学函数的使用参数以及使用技巧
● 重点掌握用户定义的标量函数以及自定义函数的执行方法
● 掌握用户定义的内嵌表值函数以及与用户定义的标量函数的主要区别

在 T-SQL 语言中，函数被用来执行一些特殊的运算以支持 SQL Server 的标准命令。SQL Server 包含多种不同的函数用以完成各种工作，每一个函数都有一个名称，在名称之后有一对小括号，如 gettime( ) 表示获取系统当前的时间。大部分的函数在小括号中需要一个或者多个参数。T-SQL 编程语言提供了四种函数：行集函数、聚合函数、Ranking 函数、标量函数。

由于聚集函数在上一章中已经介绍，因此本节首先重点讨论标量函数及 Ranking 函数的具体名称以及内容和使用方法。

2-3-1　标量函数

标量函数用于对传递给它的一个或者多个参数值进行处理和计算，并返回一个单一的值。标量函数可以应用在任何一个有效的表达式中。标量函数可分为如表 2-4 所示的几大类。

表 2-4　标量函数的基本分类

函数分类	解释
配置函数	返回当前的配置信息
游标函数	返回有关游标的信息
日期和时间函数	对日期和时间输入值进行处理
数学函数	对作为函数参数提供的输入值执行计算
元数据函数	返回有关数据库和数据库对象的信息
安全函数	返回有关用户和角色的信息

续表

函数分类	解释
字符串函数	对字符串（char 或 varchar）输入值执行操作
系统函数	执行操作并返回有关 SQL Server 中的值、对象和设置的信息
系统统计函数	返回系统的统计信息
文本和图像函数	对文本或图像输入值或列执行操作，返回有关这些值的信息

1. 系统函数

系统函数用于返回有关 SQL Server 系统、用户、数据库和数据库对象的信息。系统函数可以让用户在得到信息后，使用条件语句，根据返回的信息进行不同的操作。与其他函数一样，可以在 SELECT 语句的 SELECT 和 WHERE 子句以及表达式中使用系统函数，下面我们通过实例对重要的系统函数进行介绍。

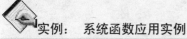
实例：　系统函数应用实例

```
--该部分函数主要解决如何获取 SQL Sever 的系统信息。
1. COL_LENGTH(expression)：返回列的定义长度（以字节为单位）。
2. DATALENGTH(expression)：返回任何表达式所占用的字节数。
--例 1：col_length ()函数的使用
Use sample
Go
Select col_length('员工数据表', '姓名') as name_data_length ,
Datalength('姓名') as name_data_length  from 员工数据表
--（注解：col_length ()函数可以返回列的长度）
3. ISNUMERIC(expression)/返回类型 int：确定表达式是否为一个有效的数字类型。
--例 2：ISNUMERIC ()函数的使用
USE school
SELECT ISNUMERIC(sno) FROM student
GO
4. USER_ID()：返回用户的数据库标识号。
5. USER_NAME()：返回给定标识号的用户数据库用户名。
USER_NAME ( [ id ] )id：用来返回用户名的标识号。id 的数据类型为 int，注意当省略 id 时，
则假定为当前用户。必须加上圆括号。
--例 3：USER_ID()函数的使用
SELECT USER_ID('MY-TOMATO') , USER_NAME('MY-TOMATO')
```

2. 字符串函数

字符串函数可以对二进制数据、字符串和表达式执行不同的运算，大多数字符串函数只能用于 char 和 varchar 数据类型以及明确转换成 char 和 varchar 的数据类型，少数几个字符串函数也可以用于 binary 和 varbinary 数据类型，字符串函数可以分为以下几大类：

1）基本字符串函数：UPPER, LOWER, SPACE, REPLICATE, STUFF, REVERSE, LTRIM, RTRIM。

2）字符串查找函数：CHARINDEX, PATINDEX。

3）长度和分析函数：DATALENGTH, SUBSTRING, RIGHT。

4）转换函数：ASCH，CHAR，STR，SOUNDEX，DIFFERENCE。

下面我们通过实例对重要的字符串函数进行介绍。

实例：字符串函数应用实例

该部分函数主要解决各种字符串的处理问题

1. CHAR（数字变量）

功能：将 ASC 码转换成字符串；

注意：ASC 码是指 0～255 之间的整数

例如：`select char(56)`

2. LEFT（字符串表达式，整数）

功能：返回从字符串左边开始多少个字符

例如：`select left(sname,2) from student`

3. LTRIM 函数和 RTRIM 函数

功能：删除字符串的前导空格与后导空格。

例如：`insert into student(sno,sname) values(990,'    看看空格    ')`

`select sname from student where sname like '%看看空格%'`

`select LTRIM(sname)  from student where sname like '%看看空格%'`

`select RTRIM(sname)  from student where sname like '%看看空格%'`

`select RTRIM(LTRIM(sname)) from student where sname like '%看看空格%'`

`--注意：去除前后导空格一般通过 RTRIM(LTRIM(查询字符串)) 联合使用完成。`

4. REPLACE（'第一个字符串表达式'，'第二个字符串表达式'，'第三个字符串表达式'）

功能：用第三个字符串表达式替换第一个字符串表达式中出现的所有第二个字符串表达式

例如：`SELECT REPLACE('我是玉树临风的高狗熊','高狗熊','周星驰')`

5. SUBSTRING(表达式，开始点，结束点)

功能：返回字符、binary、text 或 image 表达式的一部分。

例如：`SELECT SUBSTRING('我是玉树临风的高狗熊',3,4)`

6. CAST 与 CONVERT 函数

功能：实现数据的格式转化；将某种数据类型的表达式显式转换为另一种数据类型。

CAST 和 CONVERT 提供相似的功能

使用 CAST：`CAST ( expression AS data_type )`

使用 CONVERT：`CONVERT (data_type[(length)], expression [, style])`

例如：`select CONVERT(varchar(10),123)+'100'`

`select CAST('123' as int)+ 100`

7. LEN(string_expression)

功能：返回给定字符串表达式的字符（而不是字节）个数，其中不包含尾随空格。

例如：`select LEN('   我是玉树临风的高狗熊   ')`

8. LOWER()

功能：将大写字符数据转换为小写字符数据后返回字符表达式。

例如：`select UPPER('dsfgdfghtyuj')`

9. UPPER()

功能：返回将小写字符数据转换为大写字符数据后的字符表达式。

例如：`create table titles(title varchar(24),price money)`

`insert into titles values('PPd',3.63)`

`SELECT LOWER(SUBSTRING(title, 1, 20)) AS Lower, UPPER(SUBSTRING(title, 1, 20)) AS Upper,    LOWER(UPPER(SUBSTRING(title, 1, 20))) As LowerUpper  FROM titles WHERE price between 1.00 and 200.00`

10. CHARINDEX (字符串,表达式[,起始位置])

功能：返回字符串中指定表达式的起始位置。

例如：SELECT CHARINDEX('不', sname) FROM student

select sname from student

11. REPLICATE (字符表达式,整数表达式)

功能：以指定的次数重复字符表达式。

例如：declare @c varchar(12)

set @c='我是谁'

SELECT REPLICATE(@c, 4)

12. REVERSE (字符表达式)

功能：返回字符表达式的反转。

例如：declare @c varchar(62)

set @c='请问你谁是周星驰啊'

SELECT REVERSE(@c)

13. STUFF (字符表达式,起始点,长度,字符表达式)

功能：删除指定长度的字符并在指定的起始点插入另一组字符。

--例如：SELECT STUFF('请问你谁是周星驰啊', 6, 3,'')

3. 日期时间函数

日期时间函数用于对日期和时间数据进行各种不同的处理和运算，并返回一个字符串、数字值或日期和时间值。与其他函数一样，可以在 SELECT 语句的 SELECT 和 WHERE 子句以及表达式中使用日期和时间函数，如表 2-5 所示为日期时间函数的基本内容。

表 2-5　日期时间函数的基本分类

函数	参数	功能
DATEADD	(datepart,number,date)	以 datepart 指定的方式，返回 date 加上 number 之和
DATEDIFF	(datepart,date1,date2)	以 datepart 指定的方式，返回 date2 与 date1 之差
DATENAME	(datepart,date)	返回日期 date 中 datepart 指定部分所对应的字符串
DATEPART	(datepart,date)	返回日期 date 中 datepart 指定部分所对应的整数值
DAY	(date)	返回指定日期的天数
GETDATE	()	返回当前的日期和时间
MONTH	(date)	返回指定日期的月份数
YEAR	(date)	返回指定日期的年份数

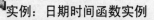
实例：日期时间函数实例

1. DATEADD (datepart , number, date)

功能：在向指定日期加上一段时间的基础上，返回新的 datetime 值。

例如：USE school

SELECT DATEADD(day, 21, birthday) AS stu_biradd FROM student

2. DATEDIFF (datepart , startdate , enddate)

功能：返回跨两个指定日期的日期和时间边界数。

例如：SELECT DATEDIFF(year, birthday, getdate()) AS 年龄 FROM student

3. DATENAME(datepart , date)

功能：返回代表指定日期的月份部分的字符串。

例如：SELECT DATENAME(month, birthday) AS '出生月' from student

4. DATEPART(datepart , date)

功能：返回代表指定日期的年份部分的整数。

例如：SELECT DATEPART (year, birthday) AS '出生年' from student

5. year(),month(),day()

功能：返回年月日。

6. GETDATE() 函数

功能：返回今天的日期。

例如：SELECT DATEPART(month, GETDATE()) AS 'Month Number'

```
SELECT DATEPART(day, GETDATE()) AS 'day Number'
SELECT DATEPART(year, GETDATE()) AS 'year Number'
```

4. 数学函数

数学函数用于对数字表达式进行数学运算并返回运算结果。数学函数可以对 SQL Server 提供的数字数据（decimal、integer、float、real、money、smallmoney、smallint 和 tinyint）进行处理，具体解释见下面的实例内容。

实例：数学函数实例

可以使用数学函数执行各种算术或函数运算

1. ABS() 函数（绝对值）

功能：精确数字或近似数字数据类型类别的表达式（bit 数据类型除外）。

例如：SELECT ABS(-2147483648)

2. CEILING() (取整函数)

功能：返回大于或等于所给数字表达式的最小整数。

例如：SELECT CEILING($123.45), CEILING($-123.45), CEILING($0.0)

3. FLOOR() (取整函数)

功能：返回小于或等于所给数字表达式的最大整数。

例如：SELECT FLOOR(123.45), FLOOR(-123.45), FLOOR($123.45)

注意： CEILING 和 FLOOR 函数的差别是：

CEILING 函数返回大于或等于所给数字表达式的最小整数。FLOOR 函数返回小于或等于所给数字表达式的最大整数。例如，对于数字表达式 12.9273，CEILING 将返回 13，FLOOR 将返回 12。FLOOR 和 CEILING 返回值的数据类型都与输入的数字表达式的数据类型相同

4. ROUND() (四舍五入函数)

功能：返回数字表达式并四舍五入为指定的长度或精度。

语法：ROUND (numeric_expression , length [, function])

例如：下例显示两个表达式，说明使用 ROUND 函数且最后一个数字始终是估计值。

```
SELECT ROUND(123.9994, 3),ROUND(123.9995, 3)
SELECT ROUND(123.4545, 2),ROUND(123.45, -2)
```

5. sign(n)

功能：当 n>0, 返回 1, n=0,返回 0, n<0, 返回-1

例如：DECLARE @value real

```
SET @value = -1
WHILE @value < 2
   BEGIN
     SELECT SIGN(@value)
     SELECT @value = @value + 1
```

```
    END
6. RAND ( [ seed ] )
功能：返回 0～1 之间的随机 float 值。
例如：DECLARE @counter smallint
SET @counter = 1
WHILE @counter < 5
   BEGIN
      SELECT RAND(@counter) Random_Number
      SET @counter = @counter + 1
   END
```

2-3-2 行集函数

行集函数可以在 T-SQL 语句中当作表引用。下面的实例将通过行集函数 OPENQUERY()执行一个分布式查询，以便从服务器 local 中提取表 department 中的记录。

```
select * from  openquery(local, 'select * from department')
```

2-3-3 Ranking 函数

Ranking 函数为查询结果数据集分区中的每一行返回一个序列值。依据此函数，一些行可能取得和其他行一样的序列值。如果两个或多个行与一个排名关联，则每个关联行将得到相同的排名。例如，如果两位顶尖销售员具有同样的 SalesYTD（销售额）值，他们将并列第一。由于已有两行排名在前，所以具有下一个最大 SalesYTD 的销售人员将排名第三。因此，RANK 函数并不总是返回连续整数。T-SQL 提供以下一些 Ranking 函数：RANK、DENSE_RANK、NTILE、ROW_NUMBER。

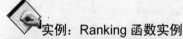 **实例：Ranking 函数实例**

为了便于说明排序函数的使用，我们选取了 school 数据库中的 teacher 表中 salary（薪水）字段作为排序的测试数据。首先运行一段 SQL 查询：select tno,name , salary From teacher，查询后的基本结构如图 2-3 所示。可以看见，分别有三位教师的薪水是一样高的。

1. ROW_NUMBER ( ) OVER ([<partition_by_clause>] <order_by_clause>)

该函数将返回结果集分区内行的序列号，每个分区的第一行从 1 开始。row_number 函数的用途非常广泛，其功能是为查询出来的每一行记录生成一个序号。row_number 函数的用法如下面的 SQL 语句所示：

```
select row_number() over(order by salary) as row_number,tno,name, salary from teacher
```

结果如图 2-4 所示，其中 row_number 列是由 row_number 函数生成的序列号。在使用 row_number 函数时要使用 over 子句选择对某一列进行排序，然后才能生成序号。实际上，row_number 函数生成序号的基本原理是先使用 over 子句中的排序语句对记录进行排序，然后按着这个顺序生成序号。over 子句中的 order by 子句与 SQL 语句中的 order by 子句没有任何关系，这两处的 order by 可以完全不同，如下面的 SQL 语句所示：select row_number() over(order by salary asc) as row_number,tno,name, salary from teacher order by salary desc。

结果如图 2-5 所示，请读者与图 2-4 进行数据比较。

tno	name	salary
804	李诚	3400.00
825	王萍	1230.00
831	刘冰	1142.00
856	张旭	2450.00
877	张继红	2450.00
899	钱喟	2450.00

row_number	tno	name	salary
1	831	刘冰	1142.00
2	825	王萍	1230.00
3	856	张旭	2450.00
4	877	张继红	2450.00
5	899	钱喟	2450.00
6	804	李诚	3400.00

row_number	tno	name	salary
6	804	李诚	3400.00
3	856	张旭	2450.00
4	877	张继红	2450.00
5	899	钱喟	2450.00
2	825	王萍	1230.00
1	831	刘冰	1142.00

图 2-3 薪酬排序基本情况   图 2-4 row_number 函数排序   图 2-5 row_number 另一使用

我们可以使用 row_number 函数来实现查询表中指定范围的记录，一般将其应用到 Web 应用程序的分页功能上。下面的 SQL 语句可以查询 teacher 表中第 2 条和第 3 条记录：

```
with teacher_rowtable
as
(select row_number() over(order by tno) as row_number,tno,name, salary from teacher)
select * from teacher_rowtable where row_number>1 and row_number < 4 order by tno
```

2. RANK( ) OVER ([< partition_by_clause>]<order_by_clause>)

该函数将返回结果集的分区内每行的排名。行的排名是相关行之前的排名数加一。一个相关的 SQL 语句实例如下：select rank() over(order by salary) as ranker,tno,name,salary from teacher order by salary，结果如图 2-6 所示。

我们看到，如果使用 rank 函数来生成序号，其中有 3 条记录的序号是相同的，而第 6 条记录会根据当前的记录数生成序号，后面的记录依此类推，也就是说，在这个例子中，第 6 条记录的序号是 6，而不是 4。rank 函数的使用方法与 row_number 函数完全相同。

3. DENSE_RANK ( ) OVER([<partition_by_clause>]<order_by_clause>)

该函数的功能与 rank 函数类似，只是在生成序号时是连续的，而 rank 函数生成的序号有可能不连续。上面的例子中如果使用 dense_rank 函数，第 6 条记录的序号应该是 4，而不是 6。如下面的 SQL 语句所示：select dense_rank() over(order by salary)as ranker,tno,name,salary from teacher order by salary，结果如图 2-7 所示，读者可以比较图 2-6 和图 2-7 所示的查询结果有什么不同。

4. NTILE(integer_expression) OVER([<partition_by_clause>]<order_by_clause>)

ntile 函数可以对序号进行分组处理，相当于将查询出来的记录集放到指定长度的数组中，每一个数组元素存放一定数量的记录。ntile 函数为每条记录生成的序号就是这条记录所在的数组元素的索引（从 1 开始）。也可以将每一个分配记录的数组元素称为"桶"。ntile 函数有一个参数，用来指定桶数。下面的 SQL 语句使用ntile 函数对 teacher 表进行了装桶处理，本次共装 3 个桶：select ntile(3) over(order by salary) as bucket,tno,name,salary from teacher order by salary，结果如图 2-8 所示。

	ranker	tno	name	salary
1	1	831	刘冰	1142.00
2	2	825	王萍	1230.00
3	3	856	张旭	2450.00
4	3	877	张继红	2450.00
5	3	899	钱喟	2450.00
6	6	804	李诚	3400.00

	ranker	tno	name	salary
1	1	831	刘冰	1142.00
2	2	825	王萍	1230.00
3	3	856	张旭	2450.00
4	3	877	张继红	2450.00
5	3	899	钱喟	2450.00
6	4	804	李诚	3400.00

	bucket	tno	name	salary
1	1	831	刘冰	1142.00
	1	825	王萍	1230.00
2	2	856	张旭	2450.00
	2	877	张继红	2450.00
3	3	899	钱喟	2450.00
	3	804	李诚	3400.00

图 2-6 RANK()使用情况   图 2-7 DENSE_RANK()使用情况   图 2-8 NTILE()使用情况

2-3-4 用户自定义函数

SQL Server 允许创建用户自定义的函数，它同时具备了视图和存储过程的优点，但是却牺牲了可移植性。

```
Create  Function 函数名称
（形式参数名称 AS 数据类型）
Returns 返回数据类型
Begin
函数内容
Return 表达式
End
```

调用用户自定义函数的基本语法为：变量=用户名.函数名称（实际参数列表），注意：在调用返回数值的用户自定义函数时，一定要在函数名称的前面加上用户名。

1. 用户定义的标量函数

标量函数是返回单个值的函数，这类函数可以接收多个参数，但是返回的值只有一个。在定义函数返回值时使用 Returns 定义返回值的类型，而在定义函数中将使用 return 最后返回一个值变量，因此在用户定义的函数中，return 命令应当是最后一条执行的命令，其基本的语法结构见下：

```
CREATE FUNCTION [ 用户名.] 定义的函数名
( [ { @变量名 [AS] 变量类型 [ ,...n ] ] )
RETURNS 返回值的数据类型
[ AS ]
BEGIN
declare @返回值变量      function_body
RETURN @返回值变量
END
```

2. 自定义函数的执行方法

用户自定义函数的执行方法有两种：

第一种：通过 EXECUTE 执行函数，并获取返回值

EXECUTE　@用户自定义变量=dbo.用户自定义函数　输入参数

该执行方法使用过程中，dbo 的概念是 database owner，为数据库所有者，在执行该语句的时候，可以省略 dbo。

例如：execute @ee=averc '3-105'或者 execute @ee=dbo.averc '3-105'

第二种：通过 SELECT 语句执行函数，并获取返回值

```
SELECT  @用户自定义变量=dbo.用户自定义函数(输入参数)
```

与 EXECUTE 执行函数不同的是，通过 SELECT 语句执行函数的时候，必须加上 dbo 用户，否则会出现语法错误。

例如：select @ee=dbo.averc('3-105')，但是执行下列的语句系统将报错：

```
错误! select @ee=averc('3-105')，原因是没有加 dbo 用户；
错误! select @ee=dbo.averc '3-105'，原因是没有按照 select 格式录入参数。
```

实例：自定义标量函数实例

--例1：建立自定义函数，输入课程号，返回该课程的平均成绩。

```
CREATE function averc(@cno varchar(12))
returns int
as
begin
 declare @aver int
```

```
select @aver= ( select avg(degree)  from score where cno=@cno group by cno )
 return @aver
end
--下面是测试如何运行该函数部分。
declare @ee int, @ww varchar(12)
select @ee=dbo.averc('3-105')
print @ee
```

--例 2：建立自定义函数，输入学生学号和课程号，返回不同的信息

```
use school
Go
--查询 sysobjects 系统表中是否有 stufun_jg 对象，如果有则将该函数对象删除。
if  exists(select name from sysobjects where name='stufun_jg')
drop function stu_jg
go
--下面开始建立自定义函数
create function stu_jg
(@stu_no varchar(12),@cnurse_no varchar(12))
returns varchar(100)
as
begin
 declare @message varchar(100),
  @sname varchar(12),@cname varchar(10)
 if    exists(select    sname,cname    from    score,course,student    where
student.sno=@stu_no  and  course.cno=@cnurse_no  and  student.sno=score.sno  and
course.cno=score.cno)
   begin
     select @sname=sname,@cname=cname from score,course,student
     where student.sno=@stu_no and  course.cno=@cnurse_no
     and student.sno=score.sno and course.cno=score.cno
     set  @message=' 您 查 询 的 学 生 是 :'+RTRIM(LTRIM(@sname))+', 选 择 的 课 程
是:'+RTRIM(LTRIM(@cname))
   end
   else
     set @message='对不起查无此人,您输入的学生号码错误!'
     return @message
end
--下面开始测试函数，注意函数的执行测试方法
declare @mess varchar(500)
exec @mess=dbo.stu_jg '121','3-105'
Print @mess
```

3. 用户定义的内嵌表值函数

用户定义的内嵌表值函数没有由 begin…end 标识的程序体，取而代之的是将 SELECT 语句作为 table 数据类型加以返回，其基本的语法结构如下所示：

```
CREATE FUNCTION [ 用户名.]用户定义的函数名
( [ [ { @局部变量名 [AS]局部变量数据类型 } [ ,...n ] ] )
RETURNS TABLE
```

```
[ AS ]
RETURN
( select-stmt)
```

实例：用户定义的内嵌表值函数实例

--例 1：创建函数，查询选修了某门课程的学生姓名

```
create function fn_view(@cname varchar(20)) returns table
as
return
(select sname from student  where sno in(select sno from score where cno in
(select cno from course where cname=@cname) ))
--下面开始测试函数
declare @ee varchar(20)
set @ee='高等数学'
select * from fn_view(@ee)
```

--例 2：建立函数，输入一个学生的学号就可以知道他的姓名、选修课程名以及该门课程的成绩

```
create function stu_avg_table(@sno varchar(20))
returns @stu_avg table
(sno varchar(12),sname varchar(20),cname varchar(20),degree int)
as
begin
 insert @stu_avg
   select student.sno,sname,cname,degree  from student,score,course
   where student.sno=score.sno and course.cno=score.cno and student.sno=@sno
 return
end
--下面开始测试函数
declare @rr varchar(20)
set @rr='103'
select * from stu_avg_table(@rr)
```

--例 3：查询销售数据库，输入一个货币参数，返回超过该销售额数目的订单数据表

```
Use sample
Go
/*开始定义变量@higher_money，以保存检索订单的总价限制*/
if exists(select name from sysobjects where name='large_order')
drop function large_order
go
--下面开始建立函数 large_order，输入一个货币参数，返回查询订单表
Create function large_order(@higher_than money)
Returns @order_table  table/*定义返回数据表*/
(客户名称 char(255),产品名称 varchar(10),定货时间 datetime,总价 money)
AS
--下面开始定义查询
Begin
 insert @order_table
  select 客户数据表.公司名称,产品数据表.产品名称,订单数据表.定货日期,订单数据表.定货数量
```

```
*产品数据表.单价
    from   订单数据表,客户数据表,产品数据表
    where  产品数据表.编号=订单数据表.产品编号 and 订单数据表.客户编号=客户数据表.编号
           and 订单数据表.定货数量*产品数据表.单价>@higher_than
Return
End
Go
--在查询中调用该函数
select * from large_order(50000)
Go
```

2-4　游标技术

学习目标

● 了解游标的基本概念及特点，学会使用游标的基本步骤。

● 掌握两个系统全局变量@@cursor_rows 和@@FETCH_ STATUS 在定义游标中的作用，掌握在游标中使用 FETCH 获取游标技术，掌握 FETCH 语句使用过程中的移动关键字。

● 掌握如何使用游标修改或删除数据。

● 了解如何使用递归游标遍历树算法解决家族树的问题。

● 了解改进的非游标查询策略。

游标实际上是用户在系统中开设的一个数据缓冲区，用来存放 SQL 语句的执行结果。到目前为止，所有的 SQL 语句是采用面向集合的方法来处理和操作数据的，是针对行的集合进行的操作。应用 WHERE 子句指出的行包含在该集合之中，必须对每一行进行同样的工作。例如：返回集合的条件行（SELECT），改变集合中每一行的同一个列（UPDATE），删除集合中的每一个行（DELETE）等。

游标具体使用的过程是：游标中存放查询结果的一组记录，用户可以通过移动游标指针逐一访问记录，获得结果，并赋给主变量，交由主语言进一步处理。

游标技术的引入最根本解决的问题是替代了面向集合的数据信息操作方法,试图通过数据结构指针的方法进行数据的定位查询，这就是游标概念引入的目的。它允许每次一行的操作，基于行的内容，可以决定采取的下一步行为。

注意：我们在使用游标之前务必清楚了解下面的两点：

● 游标是有害的！！ 在实际测试中，游标的效率是正常 SQL select 查询的 1/50 到 1/70。

● 不得不按照每次一行的方式来处理行（游标）的性能开销相对于面向集合的方式来处理行的性能开销是巨大的。在使用游标之前，应该确定已经仔细分析了需求，并且无法通过别的编程方法来解决问题。某些情况下面，游标是非常有用的，但是它应当是程序设计员最后的手段，而并不应当成为第一的选择！

2-4-1　使用游标的基本步骤

使用游标共分五个步骤，分别是：声明游标，打开游标，利用游标读取、修改或删除所取的行，关闭游标，释放游标。

1. 声明游标

为游标指定获取数据时的 select 语句。声明的游标并不会检索任何的数据，仅仅为游标指定 select 的查询范围。

```
Declare 游标名称 cusor cursoroptions
For select 语句
```

2. 打开游标

```
Open    游标名称
```

3. 取出游标中的信息

```
Fetch    游标名称    into @变量 1, @变量 2
```

该操作将使得游标移动到下一行记录，并将游标返回的每个列的数据分别赋值给本地变量，这些变量必须预先予以声明。

4. 关闭游标

关闭游标的目的是释放数据和系统资源，但是保留 select 语句，以后还可以通过 open 方法打开（open 命令与 close 相似）。

```
Close      游标名称
```

释放游标，释放相关内存，并删除游标定义。

```
Deallocate      游标名称
```

实例：建立游标的基本实例

--例 1：请按照下面的步骤建立游标

```
use school
GO
--第 1 步：定义游标阶段
DECLARE  stu_cursor  CURSOR
FOR
SELECT sname FROM student
--第 2 步：打开游标阶段
OPEN stu_cursor
--第 3 步：获取游标阶段[游标移动阶段]
FETCH NEXT FROM stu_cursor
--第 4 步：关闭游标阶段
close stu_cursor
--第 5 步：释放游标阶段
deallocate stu_cursor
```

2-4-2　在游标中使用 FETCH

在游标的使用中我们经常会用到两个系统全局变量：@@cursor_rows 和@@FETCH_STATUS，

下面我们就这两个系统全局变量进行说明。

1. @@cursor_rows

返回连接上最后打开的游标中当前存在的合格行的数量。

2. @@FETCH_STATUS

会被 FETCH 语句执行的最后游标的状态，而@@FETCH_STATUS 标量的意义是：0－最近一次 fetch 命令成功地获取到一行数据；1－最近一次 fetch 命令到达结果集的尾部；2－最近一次获取的行不可用，该行已经被删除。

实例 1：在简单的游标中使用 FETCH

```
USE school
GO
DECLARE @sname varchar(40)
DECLARE stu_cursor CURSOR
FOR
  SELECT sname FROM student
OPEN stu_cursor
FETCH NEXT FROM stu_cursor
INTO @sname
WHILE @@FETCH_STATUS = 0
BEGIN
     PRINT '学生姓名:' + @sname
     FETCH NEXT FROM stu_cursor    INTO @sname
END
CLOSE stu_cursor
DEALLOCATE stu_cursor
GO
```

刚才我们看到关键字，FETCH NEXT 是推动游标向前移动的关键，除此以外，FETCH 还包括以下的移动关键字，如表 2-6 所示。

表 2-6　FETCH 移动关键字

关键字	移动位置
FIRST	数据集第一条记录
LAST	数据集最后一条记录
PRIOR	前一条记录
NEXT	后一条记录
RELATIVE	按照相对位置决定移动的位置
ABSOLUTE	按照绝对位置决定移动的位置

实例 2：在简单的游标中使用 FETCH

```
--例1:
DECLARE @sname varchar(40)   --定义游标阶段
DECLARE stu_cursor CURSOR
```

```
FOR
  SELECT sname FROM student
  OPEN stu_cursor
--定义并打开游标阶段
declare @sname varchar(20)
FETCH NEXT FROM stu_cursor
INTO @sname
print @sname                    --读取并显示游标阶段

declare @sname varchar(20)
FETCH prior FROM stu_cursor
INTO @sname
print @sname
```

问题： 系统将报错提示："fetch: 提取类型 prior 不能用于只进游标。"这是为什么？

--例 2：语法改进
```
DECLARE @sname varchar(40)
DECLARE stu_cursor CURSOR scroll --注意差异之处
FOR
  ......                         --其余地方同例 1 一致，此处略。
```
--例 3：通过游标技术循环打印学生姓名，每个姓名之间用逗号分隔
```
DECLARE @sname varchar(30),@s varchar(400)
DECLARE stu_cursor CURSOR
FOR
SELECT sname FROM student
OPEN stu_cursor
FETCH NEXT FROM stu_cursor INTO @s
WHILE @@FETCH_STATUS = 0
BEGIN
  FETCH NEXT FROM stu_cursor
  INTO @sname
  set @s=ltrim(rtrim(@s))+','+ltrim(rtrim(@sname))
END
--开始打印姓名
print @s
CLOSE stu_cursor
DEALLOCATE stu_cursor   --关闭并释放游标资源
GO
```

问题： 为什么最后一行总是重复出现呢？如何解决这个问题？

实例 3：使用游标修改或删除数据
```
DECLARE abc CURSOR
FOR
  SELECT sname  FROM Student
OPEN abc
```

```
GO

FETCH NEXT FROM abc
GO
UPDATE student SET sname = '张旭'  WHERE CURRENT OF abc
GO
CLOSE abc
DEALLOCATE abc
GO
```

实例 4：复杂的游标查询问题——使用递归游标遍历树算法解决家族树的问题

--问题提出：在家族数据库 Family 之中，如何解决某个人所有的子孙后代的显示呢？

--基本算法思路：

生成一棵树，用游标来获取每个孩子的编号和姓名，而后以这些孩子的编号为递归的标准，再次查询孩子的孩子，直到游标置底。

```
create procedure family_all(@me_id int)
--创建存储过程 family_all，输入变量为@me_id int
as
declare @child_id int,@child_name varchar(30)
declare cchild cursor local fast_forward
--定义 cchild 为快速前置局部游标
  for
  select person_id,person_name  from person  where person.father_id=@me_id or
person.mother_id=@me_id
  order by date_birth
--该查询返回输入者（为父亲或者母亲）的孩子们的编号和姓名
open cchild
fetch cchild into @child_id,@child_name
--将长子（长女）保存到变量中
while @@fetch_status=0
begin
print space(@@nestlevel*2)+'+'+cast(@child_id as varchar(6))+''+@child_name
--函数 SPACE ( integer_expression )返回由重复的空格组成的字符串。
--@@NESTLEVEL 返回当前存储过程执行的嵌套层次（初始值为 0）。
    exec family_all @child_id
--获取循环中某个孩子的 id 号码后，重新执行循环（递归开始）
    fetch cchild into @child_id,@child_name
--游标继续下移
end
close cchild
deallocate cchild
exec family_all 2
```

注意： 当游标较少时，使用该算法解决遍历问题已经足够；但是当数据量较大时，就会出现问题。主要由以下两个原因造成：

● SQL Server 限制存储过程循环次数最多 32 层。

- 性能问题。基于行的游标比基于集合的查询在性能上面将慢 50～70 倍。如果假设将 500 万行数据组织为 12 个层次，需要进行游标调用 500 万次，开辟 500 万个缓冲空间，执行 500 万次的 select 查询。

实例 5：复杂的游标查询问题——改进的非游标查询策略

```
--建立一张 familytree 的基本表
create table familytree
(person_id int, generation int, familyline varchar(20) default '')
declare @generation int,@firsperson int
set @generation=1
set @firsperson=1
--通过查询循环遍历，不断将生成的家族树数据插入到基本表 familytree 中
insert familytree(person_id,generation,familyline)
select @firsperson,@generation,@firsperson
while @@rowcount>0
 begin
  set @generation=@generation+1
  insert familytree(person_id,generation,familyline)
    select
person.person_id,@generation,familytree.familyline+''+str(person.person_id,5)
    from person
    inner join familytree
    on familytree.generation=@generation-1
      and (familytree.person_id=person.mother_id
        or familytree.person_id=person.father_id)
 end
--简单测试运行的结果
select * from familytree
drop table familytree
```

2-5　全文索引技术

学习目标

- 了解什么是全文索引，全文索引和普通索引的区别是什么？
- 熟练掌握配置全文索引服务，了解配置全文索引服务意外处理办法。
- 熟练掌握通过 CONTAINS 及 FREETEXT 谓词进行查询的技巧，可以区分二者之间的差异。
- 了解全文索引中降噪词的作用

在一个产品介绍网站中查询产品时，由于产品的介绍性文字可能会很长，如果对产品介绍字段使用 like 进行模糊查询，性能肯定成问题。那么如何解决这个问题呢？第一个想法就是使用全文索

引。那么全文索引是什么、应该如何应用、在应用的过程中又应该注意哪些事情呢？

2-5-1　全文索引概述

1. 什么是全文索引

全文索引为在字符串数据中进行复杂的词搜索提供有效支持。全文索引存储关于重要词和这些词在特定列中的位置的信息。全文查询利用这些信息，可快速搜索包含具体某个词或一组词的行。

全文索引包含在全文目录中。每个数据库可以包含一个或多个全文目录。一个目录不能属于多个数据库，而每个目录可以包含一个或多个表的全文索引。一个表只能有一个全文索引，因此每个有全文索引的表只属于一个全文目录。全文目录和索引不存储在它们所属的数据库中。目录和索引由 Microsoft 搜索服务分开管理。全文索引必须在基本表上定义，而不能在视图、系统表或临时表上定义。

可以做这样一个比喻。大家大概都见过档案柜，档案柜是将各种档案按照分类登记在档案索引卡上，这个档案柜中的索引卡就像建立的全文索引，通过这些档案索引卡可以迅速定位你要查找的卷宗所在的位置。如果不建立这些索引卡，卷宗数量不多还好，一旦档案数量很多的时候显然很难找到期望的卷宗，这就类似使用 Like 的情形。图 2-9 所示为全文索引的基本原理。

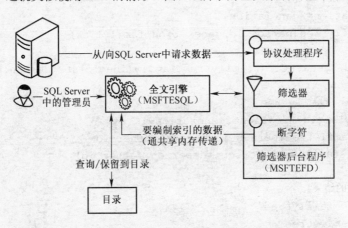

图 2-9　全文索引基本原理

2. 全文索引和普通索引的区别

全文索引和普通索引的区别具体如表 2-7 所示。

表 2-7　全文索引和普通索引的区别

普通索引	全文索引
存储时受定义它们的数据库的控制	存储在文件系统中，但通过数据库管理
每个表允许有若干个普通索引	每个表只允许有一个全文索引
当对作为其索引基础的数据进行插入、更新或删除时，它们会自动更新	将数据添加到全文索引称为填充，全文索引可通过调度或特定请求来实现，也可以在添加新数据时自动发生
不分组	在同一个数据库内分组为一个或多个全文目录
使用 SQL Server 企业管理器、向导或 T-SQL 语句创建和除去	使用 SQL Server 企业管理器、向导或存储过程创建、管理和除去

2-5-2   配置全文索引服务实例

1. 系统初始配置

为了方便起见，我们选择某个论坛数据库 bbs，该数据库中有一张表 bbs_ly（留言信息表），该表的属性 ly_content 为留言内容属性，为本实例主要进行全文配置的属性。其基本结构如图 2-10 所示。

列名	数据类型	允许空
ly_ID	bigint	☐
Ly_topic	varchar(50)	☐
Ly_content	varchar(900)	☐
Ly_time	datetime	☐
Ly_ico	varchar(30)	☑
Ly_pic	varchar(30)	☑
Ly_best	bit	☑

图 2-10   ly_content 属性为留言内容属性

首先建立检索表的全文索引，全文索引要求唯一索引，故需要在相关表建立唯一聚集索引。这一步可以使用 SQL DDL 或者 SQL Server Management Studio 建立表的全文索引，如图 2-11 所示；或者通过键入命令 EXEC SP_FULLTEXT_DATABASE   'Enable'命令达到同样效果。

```
USE bbs;
EXEC sp_fulltext_database 'enable';
GO
```

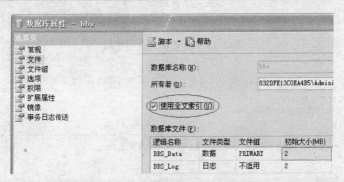

图 2-11   配置 bbs_ly 表使用全文索引

2. 定义表的全文索引目录

展开该数据库的表，在准备实施全文索引的表上用鼠标右键单击"全文索引"→"定义全文索引"将弹出如下向导，本向导执行完毕则该表的全文索引业已完毕，如图 2-12 所示。

3. 定义表的索引字段

选择要进行全文索引的字段，单击"下一步"按钮后，出现全文索引向导，一般选择自动执行更改追踪，如图 2-13 所示。

4. 配置全文索引向导出错的解决方案

首先出现的是配置全文索引向导，比较容易出现的填充失败情况如图 2-14 所示。解决的方案是从网上下载 SQL Server 2005 的 Sp3 补丁，安装后即可以解决上面的问题。

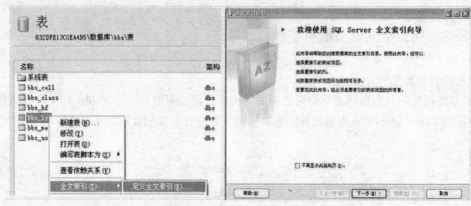

图 2-12   定义表的全文索引目录

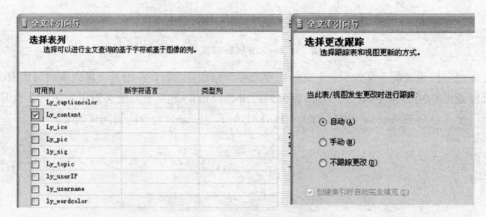

图 2-13   定义表的索引字段

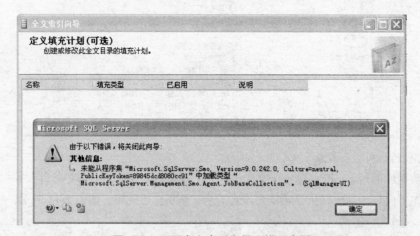

图 2-14   配置全文索引向导出错示意图

5. 选择或创建新的索引目录

在进行全文索引时，必须为操作数据库指定索引目录，从而方便定期更新索引和满足全文目录的文件存储需要，如图 2-15 所示。

图 2-15　选择或创建新索引目录

6．新建表计划和新建目录计划

打开"定义填充计划"窗口，分别新建表计划和新建目录计划，如图 2-16 所示。

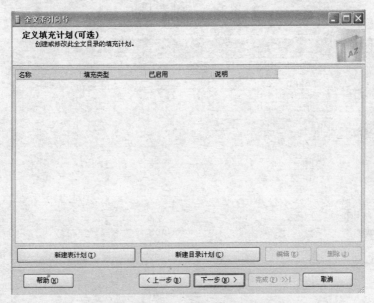

图 2-16　新建表计划和新建目录计划

7．新建表计划

首先配置全文索引表计划，在"计划类型"中选择"重复执行"，并详细配置执行的频率为每天 11 点 21 分 28 秒执行，无结束日期，单击"确定"按钮保存，如图 2-17 所示。

8．新建目录计划

其次配置目录计划，配置流程与全文索引表计划相同，如图 2-18 所示。

9．定义填充计划

配置完全文索引表计划和目录计划后，将在填充计划里面显示计划信息内容，单击"下一步"按钮继续全文索引的配置工作，如图 2-19 所示。

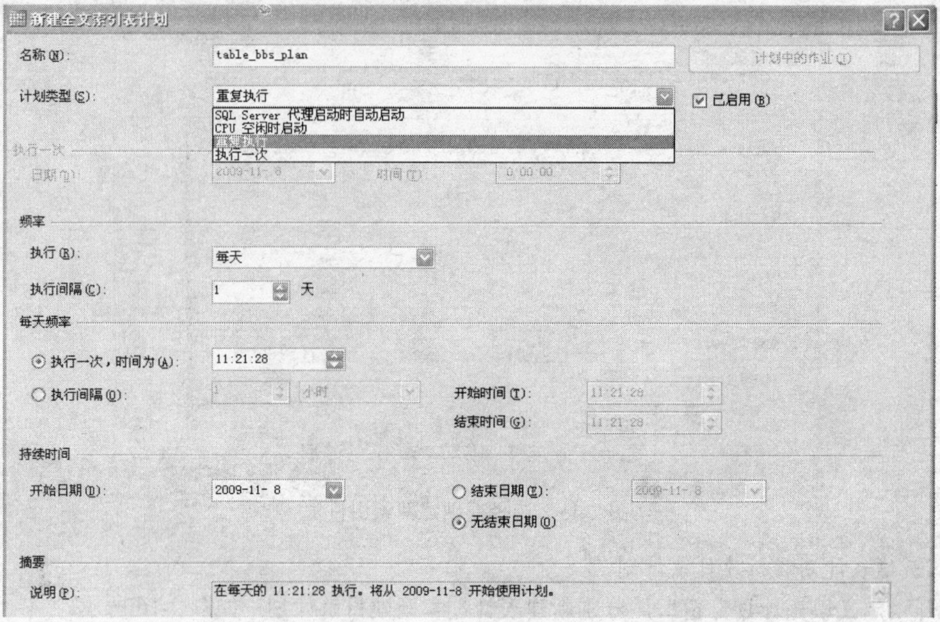

图 2-17　新建表计划

图 2-18　新建目录计划

10. 新建计划工作结束

全文索引的配置工作至此完成，系统将显示配置的详细列表信息给 DBA。单击"完成"按钮，全文索引的向导将自动执行索引的配置工作，直至各项全部成功完成为止，如图 2-20，图 2-21 所示。

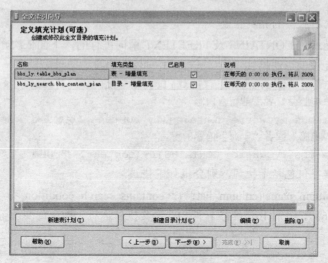

图 2-19　定义填充计划

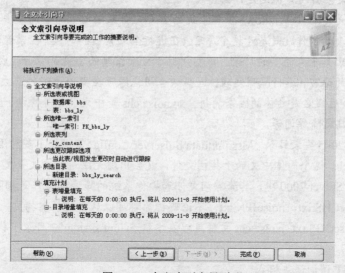

图 2-20　全文索引向导说明

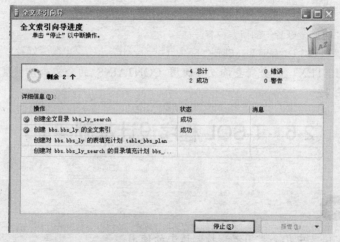

图 2-21　全文索引向导进度

11. 查询全文索引服务的相关信息

全文索引查询是通过 CONTAINS 及 FREETEXT 谓词进行的，下面依次介绍这两个谓词：

● CONTAINS 谓词语法格式：

```
CONTAINS({column_name|(column_list)|*},'<contains_search_condition >')
```
例 1：查询包含"电脑爱好者"的留言内容
```
select * from bbs_ly where contains(Ly_content,'电脑爱好者')
```
例 2：查询包含"电脑"或者"宁海"内容的留言
```
select * from bbs_ly where  CONTAINS(Ly_content, '"*电脑*" OR "*宁海*"');
```

注意：如果关键字仅包括干扰词，则会报如下错误：

CONTAINS({column_name|(column_list)|*},'<contains_search_condition >')

服务器：消息 7619，级别 16，状态 1，行 1，全文操作运行失败。查询子句只包含被忽略的词。

小知识：

● 数据库全文索引的降噪词是什么？

全文索引查询是建立在 Windows 操作系统的全文索引基础之上的查询方法，我们经常会使用的搜索文件或文件夹的操作就是基于这个原理。在进行全文索引的时候，检索者会录入一些口语中的助词和叹词等，比如中文的"的"等。这些词对于检索信息而言就是噪音，因此 Windows 操作系统就会根据不同的语言，进行降噪处理。这些噪音词就保存在操作系统的降噪文件里面，其文件名是以 noise 命名，后缀名是具体的国家简拼。如 noise.chs 是中文简体降噪词，noise.eng 是英文降噪词，noise.jpn 是日文降噪词等。

在 SQL Server 2005 安装目录 \Mssql\Ftdata\Sqlserver\Config 下提供了多种语言的干扰词列表，一旦缺少了 Noise.chs 这个简体中文的干扰词文件，就会出现无法进行中文全文索引的情况。需要注意的是，在 SQL Server 2000 中，其降噪词文件和操作系统的降噪词文件是相同的，但是在 2005 版本中改称为 noiseCHS.txt，noiseJPN.txt，不论哪种你都可以从其他机器拷贝一份 Noise.chs 到该目录，并改名为 noiseCHS.txt。Noise.chs 文件可以在本机 winnt\system32 目录下找到一个同名文件，复制过来更名即可。

● FREETEXT 谓词语法格式：

```
FREETEXT({column_name|(column_list)|*},'freetext_string'[,LANGUAGE
language_term])
```
例 1：查询包含"电脑爱好者"的留言内容
```
SELECT * FROM bbs_ly WHERE FREETEXT (Ly_content, '电脑爱好者' );
```

注意：使用 FREETEXT 的全文查询没有使用 CONTAINS 的全文查询精度高，这一点读者可以从检索的结果看出来。

2-6 T-SQL 程序设计基础实训

● 掌握 T-SQL 语言中几个常用流程控制语句的使用。

- 掌握系统内置函数的概念及其应用。
- 通过定义和使用用户自定义函数，掌握自定义函数的概念及其应用。
- 完成 T-SQL 基础实训和自定义函数实训任务。

2-6-1 T-SQL 实训

按照下列要求，在 school 数据库之中进行 T-SQL 的编写工作：

1）在学生情况表（student）中如果存在学号为 1006 的学生则显示该学生的信息，否则插入该学生的信息(1006,'丽萍','女',95033, '1986-4-5')

sno	sname	sex	class	birthday
1006	丽萍	女	95033	1986-4-5

2）查找 1002 号学生，如果该学生的"数据库"课程成绩低于"数据库"课程的平均成绩，则删除学生情况表（student）中该学生相关记录。

3）利用流程控制语句打印"刘朝阳"所学课程的平均成绩，如果成绩大于 85 分，则打印"优秀"，如果成绩在 60～85 之间打印"中"，如果小于 60，则打印"不及格"。

4）使用 WHILE 语句求 1～100 之间的累加和并输出。

5）定义一个用户自定义的函数 Score_ReChange，将成绩从百分制转化为五级记分制。将该用户自定义的函数用在查询每个学生的成绩中，给出五级记分制的成绩。

6）定义一个用户自定义的函数，完成如下功能：如果学生有不及格的成绩，则在学生情况表的备注列中输入"有不及格的成绩"，否则输入"没有不及格的成绩"。

7）杨辉三角的结构如图 2-22 所示（具体参见杨辉三角的算法），按照下面的代码录入 T-SQL 代码，并分析讨论算法思想。

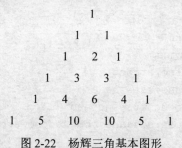

图 2-22 杨辉三角基本图形

```
IF OBJECT_ID('PascalTriangle') IS NOT NULL
    DROP FUNCTION PascalTriangle
GO
CREATE FUNCTION PascalTriangle
(@x INT, @y INT)
RETURNS  INT
AS
BEGIN
    if(@y=1 OR @y=@x)
    return 1
```

```
        return dbo.PascalTriangle(@x-1,@y-1) + dbo.PascalTriangle(@x-1,@y)
END
GO
DECLARE @i INT, @j INT , @str VARCHAR(200)
SELECT @i =1
WHILE(@i <= 10)
BEGIN
    SELECT @j = 1, @str =''
    WHILE(@j<=@i)
    BEGIN
        SET @str = @str + LEFT(CONVERT(VARCHAR(200),
        dbo.PascalTriangle(@i,@j))+SPACE(10),7)
        SET @j=@j+1
    END
PRINT @str
SET @i=@i+1
END
```

2-6-2 用户自定义函数实训

按照下列要求，在 school 数据库中进行下列用户自定义函数的编写工作。

1）输入一个学生的学号，返回该学生全部课程的平均成绩。

```
create function stu_jg
(@stu_no varchar(12),@cnurse_no varchar(12))
returns varchar(100)
as
begin
  declare @message varchar(100),
  @sname varchar(12),@cname varchar(10)
 if exists(select sname,cname
        from score,course,student
        where student.sno=@stu_no and
            course.cno=@cnurse_no and
        student.sno=score.sno and course.cno=score.cno)
   begin
        select @sname=sname,@cname=cname
        from score,course,student
        where student.sno=@stu_no and  course.cno=@cnurse_no and
        student.sno=score.sno and course.cno=score.cno
        set @message='您查询的学生是:'+RTRIM(LTRIM(@sname))+',选择的课程
是:'+RTRIM(LTRIM(@cname))
   end
  else
        set @message='对不起查无此人,您输入的学生号码错误!'
  return @message
```

```
end
--下面开始测试该函数
declare @mess varchar(500)
exec @mess=dbo.stu_jg '108','3-105'
print @mess
```

2）输入教师编号，返回字符串，如果无该教师则打印错误信息，如果有该教师，则显示该教师的姓名、所在系和工资信息。

```
CREATE function fun_teacher(@tno varchar(12))
returns varchar(150)
as
begin
 declare  @mess  varchar(150),@salary  money,@tname  varchar(10),@depart
varchar(10)
  if exists(select name from teacher where tno=@tno)
  begin
    select @tname=NAME,@salary=SALARY,@depart=DEPART  from  teacher  where
tno=@tno
    set @mess=' 您所查询的教师信息是：姓名['+RTRIM(LTRIM(@tname))+'], 所在系
['+RTRIM(LTRIM(@depart))+'], 工资是['+RTRIM(LTRIM(cast(@salary as varchar(10))))+']'
  end
  else
  begin
   set @mess='无此教师!!!!!!!!!!!!! '
  end
  return @mess
end
--下面开始测试该函数
declare @ee varchar(150)
select @ee=dbo.fun_teacher('804')
```

3）输入某学生的学号和某课程号，返回字符串。如果没有该学生，则显示"没有找到学生"的错误信息；如果没有该课程，则显示"没有该课程"的错误信息。如果既有学生又有课程，则求该学生平均成绩和该课程的平均成绩，并以字符串打印出来。

```
CREATE function fun_student_score(@sno varchar(12),@cno varchar(12))
returns varchar(300)
as
begin
declare @mess varchar(300),@sname varchar(50),@cname varchar(50),@degree
float,@avg_snodegree float,@avg_cnodegree float

if exists(select sno from student where sno=@sno)
   begin
      if exists(select cno from course where cno=@cno)
         begin
         select @sname=sname,@cname=cname,@degree=degree
         from student,score,course
```

```
            where student.sno=score.sno and course.cno=score.cno
            and student.sno=@sno and course.cno=@cno

            select @avg_snodegree=avg(degree) from score where sno=@sno
            group by sno

            select @avg_cnodegree=avg(degree) from score where cno=@cno
            group by cno

            set @mess='您所查询的信息是：学生姓名['+RTRIM(LTRIM(@sname))+']，课程
['+RTRIM(LTRIM(@cname))+']，该学生的平均成绩是['+RTRIM(LTRIM(cast(@avg_snodegree as
varchar(10))))+']'+'，查询课程的平均成绩是['+RTRIM(LTRIM(cast(@avg_cnodegree as
varchar(10))))+']'
            end
        else
            begin
            set @mess='查询出错，无所需课程信息。'
            end
    end
  else
    begin
        set @mess='查询出错，无所需学生信息。'
    end
return @mess
end
--下面开始测试该函数
declare @ee varchar(300)
select @ee=dbo.fun_student_score('103','6-105')
print @ee
```

4）该问题的解法不仅仅只有一种，下面我们看另一种解决办法。

```
--首先建立函数 averc，输入课程号，返回该课程的平均成绩
CREATE function averc(@cno varchar(12))
returns int
as
begin
 declare @aver int
 select @aver=
   (select avg(degree) from score where cno=@cno  group by cno)
 return @aver
end
--建立函数 avers，输入学号，返回该学生的平均成绩
CREATE function avers(@sno varchar(12))
returns int
as
begin
 declare @aver int
```

```
select @aver=
  (select avg(degree) from score where sno=@sno group by sno)
 return @aver
end
--建立函数 c，输入学号和课程号，返回该学生该门课的成绩
CREATE function c(@sno varchar(12),@cno varchar(12))
returns int
as
begin
 declare @aver int
 select @aver=
  (select degree from score where cno=@cno and sno=@sno)
 return @aver
end
-----------------------------------
--下面建立函数 stu_jg，满足题目规定的要求，最重要的是学习如何在函数中执行自定义函数
create function stu_jg
(@sno varchar(12),@cno varchar(12))
returns varchar(500)
as
begin
  declare @message varchar(500),
  @sname varchar(12),@cname varchar(10),@score int,@avs int,@avc int
 if exists(select * from score,course,student where student.sno=@sno and
          course.cno=@cno and student.sno=score.sno and course.cno=score.cno)
   begin
     select @sname=sname,@cname=cname from score,course,student
           where student.sno=@sno and course.cno=@cno and
           student.sno=score.sno and course.cno=score.cno
           --此处关键是学习如何在定义函数中执行自定义函数
           exec @score=dbo.c @sno,@cno
           exec @avs=dbo.avers @sno
           exec @avc=dbo.averc @cno
           set @message='您查询的学生是:'+RTRIM(LTRIM(@sname))+',选择的课程
是:'+RTRIM(LTRIM(@cname))+'成绩个人: '+RTRIM(LTRIM(cast(@score as varchar(20))))+'
平均成绩: '+RTRIM(LTRIM(@avs))+'科平均: '+RTRIM(LTRIM(@avc))
   end
 else
        set @message='对不起查无此人,您输入的学生号码错误!'
 return @message
end
--下面开始测试该函数
declare @mess varchar(500)
set @mess='chushi'
exec @mess=dbo.stu_jg '103','3-105'
print @mess
```

 本章考纲

- 了解 T-SQL 代码的基本格式及注释方式，学习 T-SQL 语法的全局变量与局部变量，了解 T-SQL 的临时表和全局表，掌握 T-SQL 的运算符号。
- 熟练掌握 T-SQL 的基本语法格式，包括：IF…ELSE 条件语句，WHILE…CONTINUE… BREAK 循环语句，CASE 多条件分支语句，GOTO 跳转语句，Try…Catch 错误与异常处理语句。重点掌握循环语句和异常处理语句，特别是学习防止死循环的技巧。
- 学习系统函数、行集函数和 Ranking 函数；重点掌握字符串函数、日期时间函数和数学函数的使用参数以及使用技巧。
- 重点掌握用户定义的标量函数以及自定义函数的执行方法，掌握用户定义的内嵌表值函数以及与用户定义的标量函数的主要区别。
- 了解游标的基本概念及特点，学会使用游标的基本步骤；掌握两个系统全局变量：@@cursor_rows 和@@FETCH_ STATUS 在定义游标中的作用，掌握在游标中使用 FETCH 获取游标技术，掌握 FETCH 语句使用过程中的移动关键字；掌握如何使用游标修改或删除数据；了解如何使用递归游标遍历树算法解决家族树的问题，了解改进的非游标查询策略。
- 了解什么是全文索引，全文索引和普通索引的区别是什么；熟练掌握配置全文索引服务，了解配置全文索引服务异常处理办法；熟练掌握通过 CONTAINS 及 FREETEXT 谓词进行查询的技巧，并可以区分二者之间的差异；了解全文索引中降噪词的作用。

 课后练习

一、填空题

1．T-SQL 就是＿＿＿＿＿，是标准 SQL 在 Microsoft SQL 环境下程序设计语言的增强版。

2．两个 GO 之间的 SQL 语句作为一个＿＿＿＿＿。

3．单行注释的注释符是＿＿＿＿＿，多行注释的注释符是＿＿＿＿＿。

4．引用全局变量时，必须以标记符＿＿＿＿＿开头；引用局部变量时，必须以标记符＿＿＿＿＿开头。

5．T-SQL 局部变量赋值有两种语法形式，分别通过关键字＿＿＿＿＿和＿＿＿＿＿完成。

6．局部临时表就是那些名称以＿＿＿＿＿开头的表，全局临时表是以＿＿＿＿＿开头的表。

7．在 T-SQL 运算符的优先级中，"＞"与"OR"的优先级＿＿＿＿＿高于＿＿＿＿＿。

8．一个语句块是以＿＿＿＿＿语句开始，以＿＿＿＿＿语句终止，作为一个完全独立的逻辑单元存在于流程控制语句之中。

9．T-SQL 编程语言提供了四种函数，分别是：＿＿＿＿＿、＿＿＿＿＿、＿＿＿＿＿和＿＿＿＿＿。

10．自定义函数的执行方法有两种，第一种是＿＿＿＿＿，第二种是＿＿＿＿＿。

11．使用游标的基本步骤是第一步：＿＿＿＿＿，第二步：＿＿＿＿＿，第三步：＿＿＿＿＿，第四步：＿＿＿＿＿。

二、选择题

1. 请不要在下面的位置使用分号，除了（　　）。
   A. 不要在 try end 后面添加分号
   B. 不要在 if 语句后面添加分号
   C. 必须在 SET 之前添加分号
   D. 在 GO 语句后面添加分号

2. Waitfor delay '00:00:02'语句的意思是（　　）。
   A. 等待 2 秒时间
   B. 等到凌晨 0 点 0 分 2 秒时刻触发
   C. 还剩余 2 秒钟
   D. 以上都不对

3. 系统函数 REPLACE（'第一个字符串', '第二个字符串', '第三个字符串'），下列表述正确的是（　　）。
   A. 用第三个字符串替换第一个字符串中出现的所有第二个给定字符串
   B. 用第一个字符串替换第二个字符串中出现的所有第三个给定字符串
   C. 用第三个字符串替换第二个字符串中出现的所有第一个给定字符串
   D. 用第二个字符串替换第一个字符串中出现的所有第三个给定字符串

4. 在游标中使用 FETCH 的过程中，参数@@FETCH_STATUS 如果是 1 表示（　　）。
   A. 最近一次 FETCH 命令成功地获取到一行数据
   B. 最近一次获取的行不可用，该行已经被删除
   C. 最近一次 FETCH 命令到达结果集的尾部
   D. 以上都不对

三、简答题

1. 简述全局临时表和局部临时表的差异。
2. 在 Ranking 函数中，ROW_NUMBER ( )函数和 RANK( )函数的差异是什么？
3. 游标的概念是什么？游标具体使用的过程是什么？游标概念引入的目的是什么？
4. 全文索引的概念，降噪词的作用。

第 **3** 章 事务处理、并发控制及数据库优化

本章内容

- SQL Server 2005 的事务处理
- SQL Server 2005 的并发控制
- SQL Server 2005 数据库优化

3-1　SQL Server 2005 的事务处理

学习目标

- 事务概述及基本特性
- 事务的类型及事务处理的基本语句
- 事务处理的基本实例

所谓事务是用户定义的一个数据库操作序列，这些操作要么全做要么全不做，是一个不可分割的工作单位。SQL Server 2005 提供了几种自动的可以通过编程来完成的机制，包括事务日志、SQL 事务控制语句，以及事务处理运行过程中通过锁定保证数据完整性的机制。当用户对数据库并发访问时，为了确保事务完整性和数据库一致性，需要使用锁定。事务和锁是两个紧密联系的概念。通过事务的批处理和锁的使用，还可以监测系统，以及优化物理数据库。

本章主要介绍 SQL Server 2005 数据库系统的事务和锁的基本概念，事务、批处理、锁的创建和使用，通过事务、批处理、锁监测系统和优化物理数据库的操作。

3-1-1　事务概述

关系型数据库有 4 个显著的特征：安全性、完整性、检测性和并发性。数据库的安全性就是要保证数据库数据的安全，防止未授权用户随意修改数据库中的数据，确保数据的安全。完整性是数据库的一个重要特征，也是保证数据库中的数据切实有效、防止错误、实现商业规则的一种重要机制。在数据库中，区别所保存的数据是无用的垃圾还是有价值的信息，主要是依据数据库的完整性是否健全，即实体完整性、域完整性和参考完整性。对任何发现影响系统性能的因素和瓶颈，采取

切合实际的策略，解决问题，提高系统的性能。并发性是用来解决多个用户对同一数据进行操作时的问题。特别是对于网络数据库来说，这个特点更加突出。提高数据库的处理速度，单单依靠提高计算机的物理速度是不够的，还必须充分考虑数据库的并发性问题，提高数据库并发性的效率。

那么如何保证并发性呢？在 SQL Server 2005 中，通过使用事务和锁机制，可以解决数据库的并发性问题。在 SQL Server 2005 中，事务要求处理时必须满足 ACID 原则，即原子性（A）、一致性（C）、隔离性（I）和持久性（D）。

- 原子性：原子性也称为自动性，是指事务必须执行一个完整的工作，要么执行全部数据的操作，要么全部不执行。
- 一致性：一致性是指当事务完成时，必须所有的数据具有一致的状态。
- 隔离性：也称为独立性，是指并行事务的修改必须与其他并行事务的修改相互独立。一个事务处理数据，要么是其他事务执行之前的状态，要么是其他事务执行之后的状态，但不能处理其他正在处理的数据。
- 持久性：是指当一个事务完成之后，将影响永久性地存于系统中，即事务的操作将写入数据库中。

事务的这种机制保证了一个事务或者提交后成功执行，或者提交后失败回滚，二者必居其一。因此，事务对数据的修改具有可恢复性，即当事务失败时，它对数据的修改都会恢复到该事务执行前的状态。而使用一般的批处理，则有可能出现有的语句被执行，而另一些语句没有被执行的情况，从而有可能造成数据不一致。

事务开始之后，事务所有的操作都陆续写到事务日志中。这些操作在事务日志中记录一个标志，用于表示执行了这种操作。当取消这种事务时，系统自动执行这种操作的反操作，保证系统的一致性。系统自动生成一个检查点机制，这个检查点周期地发生。检查点的周期是系统根据用户定义的时间间隔和系统活动的频度由系统自动计算出来的时间间隔。检查点周期地检查事务日志，如果在事务日志中，事务全部完成，那么检查点将事务提交到数据库中，并且在事务日志中做一个检查点提交标记。如果在事务日志中，事务没有完成，那么检查点将事务日志中的事务不提交到数据库中，并且在事务日志中做一个检查点未提交标记。

3-1-2　事务的类型

根据事务的设置、用途的不同，SQL Server 2005 将事务分为多种类型。

1. 根据系统的设置分类

根据系统的设置，SQL Server 2005 将事务分为两种类型：系统提供的事务和用户定义的事务，分别简称为系统事务和用户定义事务。

（1）系统事务

系统提供的事务是指在执行某些语句时，一条语句就是一个事务。但是要明确，一条语句的对象既可能是表中的一行数据，也可能是表中的多行数据，甚至是表中的全部数据。因此，只有一条语句构成的事务也可能包含了多行数据的处理。

系统提供的事务语句如下：ALTER TABLE、CREATE、DELETE、DROP、FETCH、GRANT、INSERT、OPEN、REVOKE、SELECT、UPDATE、TRUNCATE TABLE。当这些 SQL 命令运行后，这些语句本身就构成了一个事务。

比如，当我们创建一张有三个属性列的物理表的时候，创建表的 SQL 语句本身就构成了一个事务。这条语句由于没有使用条件限制，那么在创建新表的过程中，要么创建全部成功，要么全部失败。

（2）用户定义事务

在实际应用中，大多数的事务处理采用了用户定义的事务来处理。在开发应用程序时，可以使用 BEGIN TRANSACTION 语句来明确地定义用户定义的事务。在使用用户定义的事务时，一定要注意事务必须由明确的结束语句来结束。如果不使用明确的结束语句来结束，那么系统可能把从事务开始到用户关闭连接之间的全部操作都作为一个事务来对待。事务的明确结束可以使用两个语句中的一个：COMMIT 语句和 ROLLBACK 语句。COMMIT 语句是正常提交语句，将全部完成的语句明确地提交到数据库中。ROLLBACK 语句是意外回滚语句，该语句将事务的操作全部取消，即表示事务操作失败。

2. 根据运行模式分类

根据运行模式，SQL Server 2005 将事务分为 4 种类型：自动提交事务、显式事务、隐式事务和批处理级事务。

（1）自动提交事务

自动提交事务是指每条单独的语句都是一个事务。

（2）显式事务

显式事务指每个事务均以 BEGIN TRANSACTION 语句显式开始，以 COMMIT 或 ROLLBACK 语句显式结束。

（3）隐式事务

隐式事务指在前一个事务完成时新事务隐式启动，但每个事务仍以 COMMIT 或 ROLLBACK 语句显式结束。

（4）批处理级事务

该事务只能应用于多个活动结果集（MARS），在 MARS 会话中启动的 T-SQL 显式或隐式事务变为批处理级事务。当批处理完成时，没有提交或回滚的批处理级事务自动由 SQL Server 语句集合分组后形成单个的逻辑工作单元。

3. 事务处理语句

事务处理语句共包括四种：

1）BEGIN TRANSACTION 语句：正常开始一个事务。

2）COMMIT TRANSACTION 语句：正常结束一个事务。

3）ROLLBACK TRANSACTION 语句：非正常回滚事务，撤消全部的操作。

4）SAVE TRANSACTION 语句：保存事务。

实例：建立事务实例

--例 1：修改"陆君"同学所在班级为 95033 班，然后再插入一名叫"张飞"的 95031 班男学生。
```
Beging tran  --此处开始一个事务
Update student Set class='95033' where name='陆君'
Insert into student(sno,sname,sex,class) values(544,'张飞','男','95033')
Commit tran  --此处正常结束一个事务
```
--例 2：或许你需要处理意外的事务，为此你必须使用 rollback tran 命令，即回滚事务。

```
Begin tran
Delete from student where sno=544
If  @@error>0  --如果系统出现意外
   rollback  tran   --则进行回滚操作
Else
Commit tran
```
--注意：rollback tran 将完全取消事务，或者将事务恢复到初始状态
--例 3：先删除"张飞"同学信息，而后回滚撤消删除操作。
```
begin transaction  --开始一个正常的事务
delete from student where sname='张飞'  --删除张飞同学
select * from student where sname='张飞'  --查询张飞同学是否还在
rollback transaction   --回滚撤消删除操作
select * from student where sname='张飞'  --再次查询张飞同学是否还在
```

问题：请分析为什么被删除了的数据又回来了呢？

--例 4：为教师表插入一名教师的信息，如果正常运行则插入数据表中，反之则回滚。此题注意学习 SAVE TRANSACTION 语句。
```
Begin tran
update teacher set salary=salary+50    --给每名教师的薪水加 50 元
Save tran savepoint1
Insert into teacher values ('840','李强',1975-03-02, '计算机系')
If @@error>0
   rollback tran savepoint1
If @@error>0
   rollback tran
Else
   commit tran
```
--注意：save tran 命令后面有一个名字，这就是存储点的名字，这样在第一次恢复时，就可以恢复到这个存储点，就是 savepoint1，而不是恢复整个的事务。Insert into teacher 会被取消，但是事务本身仍然将继续。也就是插入的教师信息将从事务中除去，数据表撤消该教师信息的插入，但是给每名教师的薪水加 50 元的操作正常地被保存到数据库之中；到了第二次恢复，由于没有给出恢复到的名字，rollback tran 将恢复到 begin tran 前的状态，即修改和插入操作都被撤消，就像没有发生任何事情一样。
--例 5：定义一个事务，向学生表中添加记录。如果添加成功，则给每个分数加 10 分。否则不操作。
```
BEGIN  TRAN
Insert into student(sno,sname,sex,class) values(545,'刘备','男','95033')
IF @@ error=0
   BEGIN
PRINT '添加成功!'
UPDATE score SET degree=degree+10
COMMIT TRAN   --正常结束事务
END
   ELSE
BEGIN
 PRINT '添加失败!'
 ROLLBACK  TRAN
END
```

4. 如何编写有效的事务

事务的编写是 T-SQL 编程过程中非常重要的操作，因此数据库专家根据事务编程的特点，总结并归纳出以下几个要点，以期达到编写有效事务的目的：

1）不要在事务处理期间要求用户输入数据。

2）在事务启动之前，必须获得所有需要的用户输入。

3）在浏览数据的时候，尽量不要打开事务。

4）在所有的数据检索分析完毕之前，不应该启动事务。

5）事务的代码编写尽可能简短。

6）在知道了必须要进行的修改之后，启动事务，执行修改语句，然后立即提交或者回滚。

7）在事务中尽量使访问的数据量最小化。

8）尽量减少锁定数据表的行数，从而减少事务之间的竞争。

3-2　SQL Server 2005 的并发控制

学习目标

● 了解锁技术

● 掌握锁的模式，掌握共享锁、排他锁、更新锁和意向锁的概念和区别

● 学习如何查看锁的信息

数据库的并发控制是解决在网络环境下多用户并发访问数据库的时候，所产生的数据脏读问题。解决并发控制问题的核心算法思想就是锁技术，锁就是防止其他事务访问指定资源的手段。锁是实现并发控制的主要方法，是多个用户能够同时操纵同一个数据库的数据而不发生数据不一致现象的重要保障。

3-2-1　锁概述

一般来说，锁可以防止脏读、不可重复读和幻觉读。脏读就是指当一个事务正在访问数据，并且对数据进行了修改，而这种修改还没有提交到数据库中，这时，另外一个事务也访问这个数据，然后使用了这个数据。因为这个数据是还没有提交的数据，那么另外一个事务读到的这个数据就是脏数据，依据脏数据所做的操作可能是不正确的。

不可重复读是指在一个事务内，多次读同一数据。在这个事务还没有结束时，另外一个事务也访问该数据。那么，在第一个事务中的两次读数据之间，由于第二个事务的修改，则第一个事务两次读到的数据可能是不一样的。这样就发生了在一个事务内两次读到不一致的数据，因此，称为不可重复读。

幻觉读是指当事务不是独立执行时发生的一种现象，例如第一个事务对一个表中的数据进行了修改，这种修改涉及到表中的全部数据行。同时，第二个事务也修改这个表中的数据，这种修改是向表中插入一行新数据。那么，以后就会发生操作第一个事务的用户发现表中还有没修改的数据行，就好像发生了幻觉一样。

　　锁是防止其他事务访问指定的资源、实现并发控制的一种手段。为了提高系统的性能、加快事务的处理速度、缩短事务的等待时间，应该使锁定的资源最小化。为了控制锁定的资源，应该首先了解系统的空间管理。在 SQL Server 2005 中，最小空间管理单位是页，一个页有 8KB。所有的数据、日志、索引都存放在页上。另外，使用页有一个限制，这就是表中的一行数据必须在同一个页上，不能跨页。页上面的空间管理单位是簇，一个簇是 8 个连续的页。表和索引的最小占用单位是簇。数据库由一个或多个表或者索引组成，即由多个簇组成。

3-2-2　锁的模式

　　数据库引擎使用不同的锁定模式，这些锁模式确定了并发事务访问资源的方式。根据锁定资源方式的不同，SQL Server 2005 提供了 4 种锁模式：共享锁、排他锁、更新锁，意向锁。

　　1. 共享锁

　　共享锁也称为 S 锁，允许并行事务读取同一种资源，这时的事务不能修改访问的数据。当使用共享锁锁定资源时，不允许修改数据的事务访问数据。当读取数据的事务读完数据之后，立即释放所占用的资源。一般地，当使用 SELECT 语句访问数据时，系统自动对所访问的数据使用共享锁锁定。

　　2. 排他锁

　　对于那些修改数据的事务，例如，使用 INSERT、UPDATE、DELETE 语句，系统自动在所修改的事务上放置排他锁。排他锁也称 X 锁，就是在同一时间内只允许一个事务访问一种资源，其他事务都不能在有排他锁的资源上访问。在有排他锁的资源上，不能放置共享锁，也就是说，不允许可以产生共享锁的事务访问这些资源。只有当产生排他锁的事务结束之后，排他锁锁定的资源才能被其他事务使用。

　　3. 更新锁

　　更新锁也称为 U 锁，可以防止常见的死锁。在可重复读或可序化事务中，此事务读取数据，获取资源的共享锁，然后修改数据。此操作要求锁转换为排他锁。如果两个事务获取了资源上的共享锁，然后试图同时更新数据，则一个事务尝试将锁转换为排他锁。共享锁到排他锁的转换必须等待一段时间，因为一个事务的排他锁与其他事务的共享锁不兼容，发生锁等待。第二个事务试图获取排他锁以进行更新。由于两个事务都要转换为排他锁，并且每个事务都等待另一个事务释放共享锁，因此发生死锁。

　　若要避免这种潜在的死锁问题，请使用更新锁。即一次只有一个事务可以获得资源的更新锁。如果事务修改资源，则更新锁转换为排他锁。

　　4. 意向锁

　　数据库引擎使用意向锁来保护共享锁或排他锁放置在锁层次结构的底层资源。之所以命名为意向锁，是因为在较低级别锁前可获取它们，因此，会通知意向锁将放置在较低级别上。意向锁有两种用途：

　　1）防止其他事务以会使较低级别的锁无效的方式修改较高级别资源。

　　2）提高数据库引擎在较高的粒度级别检测锁冲突的效率。

意向锁又分为意向共享锁（IS）、意向排他锁（IX），以及意向排他共享锁（SIX）。意向共享锁表示读低层次资源的事务的意向，把共享锁放在这些单个资源上。意向排他锁表示修改低层次资源的事务的意向，把排他锁放在这些单个资源上。意向排他锁包括意向共享锁，它是意向共享锁的超集。意向排他共享锁表示允许并行读取顶层资源的事务的意向，并且修改一些低层次的资源，把意向排他锁放在这些单个资源上。例如，表上的一个使用意向排他共享锁的事务把共享锁放在表上，允许并行读取，并且把意向排他锁放在刚要修改的页上，把排他锁放在修改的行上。每一个表一次只能使用一个意向排他共享锁，因为表级共享锁阻止对表的任何修改。

3-2-3　锁的信息

锁兼容性控制多个事务能否同时获取同一资源上的锁。如果资源已被另一事务锁定，则仅当请求锁的模式与现有锁的模式兼容时，才会授予新的锁请求。如果请求锁的模式与现有的模式不兼容，则请求新锁的事务将等待释放现有锁或等待锁超时间隔过期。例如，没有与排他锁兼容的锁模式。如果具有排他锁，则在释放排他锁之前，其他事务均无法获取该资源的任何类型（共享、更新或排他）的锁。另一种情况是，如果共享锁已应用到资源，则即使第一个事务尚未完成，其他事务也可以获取该资源的共享锁或更新锁。但是，在释放共享锁之前，其他事务无法获取排他锁。

用户可以通过使用 SQL Server 2005 的 SQL Server Profiler，来捕获有关跟踪锁事件的信息的锁事件类别。还可以在系统监视器中，从锁对象指定计数器来监视数据库引擎实例中的锁级别。

实例：查看锁信息实例

第一步：启动 SQL Server Profiler，在对象资源管理器中选择菜单"工具"项下的 SQL Server Profiler，启动后的窗口如图 3-1 所示。

第二步：选择菜单"文件"中的"新建跟踪"选项，新建一个跟踪事件，连接到服务器，如图 3-2 所示。

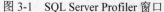

图 3-1　SQL Server Profiler 窗口

图 3-2　连接服务器

第三步：连接成功，设置跟踪事件属性。在"跟踪属性"对话框的"常规"选项卡中，用户可以设置跟踪名称、使用模板，以及启用跟踪停止时间和将跟踪存储到指定文件，如图 3-3 所示。

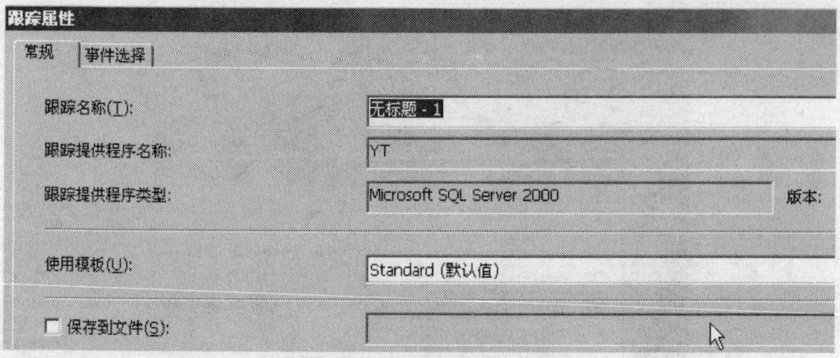

图 3-3　跟踪属性对话框的"常规"选项卡

　　第四步：还可以将跟踪保存到指定表。在"跟踪属性"对话框的"事件选择"选项卡中，用户可以设置跟踪的事件以及事件的列，如图 3-4 所示。

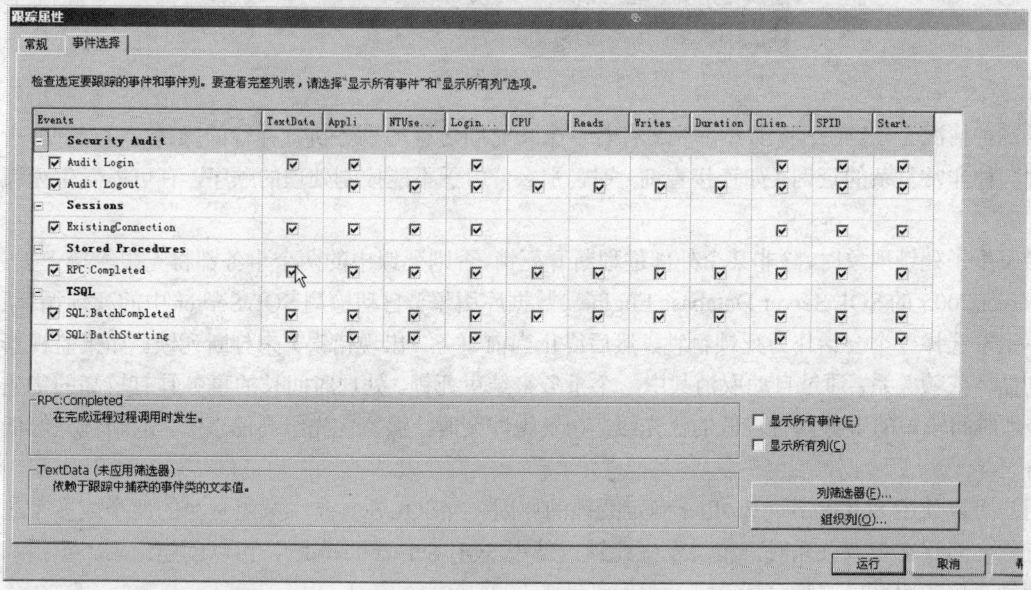

图 3-4　跟踪属性对话框的"事件选择"选项卡

　　第五步：设置完毕，在 SQL Server Profiler 中显示跟踪事件，如图 3-5 所示。同时，在 SSMS（SQL Server Management Studio，SQL Server 管理平台）的对象资源管理器中，系统将建一个新表，即设置的保存到表。打开该表，显示用户设置跟踪的事件以及事件的列。为了和 SQL Server 兼容，还可以使用 sys.dm_tran_locks 动态管理视图来替代 sp_lock 系统存储过程。

3-2-4　死锁及处理

　　在事务使用锁的过程中，死锁是一个不可避免的现象。在下列两种情况下，可能发生死锁。

　　第一种情况是，当两个事务分别锁定了两个单独的对象，这时每一个事务都又要求在另外一个事务锁定的对象上获得一个锁，因此每一个事务都又必须等待另一个释放占有的锁，这时就发生了死锁，这种死锁是最典型的死锁形式。

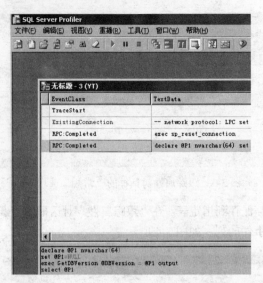

图 3-5　跟踪事件的显示

第二种情况是，当在一个数据库中。有若干个长时间运行的事务执行并行的操作，当查询分析器处理一种非常复杂的查询（如连接查询）时，那么，由于不能控制处理的顺序，有可能发生死锁现象。

当发生了死锁现象时，除非某个外部进程断开死锁，否则死锁中的两个事务都将无限等待下去。SQL Server 2005 的 SQL Server Database Engine（数据库引擎）自动检测 SQL Server 中的死锁循环。数据库引擎选择一个会话作为死锁牺牲，然后终止当前事务（出现错误）来打断死锁。如果监视器检测到循环依赖关系，通过自动取消其中一个事务来结束死锁。处理时间长的事务具有较高的优先级，处理时间较短的事务具有较低的优先级。在发生冲突时，保留优先级高的事务，取消优先级低的事务。

用户可以使用 SQL Server Profiler 确定死锁的原因。当 SQL Server 中某组资源的两个或多个线程或进程之间存在依赖关系时，将会发生死锁。使用 SQL Server Profiler，可以创建记录、重播和显示死锁事件的跟踪以进行分析。

若要跟踪死锁事件，请将 Deadlock graph 事件类添加到跟踪。可以通过下列任一方法进行提取：

- 在配置跟踪时，使用"事件提取设置"选项卡。请注意，只有在"事件选择"选项卡上选择了 Deadlock graph 事件，才会出现此选项卡。
- 也可以使用"文件"菜单中的"提取 SQL Server 事件"选项，或者通过鼠标右键单击特定事件并选择"提取事件数据"，来提取并保存各个事件。

3-3　SQL Server 2005 数据库优化

学习目标

- 了解数据库引擎优化顾问基本内容
- 掌握数据库引擎优化顾问的使用

- 掌握通过命令行的方式进行索引的优化——DTA

一个数据库系统的性能依赖于组成该系统的数据库中物理设计结构的有效配置。这些物理设计结构包括索引、聚集索引、索引视图和分区等，其目的在于提高数据库的性能和可管理性。SQL Server 2005 提供了一套综合的工具，用于优化物理数据库的设计，其中数据库引擎优化顾问是分析一个或多个数据库上工作负荷（对要做优化的数据库招待的一组 T-SQL 语句）的性能效果的工具。本节主要介绍数据库引擎优化顾问的使用。

3-3-1　数据库引擎优化顾问概述

数据库引擎优化顾问是一种工具，用于分析在一个或多个数据库中运行的工作负荷的性能效果。工作负荷是对要做出优化的数据库而编写的一组 T-SQL 语句。分析数据库的工作负荷效果后，数据库引擎优化顾问会提供在 SQL Server 2005 数据库中添加、删除或修改物理设计结构的建议。这些物理性能结构包括聚集索引、非聚集索引、索引视图和分区。实现这些结构之后，数据库引擎优化顾问使查询处理器能够用最短的时间执行工作负荷任务。

3-3-2　数据库引擎优化顾问的使用

数据库引擎优化顾问提供了两种使用方式：
1）图形界面。用于优化数据库、查看优化建议和报告的工具。
2）命令行实用工具程序 dta.exe。用于实现数据库引擎优化顾问在软件程序和脚本方面的功能。
下面，我们通过案例的形式介绍数据库引擎优化的具体过程。

实例 1：数据库索引优化的基本步骤
第一步：启动 SQL Server Profiler，准备生成负载测试文件，如图 3-6 所示。
第二步：启动"新建跟踪"项，准备配置跟踪文件内容，如图 3-7 所示。

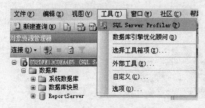
　　　　图 3-6　启动 SQL Server Profiler

　　　　图 3-7　启动"新建跟踪"项

第三步：登录服务器后，配置跟踪属性，勾选"保存到文件"，将跟踪的 T-SQL 脚本结果保存到用户选择的 trc 文件中，同时启动文件滚动更新，从而滚动记录数据库工作过程中的负荷反馈信息。单击"运行"，启动负荷跟踪，如图 3-8 所示。
第四步：启动后将执行相关的 T-SQL 脚本，并将执行的结果记录到用户指定的 trc 文件中。由于是滚动执行的，因此该 trc 文件随着时间的推移将逐渐变大。因此，这种跟踪一般是由 DBA 根据一天平均的用户访问量进行记录的，比较容易反映出数据库服务器在建构过程中的索引问题，如图 3-9 所示。

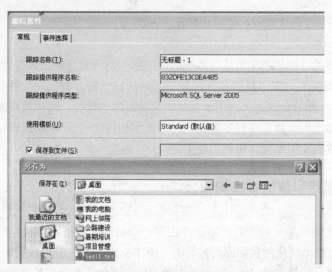

图 3-8　配置跟踪文件

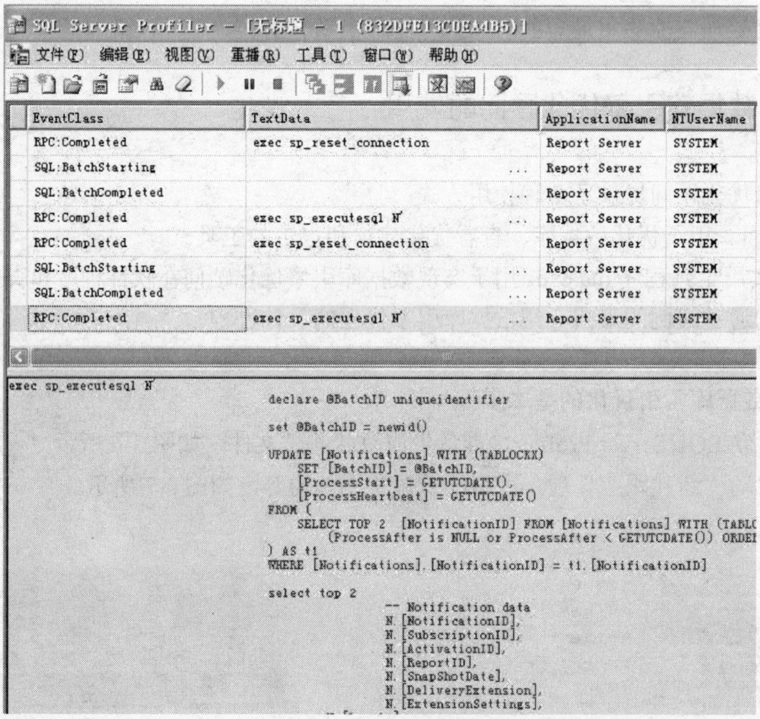

图 3-9　监控运行开始

　　第五步：工作负荷工作执行完毕后，将形成一个 trc 文件，至此负荷跟踪工作任务完成。随后启动数据库引擎优化顾问，如图 3-10 所示。数据库引擎优化顾问是用于优化数据库以及查看优化的建议和报告的单独图形化用户界面。

　　第六步：在弹出的引擎优化顾问界面中，选择"工作负荷"为"文件"，在弹出的"选择工作负荷文件"对话框中，选择刚才生成的工作负荷文件。单击工具栏中的绿色三角标按钮开始执行优化操作，如图 3-11 所示。

图 3-10 启动数据库引擎优化顾问

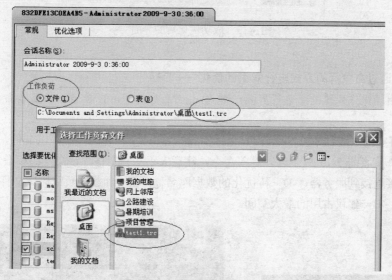

图 3-11 选择负载文件

注意：在优化过程中，经常会出现"正在占用工作负荷"的错误。主要原因是默认的存储空间必须大于 2MB 才可以，故我们选择优化进度中的高级选项，将建议最大空间改为 100MB，如图 3-12 所示。

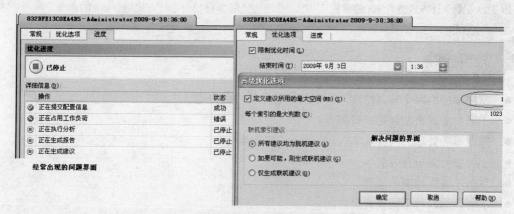

图 3-12 优化过程中解决问题的过程

第七步：当问题纠正后即可成功运行，随后会出现一份系统报告，根据报告建议对用户数据库信息内容进行索引优化即可，如图 3-13 所示。

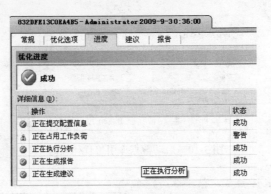

图 3-13　成功优化后的界面

实例 2：通过命令行的方式进行索引的优化——DTA

第一步：启动操作系统的命令行界面，键入 dta/?命令，即可查看 dta 的基本命令参数，如图 3-14 所示。

第二步：将实例 1 通过 SQL Server Profiler 生成的 qs.trc 文件作为负载测试文件，将之复制到 c 盘的根目录下，按照图 3-15 所示逐一键入命令，注意大小写和空格。该命令的参数意义是：-E－使用可信任连接连接到服务器，-D－待优化的数据库名称，-if－加载的负载测试文件，-s－一个测试实例的名称，-B－建议占用的最大空间。

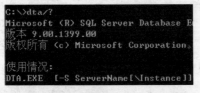

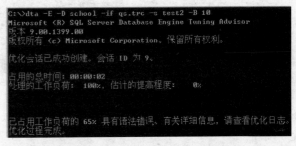

图 3-14　命令行方式查看 dta 的参数　　　　图 3-15　命令行方式运行 dta 的命令

本章考纲

- 掌握事务的四个基本特性，分别阐述各个特性的内涵。
- 了解事务的类型包括哪些内容。
- 掌握事务处理的四种基本语句和具体的应用。
- 了解如何编写有效的事务。
- 数据库并发控制的概念。
- 了解锁的四种不同模式及内涵。
- 学习查看锁的基本信息，了解死锁及处理机制。
- 了解数据库引擎优化顾问，并掌握数据库索引优化的基本步骤，掌握通过命令行的方式进行索引的优化——DTA。

一、填空题

1. 事务是用户定义的一个_____，这些操作要么_____要么_____，是一个_____。

2. 关系型数据库有 4 个显著的特征：_____、_____、_____和_____。

3. 事务要求处理时必须满足 ACID 原则，即_____、_____、_____和_____。

4. 根据系统的设置，SQL Server 2005 将事务分为两种类型，分别是_____和_____。

5. 事务处理语句共包括四种：分别是 BEGIN TRANSACTION 语句，意思是_____；COMMIT TRANSACTION 语句，意思是_____；ROLLBACK TRANSACTION 语句，意思是_____；SAVE TRANSACTION 语句，意思是_____；

6. SQL Server 2005 提供了 4 种锁模式，分别是_____、_____、_____和_____。

7. 通过命令行的方式进行索引优化的命令是_____。

二、简答题

1. 请简述如何编写有效的事务？

2. 简述脏读，不可重复读，幻觉读的概念，

3. 请简述在哪两种情况下，可能发生死锁？发生死锁的时候应当如何处理？

第4章 管理存储过程和触发器

本章内容

- 学习如何开发存储过程（Stored Procedure）
- 学习如何开发和管理触发器（Trigger）

4-1 开发存储过程（Stored Procedure）

学习目标

- 存储过程的基本特点及优势。
- 学习如何创建存储过程，学习建立及执行存储过程的基本语法结构。
- 掌握存储过程输入参数赋值的两种方法，即根据参数名称给输入参数赋值和根据参数定义时候的顺序赋值。
- 掌握存储过程返回参数读取的方法。

4-1-1 存储过程概述

存储过程（Stored Procedure）是存放在 SQL Server 中的预先编译好了的 SQL 程序。由于存储过程是预先编译好了的，因此它们具有各种类型查询的最好性能。作为存储过程，其基本特点具有以下几条：

1）存储过程是以一个名称存储在数据库中，可以作为一个独立的数据对象，也可以作为一个单元在数据库中被用户调用。

2）存储过程可以接收和输出数据、参数以及返回执行存储过程的状态值，还可以嵌套使用。

3）存储过程提供了标准的 SQL 语言所没有的高级特性，其传递参数和执行逻辑表达式的功能，有助于应用程序设计者处理复杂的数据任务。

4）存储过程是工作在服务器上的，从而有效地减少 C/S 频繁访问的数据流量，减少数据操作所需要的网络带宽和数据流量。

5）存储过程使得开发者不必在客户端开发大量的程序代码，同时在数据库的安全性上面得到提高。

由于存储过程被普遍应用在软件信息系统开发阶段的数据库访问层,因此存储过程的开发能力往往是检验 DBA 或者数据库开发编程设计者的最好标准。同时存储过程预先将大量的系统业务逻辑封装在数据库服务器之中,因此可以节省程序员大量的时间和精力,又由于其面向的是软件项目的全部环节,因此具有很好的可复用性,符合现代软件设计的思维方式。那么为什么存储过程受到软件设计者的如此青睐呢?

主要原因是存储过程是存放在 SQL Server 中的特别快的存储对象,当首次运行存储过程的时候,它将按照以下的方式进行:

1)存储过程将被分解成为部件对象。

2)存储过程将检查数据库中对象(表、视图)是否存在,这被称为分解。

3)分解成功后,该过程名称被存放在 sysobjects 表中,创建存储过程的代码被放在 syscomments 表中。

4)存储过程是预先编译的,并且编译过程中将创建查询蓝本。该蓝本被称作是查询计划或查询树,查询树存放在 sysprocedures 表中。

5)存储过程首次执行时读出查询计划并完全编译成为过程计划。今后的数据操作中将按照这样的计划执行,从而节约了每次执行存储过程的语法检查、分解和编译查询树的执行时间。

6)存储过程的最大好处是:一旦执行了存储过程,过程计划将存储到 cache 中,这样在下次运行该存储过程的时候,将直接从 cache 中读取并运行,大大提高了查询的速度。因此存储过程执行速度快,工作效率高,同时也规范了程序设计,适应现代软件开发设计的团队建构思想。

7)存储过程封装事务,一旦封装完毕,该封装可以用于多个应用,从而有一致的数据接口。这样带来的好处就是:如果改变过程的功能,只需要在一个地方修改,而不必要对每一个应用进行修改。

8)通过存储过程可以传入参数并返回参数,其编程的灵活性较好。

9)由于预先封装在服务器端,因此可以大大提高系统的安全性能,防止机密数据外泄。

4-1-2　创建存储过程

存储过程的创建有一定的规律,基本包括以下几点:

1)引用的对象必须在创建存储过程前就存在。

2)不能在单个存储过程中再创建同名的存储过程。

3)存储过程最多有 255 个参数。

存储过程不能够执行下列语句:create procedure、rule、view,也就意味着存储过程之中不可以再创建存储过程、规则和视图,另外需要注意:存储过程创建的文本不可以超过 64kb。

1. 建立存储过程基本语法结构

创建存储过程的语法如下:

```
CREATE  PROC[EDURE] procedure_name[;number]
本句话是指定存储过程名称/number用来对同名过程进行分组,以便用一条drop procedure就可以
将同组的过程一并除去/
[{@parameter  data_type}]/指定存储过程的参数名称以及类型/
[VARYING][=default][OUTPUT]/指定输出参数支持的结果集(仅适合于带游标的参数)
//default数值//用来指定参数是可以返回的,可以将该信息返回给调用的过程/
```

```
[WITH {RECOMPILE|ENCRYPTION|RECOMPILE, ENCRYPTION}]
```
[FOR REPLICATION]/指定每执行一次都要重新编译//SQL 需要加密 syscomments 表中的内容//
该存储过程只能够在数据复制的时候使用，本选项不能够和 with recompile 联合使用/
```
    AS  sql_statement[…n]/该项包含 T-SQL/
```

2. 执行存储过程基本语法结构

T-SQL 用 **EXECUTE** 来执行存储过程，语法如下：

```
[EXECUTE]{[@return_status=] procedure_name [;number]}
```
/@return_status 是整型局部变量，用于保存存储过程的返回值//指定保存的存储过程名称//指定
该存储过程与其他同名的存储过程同组时候的标号/
```
[@parameter=]{value|@variable[OUTPUT|[DEFAULT]}][,…N]
```
/@parameter 是在创建的时候定义的过程参数。调用者向存储过程传递的参数值由 value 参数或
@variable 变量提供/
```
[WITH RECOMPILE] /指定实行存储过程的时候重新编译执行计划/
```

注意：在执行存储过程中，使用 **WITH RECOMPILE** 选项可以带来的好处主要体现在下面两点：

- 在 create procedure 中使用 with recompile 后，执行计划将不被存放到 CACHE 中，每次执行的时候都要重新编译整个过程，这与标准的查询方式非常类似。该方式对于执行效率低的参数非常有用，通过每次的重新编译，过程可以针对新的参数进行优化执行。
- 在 Exec procedure 中使用 with recompile 则可以将执行的过程一次性打入到 cache 中，以供后面程序中 exec proc 的快速调用。

实例：建立第一个存储过程实例

首先，在对象资源管理器中展开 school 数据库的"可编程性"，再展开其下的"存储过程"项，新建存储过程，并将例 1 的代码键入，如图 4-1 所示。

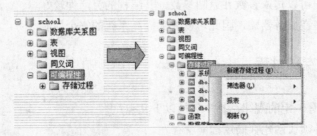

图 4-1   新建 school 数据库的存储过程

--**例 1.在 school 数据库中创建一个存储过程，用于返回工资收入高于教师平均收入的教师情况，并按照他们的工资降序排列**

```
use school
--如果存在同名的存储过程，先删除之
if exists(select name from sysobjects where name='higher_sal')
drop procedure higher_sal
go
--新建存储过程
create procedure higher_sal
as
select * from teacher where salary>
    (select avg(salary) from teacher) order by salary desc
```

```
go
--执行该存储过程
exec higher_sal
go
```

3. 存储过程输入参数赋值的问题

为了给存储过程的输入参数赋值，有两种方式可以选择：

1）第一种：根据参数名称给输入参数赋值。

例如：@parameter_name=value

2）第二种：根据参数定义时候的顺序赋值

例如：parameter　value1, value2,.......

实例：存储过程输入参数赋值实例

--例 1：建立存储过程并输入参数赋值测试

```
use school
if exists(select name from sysobjects where name='stu_info')
drop proc stu_info
go
--下面开始正式建立存储过程
create proc stu_info
@stu_name varchar(20), @stu_grade float  --这里定义两个输入参数
as
select student.sno,sname,cname,degree
from student,score,course
where student.sno=score.sno and course.cno=score.cno and sname=@stu_name and
degree>@stu_grade
go
--下面学习如何给存储过程输入参数进行赋值并运行该存储过程
--第一种方式
exec stu_info @stu_name='李军',@stu_grade=70 WITH RECOMPILE
--第二种方式
exec stu_info '李军',70
```

问题：在执行存储过程时，带上 WITH RECOMPILE 参数和不带上该参数的差别是什么？

4. 存储过程返回参数读取的问题

当执行存储过程后，如果可以确认返回值是唯一的，则可以通过定义局部变量的形式获取返回的参数，只是该局部变量的类型必须和返回值的类型及值域相同。存储过程的返回值也必须在头部定义的时候予以说明和解释，且必须在定义的变量后加上 output 关键字，表示为返回参数。

实例：存储过程返回参数读取实例

--例 1：建立存储过程并学习如何运行存储过程，获取返回值信息

```
use school
if exists(select name from sysobjects where name='stu_object1')
drop proc stu_object1
```

```
go
--下面开始正式建立存储过程
create proc stu_object1
@class varchar(10),
@avg_degree float output  --注意此处，返回类型后面必须定义 output 关键字
as
select @avg_degree=avg(degree)  from student,score
where student.sno=score.sno and class=@class
go
--下面学习如何运行存储过程，并获取返回值信息
declare @avgdegree float  --首先用 declare 语句定义一个 float 类型的变量@avgdegree
execute stu_object1 '95031',@avgdegree output
--执行该存储过程，注意返回类型后面必须带上 output 关键字
print '95031 班同学的平均成绩是：'+rtrim(cast(@avgdegree as float))
--将变量@avgdegree 获取信息后显示出来
--rtrim() 截断所有尾随空格后返回一个字符串。 --cast()将数值型转换成字符型
```

--例 2：输入一个学生的学号，可以知道他的平均成绩

```
create procedure student_avg
@sno varchar(12), @stu_avg int output  --定义好返回变量
as
select @stu_avg=avg(degree)  from score  where sno=@sno  group by sno
--下面开始执行存储过程
declare @stu_avg int ,@char char(30)  --首先定义两个自定义变量
set @char='该同学的平均成绩是：'    --学习通过 set 语句进行赋值实例
exec student_avg '103',@stu_avg  output
--执行存储过程，并将返回值赋值给某个内存变量
print rtrim(@char)+ltrim(cast(@stu_avg as char(10)))  --显示并打印最终信息
```

--例 3：在数据库 school 中创建存储过程 av_degree，用于查询每门课程的平均成绩。该存储过程包含一个输入参数、一个输出参数和一个返回值

```
use school
--如果存在过程名称为 av_degree，则删除之
if exists(select name from sysobjects where name='av_degree')
drop procedure av_degree
go
--开始创建存储过程 av_degree；
--输入参数@avg_cno 用于传递课程号码，输入参数@avg_deg 用于传递平均成绩
create procedure av_degree
@avg_cno varchar(10), @avg_deg float OUTPUT
as
--声明和初始化一个变量，用于保存返回值
declare @errorsave int
set @errorsave=0
select @avg_cno=cno,@avg_deg=avg(degree)  from score  group by cno
if (@@error<>0)
  set @errorsave=@@error
return @errorsave
```

```
go
--下面开始执行该存储过程。首先声明变量，用于保存返回值和输出参数
declare @returnvalue char(10),@avg float
exec @returnvalue=av_degree '101',@avg output
--打印并显示执行的结果
print '执行结果如下：'
print '您所查询的返回值是'+cast(@returnvalue as char(2))
print '101 号课程的平均成绩是：'+cast(@avg as char(10))
```

--例 4：视图与存储过程综合应用案例，同时也说明存储过程也可以在 insert 语句中使用

```
use school
--如果 sysobjects 系统数据表中存在名称为 avg_view 的对象，则删之。
if exists(select name from sysobjects where name='avg_view')
drop view avg_view
go
--这里我们首先建立视图 avg_view，用以求每个学生的平均成绩
create view avg_view
as
select sno,avg(degree) as avg_degree from score group by sno
go
--如果 sysobjects 系统数据表中存在名称为 avg_stu 的对象，则删之。
if exists(select name from sysobjects where name='avg_stu')
drop view avg_stu
go
--这里我们建立视图 avg_stu，用以求每个学生的平均成绩，班级，学号，姓名信息
create view avg_stu(sno,sname,class,avg_degree)
as
select student.sno,student.sname,student.class,avg_view.avg_degree
from avg_view,student where avg_view.sno=student.sno
Go
--如果 sysobjects 系统数据表中存在名称为 avg_prof 的对象，则删之。
if exists(select name from sysobjects where name='avg_prof')
drop procedure avg_prof
Go
--下面我们开始建立存储过程 avg_prof，用以求平均成绩高于 80 分的学生的平均成绩，班级，学号，
姓名信息
create procedure avg_prof
as
select * from avg_stu where avg_degree>=80     --来源的信息表来自视图 avg_stu
Go
--如果 sysobjects 系统数据表中存在名称为 avg_table 的对象，则删之。
if exists(select name from sysobjects where name='avg_table')
drop table avg_table
Go
--建立基本表 avg_table
create table avg_table
(sno char(10),sname char(10),class char(10),avg_degree float)
```

```
--此处学习建立基本表后，将执行的存储过程的结果插入该表之中。
insert into avg_table(sno,sname,class,avg_degree)
exec avg_prof
go
select * from avg_table    --查看基本表信息
```

--例 5：自定义函数，视图与存储过程综合应用案例 2

```
--如果 sysobjects 系统数据表中存在名称为 claview_avg 的对象，则删之。
if exists(select name from sysobjects where name='claview_avg')
drop view claview_avg
go
--首先，创建视图 claview_avg，求各班每一门课程的平均成绩是多少？
create view claview_avg
as
(select class,score.cno,avg(degree) as class_avg  from student,score
where student.sno=score.sno  group by class,cno)
Go
--如果 sysobjects 系统数据表中存在名称为 clafun_avg 的对象，则删之。
if exists(select name from sysobjects where name='clafun_avg')
drop function clafun_avg
go
--创建函数，求各班每门课程的平均成绩情况。
Create function clafun_avg(@class char(10))
/*开始定义变量@class，以保存班级的班号*/
Returns @order_table  table    /*定义返回数据表*/
(班号 char(10), 课程号 char(10), 课程名称 char(10), 平均成绩 float)
AS
Begin
insert @order_table
    select claview_avg.class,course.cno,course.cname,class_avg
    from claview_avg,course
    where claview_avg.cno=course.cno and claview_avg.class=@class
Return
End
Go
--如果 sysobjects 系统数据表中存在名称为 scores_class 的对象，则删之。
if exists(select name from sysobjects where name='scores_class')
drop proc scores_class
go
--下面我们学习在存储过程中使用参数，首先还是创建存储过程
create proc scores_class
@class1 float, @class2 float, @class_avg float output
--此处必须定义一个输出的变量值
as
select @class_avg=(@class1+@class2)/2
--求变量@class1, @class2 之均值。
go
```

```
--下面学习如何利用参数来调用这个存储过程
declare @class1 float,@class2 float,@class_avg float
set @class1=(select avg(平均成绩) from clafun_avg('95031'))
set @class2=(select avg(平均成绩) from clafun_avg('95033'))
exec scores_class @class1,@class2,@class_avg output
--以上内容是必须将存储过程对应的参数传递进去，特别是输出的参数定义
print '各班的平均成绩应该是：'+str(@class_avg)+'分'
go
```

4-2 管理触发器（Trigger）

学习目标

- 触发器基本概念，了解 SQL Server 2005 两大类触发器：DML 触发器和 DDL 触发器；
- 掌握创建触发器基本语法规则；
- 掌握如何通过触发器确保数据的完整性，学习修改、查看和删除触发器及语法规则。

4-2-1 触发器概述

触发器（Trigger）是一种特殊类型的存储过程，当使用 update、insert 或者 delete 命令时，触发器将自动执行，从本质上讲，触发器更大的意义在于维护数据库的完整性，特别是参照完整性和用户定义完整性。SQL Server 2005 提供了两种主要机制来强制执行业务规则和数据完整性：约束和触发器。触发器是一种特殊的存储过程，它在执行语言事件时自动生效。SQL Server 包括两大类触发器：DML 触发器和 DDL 触发器。

1. DDL 触发器

DDL 触发器是 SQL Server 2005 的新增功能。当服务器或数据库中发生数据定义语言（DDL）事件时将调用这些触发器。

2. DML 触发器

当数据库中发生数据操作语言（DML）事件时将调用 DML 触发器。DML 事件包括在指定表或视图中修改数据的 INSERT 语句、UPDATE 语句或 DELETE 语句。DML 触发器可以查询其他表，还可以包含复杂的 T-SQL 语句。将触发器和触发它的语句作为可在触发器内回滚的单个事务对待。如果检测到错误（如磁盘空间不足），则整个事务将自动回滚。

在软件系统应用开发上，触发器设计并非是越多越好，由于在进行数据录入或者删除的时候，触发器会导致数据库表信息的连锁反应，这种连锁反应可能是程序员在进行软件设计时比较头疼，甚至是反感的。另一方面，如果数据库设计人员和软件开发人员沟通不足，很容易因为触发器的隐性触发错误，导致软件项目系统莫名其妙的异常错误，而这种错误一般是非常难以发现的，从而导致维护和修改错误的代价大大提高。因此，触发器虽然是很好的数据完整性手段，但不可滥用。如果使用了，则必须通过严格的文档说明予以提示。一般触发器可以完成下列的一些功能：

1）级联修改数据库中的相关表。

2）执行比完整性约束更为复杂的约束操作。

3）拒绝或回滚违反引用完整性的操作。

4）修改前后数据之间的差别。

4-2-2 触发器的类型

触发器（Trigger）从大类上讲分为前置触发器（instead of）和后置触发器（after）两种类型；从效果上讲分为删除触发器（update）、修改触发器（insert）和插入触发器（delete）三类。

1）在表上进行更新操作时将激发 update 触发器。

2）在表上进行插入操作时将激发 insert 触发器。

3）在表上进行删除操作时将激发 delete 触发器。

4）不进行插入、更新或删除动作时，将激发 instead of 触发器。

5）after 触发器则在一个触发动作发生并完成之后，提供一种机制以便控制多个触发器的执行顺序。

4-2-3 创建触发器

我们同样可以通过新建查询页面的形式建立触发器，触发器的基本语法结构如下所示：

```
CREATE TRIGGER trigger_name
ON table_name
 [WITH ENCRYPTION]
{FOR | AFTER | INSTEAD OF} { [ INSERT ] [ , ] [ UPDATE ] [ , ] [ DELETE ]}
AS  sql_statement
```

1. 参数说明

1）trigger_name：指定将要创建的触发器的名称。触发器的名称必须符合标识符命名规则，且触发器的名称必须在数据库中唯一。

2）table_name：指定与所创建的触发器关联的数据表。

3）WITH ENCRYPTION：加密触发器的文本。

4）FOR | AFTER | INSTEAD OF：如果指定 FOR 或者 AFTER 关键字，则创建 AFTER 类型触发器；如果指定 INSTEAD OF 关键字，则创建 INSTEAD OF 触发器。

5）[INSERT] [,] [UPDATE] [,] [DELETE]：指定所创建的触发器由什么事件所触发，至少要指定一个选项。INSTEAD OF 触发器中每一种操作只能存在一个。

2. 创建步骤

一般来说，使用 T-SQL 语句创建一个触发器应按照以下步骤进行：

1）编写 SQL 语句。

2）测试 SQL 语句是否正确，并能实现功能要求。

3）若得到的结果数据符合预期要求，则按照触发器的语法，创建该触发器。

4）执行该触发器，验证其正确性。

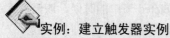
实例：建立触发器实例

```
use school
go
--在 school 数据库的基础上建立 student 表的后置插入触发器
create trigger welcom_stu on student
after insert
as
print '欢迎你，新同学！'
go
--在 school 数据库的基础上建立 student 表的后置删除触发器
create trigger byby_stu on student
after delete
as
print '再见，我的同学！'
go
--下面插入一条数据看看：
insert into student(sno,sname,sex,birthday,class)
values('99120','张星星','男',1997-02-21,'9912')
--然后，再删除一条数据看看：
delete from student  where sname='张星星'
```

4-2-4　通过触发器确保数据的完整性

数据库完整性规则中，实体完整性通过主键规则可以确定，即一旦确定了主键，则实体完整性就得到了确保。另一方面，如果我们建立了数据表的关系图，就可以确保参照完整性的规则。但是如果遇到了比较复杂的用户定义完整性，则一般的解决方案就无法办到了，只有通过对触发器的编程，才能够比较好地解决这个问题。

在触发器执行时，SQL Server 为执行的触发器生成两个临时表——inserted 表和 deleted 表。inserted 表和 deleted 表的结构和被该触发器作用的表的结构相同且只能供该触发器引用。触发器执行完后，这两个临时表也被删除。

当一个记录插入到表中时，INSERT 触发器自动触发执行，相应的创建一个 inserted 表，新的记录被增加到该触发器表和 inserted 表中。该 inserted 表允许用户参考初始的 INSERT 语句中的数据，触发器可以检查 inserted 表，以确定该触发器里的操作是否应该执行和如何执行，如图 4-2 所示。

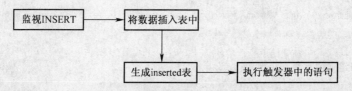

图 4-2　INSERT 触发器自动触发原理

当从表中删除一条记录时，DELETE 触发器自动触发执行，相应的创建一个 deleted 表，deleted 表是个逻辑表，用于保存已经从表中删除的记录，该 deleted 表允许用户参考原来的 DELETE 语句删除的已经记录在日志中的数据。应该注意：当被删除的记录放在 deleted 表中的时候，该记录就不会存在于数据库的表中了，如图 4-3 所示。因此，deleted 表和数据库表之间没有共同的记录。

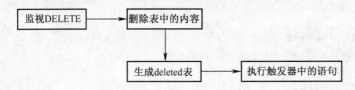

图 4-3　DELETE 触发器自动触发原理

修改一条记录就等于插入一条新记录，删除一条旧记录。进行数据更新也可以看成由删除一条旧记录的 DELETE 语句和插入一条新记录的 INSERT 语句组成。当在某一个触发器表的上面修改一条记录时，UPDATE 触发器自动触发执行，相应的创建一个 deleted 表和一个 inserted 表，表中原来的记录移动到 deleted 表中，修改过的记录插入到 inserted 表中，如图 4-4 所示。

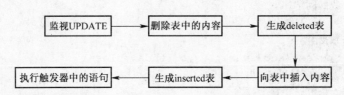

图 4-4　UPDATE 触发器自动触发原理

在前面的 school 数据库中，如果一个学生的信息已经从 student 中被删除了，那么这个学生的成绩信息就不应该再在 score 表中存在了。作为关系型数据库，应该从这个逻辑层面上解决。

实例：通过触发器保证数据完整性实例

--例 1：请在 student 表中建立存储过程：
```
CREATE trigger score_stu on student for delete
as
delete score from deleted where deleted.sno=score.sno
```
--下面试试删除：
```
use school
delete from student where sno='108'
```
--例 2：如果插入 score 表中没有的 student 表中的 sno 或者 course 表中的 cno，就违反了关系的完整性。下面的例子就说明了这个问题。
--如果 sysobjects 系统数据表中存在名称为 check_string 的对象，则删之。
```
use school
if exists(select name from sysobjects where name='check_string')
drop trigger check_string
go
```
--在 score 中建立触发器 check_string
```
create trigger check_string on score for insert
as
if exists(select * from inserted a where a.sno not in
(select b.sno from student b)  or  a.cno not in (select c.cno from course c))
begin
```

```
raiserror('您所插入的学号或课程号并不存在！',16,1)
rollback transaction
End
else
print '插入数据成功！'
```
--插入一条数据看看吧：
```
insert into score(sno,cno,degree)  values ('103','6-166',78)
```
--例3：在 school 数据库的 score 表中创建一个 UPDATE 触发器 tr_scoreChange，限制不能使修改后的课程成绩小于 40 分。
```
USE school
GO
```
--如果 sysobjects 系统数据表中存在名称为 tr_scoreChange 的对象，则删之。
```
IF EXISTS(SELECT name FROM sysobjects WHERE name='tr_scoreChange')
DROP TRIGGER tr_scoreChange
GO
```
--在 score 中建立触发器 tr_scoreChange
```
CREATE TRIGGER tr_scoreChange
ON score
AFTER UPDATE
AS
IF UPDATE(degree)
BEGIN
IF (SELECT inserted.degree    FROM inserted)<40
    BEGIN
        PRINT '课程成绩不能低于 40 分'
        ROLLBACK TRANSACTION
    END
END
GO
```
--修改一个学生某门课程的成绩
```
UPDATE score SET degree=32 WHERE sno=101 and cno='1-322'
GO
```
--本案例说明：

对具有 UPDATE 触发器的数据表执行 UPDATE 操作时，UPDATE 触发器被触发执行，系统首先删除原有的记录，并将被删除的记录行移入到 deleted 表中，这一步骤被称为是"前映像"；然后系统再插入修改后的新记录到数据表的同时，也同时将该修改的新记录插入到 inserted 表中，这一步骤被称为是"后映像"。触发器可以检查 deleted 表和 inserted 表以及被更新的表，确定是否更新多行以及如何执行触发器动作。该触发器中的判断语句判断出刚才插入到 inserted 表的新记录中的成绩低于了 40，因此执行 ROLLBACK语句将整个操作回滚，结果是修改操作不成功，该学生该课程的成绩仍然维持原来的分数。

--例4：在 School 数据库的 Course 表中创建一个 DELETE 触发器，在删除某门课程之前判断这门课程是否还有学生选课，如果该门课程仍然有学生选课则不能删除。
```
USE School
GO
IF EXISTS(SELECT name FROM sysobjects WHERE  name='tr_DelCourse')
DROP TRIGGER tr_DelCourse
GO
```

```
CREATE TRIGGER tr_DelCourse
ON Course
INSTEAD OF DELETE
AS
IF EXISTS
    (SELECT *     FROM score sc INNER JOIN deleted  ON sc.Cno=deleted.Cno)
    BEGIN
        PRINT '该课程有学生选课，不能删除'
        ROLLBACK TRANSACTION
    END
GO
    --删除一门课程
DELETE from Course WHERE Cno='3-105'
GO
```
--本案例说明：

值得注意的是，这个 DELETE 触发器是一个 INSTEAD OF 触发器。INSTEAD OF 触发器将在数据变动之前被触发，也就是说，它将取代变动数据的 DELETE 操作而先执行触发器中的语句，判断该课程是否仍然有学生选课，如果有则回滚（rollback），不执行这个 DELETE 操作。如课程号为 3-105 的这门课程仍然有学生选课，因此删除这门课程的 DELETE 操作被回滚。

4-2-5 修改触发器

1. 使用 T-SQL 语句修改触发器

使用 T-SQL 语句 ALTER TRIGGER 可以修改触发器，语法格式如下：

```
ALTER TRIGGER trigger_name
ON table_name
[WITH ENCRYPTION]
{FOR | AFTER | INSTEAD OF} { [ INSERT ] [ , ] [ UPDATE ] [ , ] [ DELETE ]}
AS  sql_statement
```

可以看出，除了将关键字 CREATE 改为 ALTER 之外，其他的参数与 CREATE TRIGGER 中相同，不再赘述。

2. 使用 Management Studio 修改触发器

使用 SQL Server Management Studio 修改触发器的步骤如下：

1）在对象资源管理器中，连接到数据库引擎实例，再展开该实例。

2）展开"数据库"→"Student"→"表"→"含触发器的表"→"触发器"。

3）右击要修改的触发器，再单击"修改"按钮即可。

4-2-6 删除触发器

1. 使用 T-SQL 语句删除触发器

如果不再需要某个触发器，可以使用 DROP TRIGGER 语句将它从数据库中删除。语法格式如下：

```
DROP TRIGGER trigger_name [,…n]
```

其中，trigger_name 是触发器名称，可以同时删除多个触发器。

实例：删除触发器实例

--例1：将刚刚建立的触发器 score_stu 删除

    drop trigger score_stu

2. 使用 Management Studio 删除触发器

使用 SQL Server Management Studio 删除触发器的步骤如下：

1）在对象资源管理器中，连接到 SQL Server 2005 数据库引擎实例，再展开该实例。

2）展开"数据库"→"Student"→"表"→"含触发器的表"→"触发器"。

3）右击要删除的触发器，再单击【删除】按钮将刚才创建的触发器删除。

4）在弹出的"删除对象"对话框上单击"确定"按钮即可。

4-2-7　查看触发器

可以在相关的表的触发器目录下看到触发器的存在，同时也可以使用系统存储过程查看触发器的相关数据。

1. 查看表中触发器

执行系统存储过程查看表中的触发器的语法格式如下：

    EXEC sp_helptrigger 'table' [,'type']

其中 table 是触发器所在表名，type 是列出操作类型的触发器，若不指定则列出所有的触发器。

实例：查看触发器实例

例1：查询 score 表中所有的触发器。

在 SQL Server Management Studio 查询窗口中输入以下命令：

    USE school
    GO
    EXEC sp_helptrigger 'score'   --注意：单引号内仅仅填写物理表名称，结果如图 4-5 所示

	trigger_name	trigger_owner	isupdate	isdelete	isinsert	isafter	isinsteadof	trigger_schema
1	check_string	dbo	0	0	1	1	0	dbo

图 4-5　EXEC sp_helptrigger 查询触发器情况

2. 查看触发器的定义文本

触发器的定义文本存储在系统表 syscomments 中，查看的语法格式为：

    EXEC sp_helptext 'trigger_name'

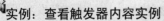

实例：查看触发器内容实例

--例1：在 SQL Server Management Studio 查询窗口中输入以下命令：

    EXEC sp_helptext 'check_string'

--执行结果如图 4-6 所示，可以看到该系统存储过程查看不到加密的触发器的定义文本。

3. 查看触发器的所有者和创建时间

系统存储过程 sp_help 可用于查看触发器的所有者和创建时间，语法格式如下：

    EXEC sp_help 'trigger_name'

实例：查看触发器所有者和创建时间实例

--例 1：在 SQL Server Management Studio 查询窗口中输入以下命令：
EXEC sp_help 'check_string'　--执行结果如图 4-7 所示。

	Text
1	--在 score 中建立触发器 check_string
2	create trigger check_string on score for insert
3	as
4	if exists(select * from inserted a where a.sno not in
5	(select b.sno from student b) or a.cno not in (sele...
6	begin
7	raiserror('您所插入的学号或课程号并不存在！',16,1)
8	rollback transaction
9	End
10	else
11	print '插入数据成功！'

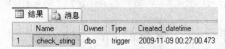

	Name	Owner	Type	Created_datetime
1	check_string	dbo	trigger	2009-11-09 00:27:00.473

图 4-6　EXEC sp_helptext 效果图　　　　　　图 4-7　EXEC sp_help 效果图

4-3　管理触发器与存储过程实训

实训目标

- 通过建立论坛数据库系统，学习在 SQL Server 2005 中架构数据表，并学习建立基本表彼此之间的逻辑关系，强化关系型数据库系统的基本概念，完成由关系数据库理论到实践之间的训练。
- 根据论坛数据库基本表，录入一些测试性的数据，通过数据录入熟悉关系的完整性理论。
- 根据题目规定要求，建立 33 个存储过程，并进行逐一的测试工作。
- 教师点评，并给出具体的指导意见以帮助学生迅速提高 T-SQL 存储过程开发能力和水平。

4-3-1　存储过程实训

1. 实训任务

某大型门户网站项目交付给你为一个论坛子系统进行数据库设计和建立基本表的工作,同时需要你建立这些基本表彼此之间的主、外键逻辑关系,其中最为重要的是为该子系统开发和设计存储过程和触发器的工作。该论坛系统的数据库模型以及具体的数据已经存储在 BBS 数据库之中,由于已经建立好了概念模型,因此要求你认真研究论坛数据库的模式结构,特别是各个表的主、外键之间的逻辑关系,而后根据任务规定完成存储过程和触发器的编程实训。具体数据表的实体关系图如图 4-8 所示。

本论坛的全部用户采用分级管理,共分为四类。论坛等级设置以武侠名称设置,用户通过发贴、回贴可以积累分数。为避免水贴,管理员删除的贴子将会扣除相应的分数。发贴：3 分,回贴：1

分，删除：-5 分，精华：5 分。其分类细节如表 4-1 所示。

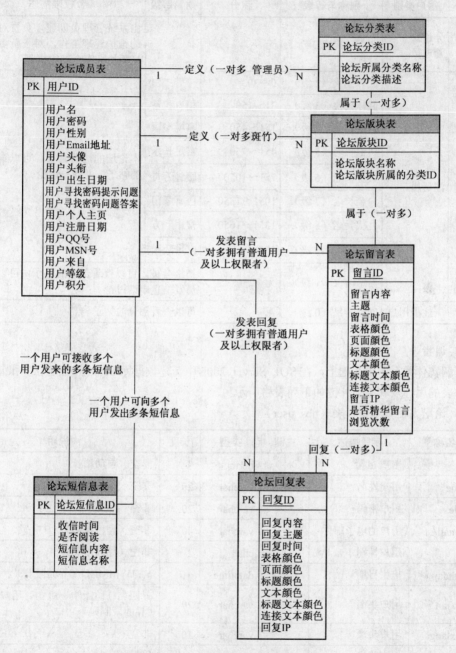

图 4-8　论坛数据库系统 BBS 实体关系图

表 4-1　论坛数据库系统用户等级分类表

用户编号	用户类别	别称与等级	积分	财富等级	权限描述
3	系统管理员	总盟主（10 级）	无		本系统全部权限，负责进行系统全部的维护管理工作

续表

用户编号	用户类别	别称与等级	积分	财富等级	权限描述
2	分论坛管理员	盟主（10 级）	无		由系统管理员创建，负责对分论坛的维护管理工作，对于负责的分论坛版块拥有全部的权限
1	注册用户	武林小侠（2 级）	0～30	一穷二白	本论坛的注册会员，可以查看全部的帖子，并参与讨论
		武林大侠（3 级）	31～150	稍有积蓄	
		青铜长老（4 级）	151～450	家境小康	
		白银长老（5 级）	451～750	富足长乐	
		黄金长老（6 级）	751～1050	腰缠万贯	
		白金长老（7 级）	1051～1350	巨富豪门	
		九代元老（8 级）	1351～1650	富甲一方	
		超级元老（9 级）	1651～	富可敌国	
		网络游侠（1 级）	无		初级会员，可以查看部分的帖子，可以向管理员发信息申请讨论
0	未注册用户	网络游民（0 级）	无		可以查看部分的帖子

2. 实训指导

在理解实体关系图的基础上，在 SQL Server 2005 中新建数据库 bbs，并且建立 6 张基本表，每张基本表的属性及其主、外键如下列表格所示。

（1）论坛人员基本资料表（bbs_user）

字段名称	字段描述	主键	类型	长度	说明
user_id	用户 id 号	⊙	bigint		非空。自动增长
user_name	用户姓名		varchar	20	非空
user_code	用户密码		varchar	20	非空
user_E_mail	用户的电子邮件		varchar	40	非空（程序检测）
user_sex	用户性别		char	2	非空（界面限制）
user_birthday	出生日期		datetime		YYYYMMDD（界面限制）
user_touxian	用户头衔		varchar	20	分四类：总版主、版主、用户、游客（界面限制）
user_touxiang	用户头像		varchar	10	非空
user_comefrom	用户籍贯		varchar	50	（界面限制）
user_gerenzhuye	个人主页		varchar	40	
user_qq	个人的 qq		varchar	15	
user_msn	个人的 msn		varchar	30	
user_tishiwenti	提示问题		varchar	100	
user_wentidaan	问题答案		varchar	100	

续表

字段名称	字段描述	主键	类型	长度	说明
user_zhuceriqi	注册日期		datetime		YYYYMMDD（数据库自动插入系统时间）
user_jifen	积分		int		
user_dengji	用户等级		int		限制：共 11 档（0～10 级）；详细见表 4-1
user_biecheng	用户别称		varchar	10	
user_caifu	财富等级		varchar	10	限制：共 8 档；详细见表 4-1
ismember	是否是会员		bit	1	逻辑性；0 或者 1。默认为 0

（2）论坛短消息表（bbs_message）

字段名称	字段描述	主键	类型	长度	说明
mess_id	短消息 id	⊙	int		非空；自动增长
mess_topic	短消息主题		varchar	50	非空
mess_content	短消息内容		varchar	100	非空
mess_time	短消息时间		datetime		YYYYMMDD（数据库自动插入系统时间）
mess_new	是否阅读		bit		逻辑性（0,1），0 表示未阅读，1 表示已经阅读。默认值为 0
users_id	接收短消息用户 id 号	外键	bigint		属于外键，来自于 bbs_user 表
userf_id	发送短消息用户 id 号	外键	bigint		属于外键，来自于 bbs_user 表

（3）论坛留言表（bbs_ly）

字段名称	字段描述	主键	类型	长度	说明
ly_ID	留言 id 号	主键	bigint		非空，自动增长
ly_topic	留言标题		varchar	50	非空
ly_content	留言内容		varchar	1000	非空
ly_time	留言时间		datetime		YYYYMMDD（数据库自动插入系统时间）
ly_ico	图标		varchar	1000	
ly_pic	图片		varchar	1000	
ly_best	是否精华留言 ID		bit		逻辑性（0,1）
ly_userip	用户 IP				程序检测后插入
ly_captioncolor	标题颜色		varchar	20	
ly_wordcolor	文本颜色		varchar	20	
ly_scannumber	浏览次数		int		程序检测后插入
cell_ID	版块 id 号	外键	int		
user_id	用户 id 号	外键	bigint		

（4）版块表（bbs_cell）

字段名称	字段描述	主键	类型	长度	说明
cell_ID	版块 id 号	主键	int		非空，自动增长
cell_name	版名称		varchar	50	非空
cell_describe	版块描述		varchar	1000	非空
user_id	用户 id 号	外键	bigint		
class_ID	论坛分类 id 号	外键	int	8	

（5）论坛分类表（bbs_class）

字段名称	字段描述	主键	类型	长度	说明
class_ID	论坛分类 id 号	⊙	int	8	非空，自动增长
class_name	论坛分类名		varchar	50	非空
class_desc	论坛描述		varchar	1000	非空

（6）回复表（bbs_hf）

字段名称	字段描述	主键	类型	长度	说明
hf_ID	回复 id 号	⊙	bigint		非空，自动增长
hf_topic	回复标题		varchar	50	非空
hf_content	回复内容		varchar	1000	非空
hf_time	回复时间		datetime		YYYYMMDD（数据库自动插入系统时间）
hf_ico	图标		varchar	1000	
hf_pic	图片		varchar	1000	
hf_userIP	用户 IP		varchar	20	程序检测后插入
hf_captioncolor	标题颜色		varchar	20	
hf_wordcolor	文本颜色		varchar	20	
user_id	用户 id 号	外键	bigint		
ly_ID	留言 id 号	外键	bigint		

3. 实现步骤

1）新建查询。

2）在查询窗口完成下面的存储过程实训：

编号	设计名称	应用名称	输入/输出变量名称与解释，命名
1	用户登录身份判别	proc_bbs_checkuser	类型：有输入有输出 输入信息：用户的登录名称：@u_name varchar(50)，以及密码：@u_pass varchar(20) 输出信息：逻辑判别，1 为校验成功，0 为校验失败。@result int output

续表

编号	设计名称	应用名称	输入/输出变量名称与解释，命名
2	注册会员数目	proc_bbs_ loginnum	类型：无输入有输出 输入信息：无 输出信息：注册会员数目。@loginnum int output
3	今日留言数目	proc_bbs_ lytodaynum	类型：无输入有输出 输入信息：无 输出信息：逻辑判别；1 为校验成功；0 为校验失败。@lynum int output
4	本周发贴数	proc_bbs_lyno wweeknum	类型：无输入有输出 输入信息：无 输出信息：本周留言数。@lynum int output
5	每一个版块最新注册用户名称，发表的帖子名称，发表的时间	proc_bbs_ newuser	类型：有输入有输出 输入信息：版块 id 号：@bbs_cell_id bigint 输出信息：用户名称：@user_name varchar(30) output，发表的帖子标题：@ly_topic varchar(50) output，发表的时间：@ly_time datetime output，留言编号：@ly_id bigint output
6	最新注册用户的姓名和主键	proc_bbs_ newusername	类型：无输入有输出 输入信息：无 输出信息：用户的姓名：@user_name varchar(30) output；用户编号：@user_id bigint output
7	发贴总数	proc_bbs_ ftcount	类型：无输入有输出 输入信息：无 输出信息：论坛中的所有留言数：@lynum int output
8	回复总数	proc_bbs_ htcount	类型：无输入有输出 输入信息：无 输出信息：论坛中的所有回复数：@hfnum int output
9	登陆用户个人基本信息	proc_bbs_ logusermeg	类型：有输入无输出 输入信息：登陆用户的主键：@userid int 输出信息：登陆用户个人的所有信息
10	用户短消息数目	proc_bbs_ checkuser	类型：有输入有输出 输入信息：登录用户的主键：@userid int 输出信息：用户短消息数目：@usermessagenum int output
11	用户留言数目与回复数目	proc_bbs_ loginnum	类型：有输入有输出 输入信息：登录用户的主键：@userid int 输出信息：用户留言数目：@userlynum int output；回复数目：@userhfnum int output
12	用户未读短消息的数目	proc_bbs_messa genotread	类型：有输入有输出 输入信息：登录用户的主键：@userid int 输出信息：用户未读留言的数目：@noreadnumber int output
13	用户使用提示问题登录身份判别	proc_bbs_check userforquestion	类型：有输入有输出 输入信息：用户的提示问题：@wenti varchar(30)；用户的答案：@daan varchar(50)；用户编号：@userid int 输出信息：逻辑判别，1 为校验成功，0 为校验失败。@result int output

续表

编号	设计名称	应用名称	输入/输出变量名称与解释，命名
14	用户发表留言，插入一条留言	proc_bbs_addly	类型：有输入无输出 输入信息：留言的主题：@ly_topic nvarchar(255)；留言的内容：@ly_content ntext，留言的图标：@ly_ico varchar(30)，留言图片：@ly_pic varchar(30)，用户 id：@user_id int，版块编号：@bbs_cell_id int 输出信息：无
15	用户发表回复，插入一条回复	proc_bbs_addhf	类型：有输入无输出 输入信息：回复的主题：@hf_topic nvarchar(50)，回复的内容：@hf_content ntext，图标：@hf_ico varchar(30)，图片：@hf_pic varchar(30)，用户 id：@Userid int，留言 id：@ly_ID int 输出信息：无
16	用户发送短信息，插入短消息表一条信息	proc_bbs_fmessage	类型：有输入无输出 输入信息：收件人 id：@users_id int，发件人 id：@userf_id int，消息标题：@mess_topic varchar(30)，消息内容：@mess_content ntext 输出信息：无
17	用户删除短消息	proc_bbs_dropsmess	类型：有输入无输出 输入信息：消息 id：@mess_id int 输出信息：无
18	用户个人信息修改	proc_bbs_updatacode	类型：有输入无输出 输入信息：用户编号：@user_id int；用户姓名：@user_name varchar(30)；用户密码：@user_code varchar(30)；用户电子邮件：@user_E_mail varchar(50)；用户性别：@user_sex char(2)；用户生日：@user_birthday datetime；用户头像：@uscr_touxiang varchar(12)；用户籍贯：@user_comefrom varchar(20)；用户个人主页：@user_gerenzhuye varchar(50)；用户 QQ 号码：@user_qq varchar(30)；用户 MSN 号码：@user_msn varchar(30)；用户提示问题：@tishiwenti varchar(30)；用户问题答案：@wentidaan varchar(50) 输出信息：无
19	求某一条留言的回复数目，单击数目	proc_bbs_hfnum	类型：有输入有输出 输入信息：留言编号：@ly_id int 输出信息：该条留言的回复数目：@hfnum int output，该条留言的浏览次数：@scannumber int output
20	显示各个单元今日留言数	proc_bbs_cellly todaynum	类型：有输入有输出 输入信息：论坛版块号：@cell_ID int 输出信息：该分类块中的今日留言数：@lynum int output
21	显示各个单元今日回复数	proc_bbs_cellhf todaynum	类型：有输入有输出 输入信息：论坛版块号：@cell_ID int 输出信息：该分类版块中的今日回复数：@hfnum int output
22	显示各个单元回复、留言总数	proc_bbs_cellcount	类型：有输入有输出 输入信息：论坛版块号：@cell_ID int 输出信息：该单元回复总数：@hfnum int output；该单元留言总数：@lynum int output

编号	设计名称	应用名称	输入/输出变量名称与解释，命名
23	显示各单元的最新标题，作者，时间	proc_bbs_cellnewly	类型：有输入有输出 输入信息：论坛版块号：@cell_ID int 输出信息：该分类该版块中最新留言标题：@ly_topic varchar(50) output，该分类该版块中最新留言的作者：@username varchar(30) output，该分类该版块中最新留言的时间：@ly_time datetime output
24	插入一个论坛版块	proc_bbs_insertcell	类型：有输入无输出 输入信息：论坛版块名：@cell_name varchar(50)，论坛版块描述：@cell_describe varchar(800)，用户编号：@user_id bigint，类型编号：@class_ID int 输出信息：无
25	修改一个论坛单元的名称，内容以及所属的分类编号	proc_bbs_updatecell	类型：有输入无输出 输入信息：论坛分类号：@class_ID int，论坛版块号：@cell_ID int，修改的论坛单元名称：@cell_name varchar(50)，修改的论坛单元内容：@cell_describe varchar(1000) 输出信息：无
26	删除一个论坛版块	proc_bbs_dropcell	类型：有输入无输出 输入信息：论坛版块号：@cell_ID int 输出信息：无
27	修改论坛分类名称	proc_bbs_updateclass	类型：有输入无输出 输入信息：论坛分类号：@class_ID int，修改名称：@class_name varchar(50)，论坛分类描述：@class_desc varchar(200) 输出信息：无
28	删除一个论坛分类	proc_bbs_dropclass	类型：有输入无输出 输入信息：论坛分类号：@class_ID int 输出信息：无
29	插入一个分类论坛	proc_bbs_insertclass	类型：有输入无输出 输入信息：论坛分类名称：@class_name varchar(30)，论坛分类描述：@class_desc varchar(50) 输出信息：无
30	按留言作者进行搜索	proc_bbs_select_writer	类型：有输入无输出 输入信息：作者姓名：@username varchar(30) 输出信息：文章信息
31	按留言标题搜索（必须建立全文索引目录）	proc_bbs_select_topic	类型：有输入有输出 输入信息：检索标题：@topic varchar(50) 输出信息：留言编号：ly_id bigint output；留言标题：ly_topic varchar(50) output；留言内容：ly_content varchar(1000) output；留言时间：ly_time datetime output；留言作者姓名：user_name varchar(50) output
32	按留言内容搜索（必须建立全文索引目录）	proc_bbs_select_content	类型：有输入有输出 输入信息：检索文章内容：@content varchar(50) 输出信息：留言内容：ly_id bigint output；留言标题：ly_topic varchar(50) output；留言内容：ly_content varchar(1000) output；留言时间：ly_time datetime output；留言作者姓名：user_name varchar(50) output

4-3-2   触发器实训

1. 实训任务

在 School 数据库中的 course 表中创建一个 INSTEAD OF 触发器 tr_CourseInsertTeacher，判断插入的记录是否已经存在，如果已经存在，则在原来记录基础上进行修改；如果不存在，则直接插入到表中。

2. 实训指导

分析：INSTEAD OF 触发器将在数据变动之前被触发，也就是说，它将取代变动数据的 INSERT 操作而先执行触发器中的语句，判断插入的记录是否已经存在，如果已经存在，则在原来记录基础上进行 update 操作；如果不存在，则执行 insert 操作直接插入到表中。

3. 实现步骤

1）新建查询。

2）在查询窗口输入如下代码：

```
USE School
GO
IF EXISTS(SELECT name FROM sysobjects WHERE name='tr_CourseInsertTeacher')
DROP TRIGGER tr_CourseInsertTeacher
GO
CREATE TRIGGER tr_CourseInsertTeacher
ON Course
INSTEAD OF INSERT
AS
UPDATE course
SET course.cname=inserted.cname,course.tno=inserted.tno
FROM course INNER JOIN inserted  ON course.Tno=inserted.Tno
```

问题：请讨论，代码执行到这一步的时候，inserted 表中保存的数据是什么？下面插入数据时查询出来的是什么信息？查询的含义是什么呢？

```
INSERT course
SELECT * FROM inserted WHERE inserted.Tno IN (SELECT Tno FROM Teacher)
GO
--下面的代码用于测试触发器 tr_CourseInsertTeacher。
INSERT course(cno,cname,tno) VALUES('9-777','化学基础',856)
INSERT course(cno,cname,tno) VALUES('5-558','SQL Server 2005',856)
```

问题：插入的结果为什么会出现（3 行受影响）（1 行受影响）（1 行受影响）的结论呢？

4. 触发器辅助实训练习

在 BBS 论坛数据库中，根据用户表彼此之间的逻辑映射关系，完成下列触发器的开发练习：

1）当删除 bbs_cell 中的某条版块信息，则连带删除 bbs_class 中与该版块有关的分类信息。

2）当删除 bbs_class 中的某条分类信息，则连带删除 bbs_ly 中与该分类有关的留言信息。

3）当删除 bbs_ly 中的某条留言信息，则连带删除 bbs_hf 中与该留言有关的回复信息。

4）当删除 bbs_user 中的某个用户信息，则连带删除 bbs_ly 和 bbs_hf 中与该用户有关的留言和回复信息，同时将该用户在 bbs_message 中的论坛短消息删除，无论是发送的还是接收的短消息。

5）当删除 bbs_message 中的某条短信息，则连带删除针对于该条短消息的回复短消息内容

6）当插入或者修改 bbs_ly 和 bbs_hf 中的一条信息时，则必须检验插入或者修改的信息中留言者是否存在于 bbs_user 之中。

本章考纲

- 了解存储过程的基本特点及优势。
- 重点学习如何创建存储过程，学习如何建立及执行存储过程的基本语法结构；特别是掌握存储过程输入参数赋值的两个方法，即根据参数名称给输入参数赋值和根据参数定义时候的顺序赋值。
- 掌握存储过程返回参数读取的方法，并学会熟练开发各种存储过程。
- 了解触发器基本概念以及 SQL Server 2005 两大类触发器：DML 触发器和 DDL 触发器。
- 掌握创建触发器基本语法规则。
- 掌握如何通过触发器确保数据的完整性，学习修改、查看和删除触发器及语法规则。

课后练习

一、填空题

1. SQL 触发器的类型从执行的时序上可以分为_____和_____触发器，从执行的具体类型上可以分为_____、_____和_____触发器。

2. 存储过程最多有_____个参数，另外在存储过程的编写中不可以再创建_____和_____。最后需要注意的是，存储过程创建的文本不可以超过_____kb。

二、简答题

1. 简述存储过程的基本特点。
2. 在创建存储过程时，使用 WITH RECOMPILE 选项可以带来的好处是什么？
3. 简述触发器的一般功能。

三、选择题

1. 下面（　　）语句是用来创建触发器的。
   - A. create procedure
   - B. create trigger
   - C. drop procedure
   - D. drop trigger

2. 使用（　　）系统存储过程可以查看触发器的定义文本。
   - A. sp_helptrigger
   - B. sp_help
   - C. sp_helptext
   - D. sp_rename

四、操作题

1. 在 School 数据库的 Student 表中创建一个 DELETE 触发器 tr_goodbye，向离开的同学道别。

2. 使用 T-SQL 语句创建 INSERT 触发器，若在 course 表中插入已经存在的课程信息，则禁止插入，并输出警告信息。

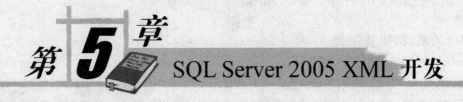

第 **5** 章

SQL Server 2005 XML 开发

本章内容

- 掌握 XML 数据类型的用法
- 定义 XML 的架构集合
- 理解 XML 查询方法
- 掌握发布 XML 数据方法

SQL Server 2005 最重要的新特性就是添加了 XML 数据类型。这种新的数据类型支持在 SQL Server 数据库中存储 XML 文档和 XML 片段，还可以用 T-SQL 变量来存储 XML，使用 XML 数据类型可以在 SQL Server 2005 中方便地存储 XML 数据，快捷地进行 XML 数据的查询和处理。

5-1　XML 数据类型

学习目标

- 理解 XML 数据类型
- 掌握 XML 数据类型的用法

SQL Server 2005 最重要的新特性就是添加了 XML 数据类型。这种新的数据类型支持在 SQL Server 数据库中存储 XML 文档和 XML 片段，XML 数据类型使您可以在 SQL Server 数据库中存储 XML 文档和片段，XML 片段是缺少单个顶级元素的 XML 实例；还可以用 T-SQL 变量来存储 XML，您可以创建 XML 类型的列和变量，并在其中存储 XML 实例。请注意，XML 数据类型实例的存储表示形式不能超过 2GB。

您可以选择将 XML 架构集合与 XML 数据类型的列、参数或变量相关联。集合中的架构用于验证和类型化 XML 实例。在这种情况下，XML 是类型化的。

XML 数据类型和关联的方法有助于将 XML 集成到 SQL Server 的关系框架中。

XML 数据类型是 SQL Server 中内置的数据类型，它与其他内置类型（如 int 和 varchar）有些相似。创建表作为变量类型、参数类型、函数返回类型时，或者在 CAST 和 CONVERT 中，可以像使用其他内置类型那样使用 XML 数据类型作为列类型。XML 数据类型有 4 种主要的用法：

用作列类型、用作变量类型、用作参数类型、用作函数返回类型。

5-1-1   XML 数据类型列

在一个表中添加一列时，选用 XML 数据类型和选用 INT 或 VARCHAR 数据类型是一样的。因为它和其他数据类型一样也是内置的数据类型，在可视化设计界面的下拉列表框中选择 XML 数据类型就可以。也可以用下面的代码添加这样的列：

```
CREATE TABLE Employees (EmployeeID int, EmployeeInfo xml)
```

如果表已经建好了，想对这个表添加一个 XML 列，可以用如下代码：

```
ALTER TABLE Employees ADD EmployeeInfo xml
```

设置 XML 数据类型属性时没有必要做什么特殊的操作。但是应该了解一个属性：XML 模式命名空间属性。这个属性是一个内置的函数，用于接收一个目标 XML 模式的命名空间、XML 模式集，或是一个相关模式的名称。如果没有设置这个属性，SQL Server 会自动映射一个 XML 实例以保证该列有必要的 XML 模式。

5-1-2   XML 数据类型变量

XML 数据类型不只用于创建表，还可以把它作为一个变量。

下面的语法展示如何把它用作一个变量：

```
DECLARE @xmlVar xml
```

声明一个 XML 变量很简单，没有什么复杂的地方。XML 数据类型用作变量有无数的用法。例如，如下代码展示了如何创建一个存储过程并以 XML 数据类型作为变量的方法。

实例：声明一个 XML 数据类型的变量

```
CREATE PROCEDURE GetEmployeeInfo
  @EmployeeID [int]
WITH EXECUTE AS CALLER
AS
  DECLARE @EmployeeInfo xml
```

这个存储过程声明了一个 XML 数据类型的变量用于存储 XML 文档或片段。

5-1-3   XML 数据类型参数

除了把 XML 数据类型用作一个变量之外，还可以用作参数。还以刚才的存储过程为例，对它做如下修改：

实例：以 XML 数据类型作为一个输出参数

```
CREATE PROCEDURE GetEmployeeInfo
  @EmployeeID [int],
  @EmployeeInfo [xml] OUTPUT
WITH EXECUTE AS CALLER
AS
```

这个示例中以 XML 数据类型作为一个输出参数。执行调用的应用程序无论是 SQL Server 自身的程序还是一个.NET 应用程序，都可以调用这个存储过程并给它传递 XML 参数。

5-1-4　函数返回 XML 数据类型值

与用作变量类似，XML 数据类型也可以用作函数返回值。下面的示例使用 XML 数据类型，返回这个函数中的一条 SELECT 语句的执行结果。返回值类型设置为 XML 数据类型，通过 RETURN 语句返回结果。

实例：函数返回 Employee 表中 XML 数据类型值

```
CREATE FUNCTION dbo.ReturnXML()
RETURNS xml
WITH EXECUTE AS CALLER
AS
BEGIN
  DECLARE @EmployeeInfo xml
  SET @EmployeeInfo = '
   <Employee>
    <FirstName>Scott</FirstName>
    <LastName>Klein</LastName>
   </Employee>'
  RETURN(@EmployeeInfo)
END
GO
```

对于这个已经建好的函数，可以用如下方法执行它：

```
SELECT dbo.ReturnXML()
```

返回的结果如下所示：

```
<Employee><FirstName>Scott</FirstName><LastName>Klein</LastName></Employee>
```

5-2　XML 的架构集合

学习目标

- 理解非类型化 XML 数据类型
- 掌握类型化 XML 数据类型具体用法
- 理解 XML 架构

SQL Server 2005 使用 XML 数据类型对 XML 数据进行存储，XML 数据类型可以是非类型化的，也可以是类型化的。所谓类型化的 XML 就是通过 XML 架构集合将 XSD 架构与 XML 类型的变量或列关联。XML 架构集合存储导入的 XML 架构，然后用于执行以下操作：验证 XML 实例；类型化在数据库中存储的 XML 数据。

XML 架构集合是一个类似于数据库表的元数据实体。您可以创建、修改和删除它们。CREATE XML SCHEMA COLLECTION (T-SQL) 语句中指定的架构将自动导入到新建的 XML 架构集合对象中。通过使用 ALTER XML SCHEMA COLLECTION (T-SQL) 语句可以将其他架构或架构组件导入到数据库中的现有集合对象。

存储在与架构关联的列或变量中的 XML 称为"类型化的 XML"，因为该架构为实例数据提供了必要的数据类型信息。SQL Server 使用此类型信息优化数据存储。查询处理引擎也使用该架构进行类型检查并优化查询和数据修改。此外，SQL Server 使用关联的 XML 架构集合（在类型化的 XML 的情况下）来验证 XML 实例。如果 XML 实例符合架构，则数据库允许该实例存储在包含其类型信息的系统中；否则，它将拒绝该实例。还可以使用 XML 架构集合类型化 XML 变量、参数和列。

XML 有两种类型：非类型化 XML 和类型化 XML，而且 SQL Server 2005 中的 XML 数据类型对这两种类型都提供支持。本节会重点讲解非类型化 XML 和类型化 XML 的区别，以及在什么场合下应该使用哪一种类型。

5-2-1　非类型化 XML

简单地说，非类型化 XML 就是 XML 文档没有和任何模式相关联。然而，在现实中，可能正好有一种模式对于一个 XML 文档有效，但可能由于这样或那样的原因没有与这个 XML 文档相关联。或许会有一些原因使得 XML 文档没有关联某种模式，而且很多情况下不建立这种关联是有意义的，比如说：客户端 XML 验证、不受支持的服务器模式组件、格式不良或无效的 XML。

如果目前没有模式的话，采用非类型化 XML 就非常合适。在这些情况下，把 XML 文档映射到 XML 数据类型之前，先要查看它是不是一个格式良好的 XML 文档。在 Employee 表中创建的 XML 数据类型列没有模式或者架构集合与之关联，因此是一个非类型化 XML 数据类型列。在表中创建一个 XML 列相当直观，如下所示：

实例 1：Employee 表中创建一个 XML 列

```
CREATE TABLE Employee (
    [EmployeeID] [int] NOT NULL,
    [EmployeeInfo] [xml] NOT NULL
) ON [PRIMARY]
GO
```

讲过了在一个变量中使用 XML 数据类型，以及把一个非类型化 XML 插入到一个 XML 数据类型列中，下面给一个非类型化 XML 数据类型列插入值，如下所示：

实例 2：非类型化 XML 数据类型列的值插入 Employee 表中

```
DECLARE @xmlvar varchar(200)
SET @xmlvar =
'<Employee><FirstName>Horatio</FirstName><LastName>Hornblower</LastName><Hi
```

```
reDat
    e>05/01/1850</HireDate></Employee>'
    INSERT INTO Employee (EmployeeID, EmployeeInfo)
    VALUES (1, @xmlvar)
    GO
```
一个存储过程接收 XML 数据类型作为参数的示例如下所示：

实例 3：存储过程接收 XML 数据类型参数将数据录入 Employee 表中

```
CREATE PROCEDURE AddEmployee
    @xmlvar [xml]
    WITH EXECUTE AS OWNER
AS
INSERT INTO Employee (EmployeeID, EmployeeInfo)
VALUES (2, @xmlvar)
```
然后在一个查询窗口中执行如下代码：
```
DECLARE @xmlvar varchar(200)
SET @xmlvar =
'<Employee><FirstName>Hortense</FirstName><LastName>Powdermaker</LastName><
HireDate>
03/01/1932</HireDate></Employee>'
EXEC AddEmployee @xmlvar
GO
```

5-2-2　XML 架构

使用 CREATE XML SCHEMA COLLECTION 语句时，将把各种架构组件导入数据库中。架构组件包括架构元素、属性和类型定义。使用 DROP XML SCHEMA COLLECTION 语句时，将删除整个集合。CREATE XML SCHEMA COLLECTION 将把架构组件保存到各种系统表中。

案例：请考察并设计出下面 XML 的架构

```
<?xml version="1.0"?>
<xsd:schema xmlns:xsd="http://www.w3.org/2001/XMLSchema"
        targetNamespace="uri:Cust_Orders2"
        xmlns="uri:Cust_Orders2" >
  <xsd:attribute name="SomeAttribute" type="xsd:int" />
  <xsd:complexType name="SomeType" />
  <xsd:complexType name="OrderType" >
    <xsd:sequence>
      <xsd:element name="OrderDate" type="xsd:date" />
      <xsd:element name="RequiredDate" type="xsd:date" />
      <xsd:element name="ShippedDate" type="xsd:date" />
    </xsd:sequence>
    <xsd:attribute name="OrderID" type="xsd:ID" />
    <xsd:attribute name="CustomerID"  />
```

```
   <xsd:attribute name="EmployeeID"  />
 </xsd:complexType>
 <xsd:complexType name="CustomerType" >
   <xsd:sequence>
     <xsd:element name="Order" type="OrderType"
                  maxOccurs="unbounded" />
   </xsd:sequence>
   <xsd:attribute name="CustomerID" type="xsd:string" />
   <xsd:attribute name="OrderIDList" type="xsd:IDREFS" />
 </xsd:complexType>
 <xsd:element name="Customer" type="CustomerType" />
</xsd:schema>
```

以上架构显示了可以存储在数据库中的不同类型的组件。这些组件包括 SomeAttribute、SomeType、OrderType、CustomerType、Customer、Order、CustomerID、OrderID、OrderDate、RequiredDate 和 ShippedDate。

存储在数据库中的架构组件分为以下几个类别（组件种类）：ELEMENT、ATTRIBUTE、TYPE（用于简单或复杂类型）、ATTRIBUTEGROUP、MODELGROUP。

下面是组件与特定类别的关系：

● SomeAttribute 是 ATTRIBUTE 类别的组件。

● SomeType、OrderType 和 CustomerType 是 TYPE 类别的组件。

● Customer 是 ELEMENT 类别的组件。

将架构导入数据库中时，SQL Server 不存储架构本身，而是存储各个组件。也就是说，不存储 <Schema> 标记，仅存储在其中定义的组件。如果 <Schema> 标记包含指定其组件默认行为的属性，则在导入过程中，将把这些属性移动到其中的架构组件。

5-2-3　类型化 XML

当用一个描述 XML 数据的架构集合来关联一个 XML 文档的时候，该 XML 文档被称为类型化 XML。在现实环境中这是最好的情况，因为它考虑将 XML 架构集合与 XML 列相关联，这就可以自动地验证 XML。

使用 XML 模式有几个优点。第一，XML 验证是自动的。无论是给一个变量分配 XML 值，还是向 XML 列中插入 XML 值，SQL Server 都会自动地用模式来验证 XML 的有效性。这样做的结果是获得了较好的性能，因为不用在运行时转换节点的值。第二，XML 存储的内容是最少的，因为关于元素和属性的类型信息都由模式本身来提供。这样做可以为存储值提供更好的转换解释。

对于类型化的 XML 数据类型必须有一个架构集合，然而使用类型化 XML 和使用非类型化 XML 数据类型并非只有这些差别，对于 XML 列、参数和变量来说，它们都需要架构集合。前面用到过的非类型化 XML 的示例能够很容易地修改为类型化的。例如，给出如下的 XML 文档和模式，创建一个有架构集合和 XML 数据类型列相关联的表是相当简单的。

实例：XML 文档作为 XML 数据类型列存入 Employee 表

假设要将如下的 XML 文档作为 XML 数据类型列存入 Employee 表：

```
<Employee EmployeeID = "1">
  <FirstName></FirstName>
  <LastName></LastName>
  <Address></Address>
  <City></City>
  <State></State>
  <Zip></Zip>
</Employee>
```

第一步：创建一个 XML 架构

首先要创建必要的模式用于创建一个 XML 架构集合，然后在创建表时使用这个 XML 架构集合。在给 XML 数据类型列、参数或是变量关联 XML 模式之前，XML 模式必须是已经存在的。用 CREATE XML SCHEMA COLLECTION 语句创建架构集合，命名为 EmployeeSchemaCollection。基于上面给出的 XML 文档，创建如下的模式：

```
CREATE XML SCHEMA COLLECTION EmployeeSchemaCollection AS
N'<?xml version="1.0" encoding="UTF-16"?>
<xs:schema xmlns="" xmlns:xs="http://www.w3.org/2001/XMLSchema"
xmlns:msdata="urn:schemas-microsoft-com:xml-msdata" id="NewDataSet">
 <xs:element name="Employee">
  <xs:complexType>
   <xs:sequence>
   <xs:element name="FirstName" type="xs:string" minOccurs="0" msdata:Ordinal="0"/>
    <xs:element name="LastName" type="xs:string" minOccurs="0" msdata:Ordinal="1"/>
    <xs:element name="Address" type="xs:string" minOccurs="0" msdata:Ordinal="2"/>
    <xs:element name="City" type="xs:string" minOccurs="0" msdata:Ordinal="3"/>
    <xs:element name="State" type="xs:string" minOccurs="0" msdata:Ordinal="4"/>
     <xs:element name="Zip" type="xs:string" minOccurs="0" msdata:Ordinal="5"/>
   </xs:sequence>
   <xs:attribute name="EmployeeID" type="xs:string"/>
  </xs:complexType>
 </xs:element>
 <xs:element name="NewDataSet" msdata:IsDataSet="true"
msdata:UseCurrentLocale="true">
  <xs:complexType>
   <xs:choice minOccurs="0" maxOccurs="unbounded">
   <xs:element ref="Employee"/>
   </xs:choice>
  </xs:complexType>
 </xs:element>
</xs:schema>'
```

第二步：使用架构集合

创建了 XML 架构集合之后，创建新表时就可以使用这个架构集合，如下面的代码所示，把架构集合与 XML 数据类型列关联的过程使得这一列现在变成了类型化的列：

```
CREATE TABLE Employee (
[EmployeeID] [int] NOT NULL,
[EmployeeInfo] [xml] (EmployeeSchemaCollection) NOT NULL
```

```
) ON [PRIMARY]
GO
```

第三步：插入一行数据

现在可以向 Employee 表中插入一行数据，代码如下：

```
INSERT INTO Employee
VALUES
(1,'<Employee EmployeeID = "1">
  <FirstName>Hortense</FirstName>
  <LastName>Powdermaker</LastName>
  <Address>BEIJING108</Address>
  <City>BEIJING</City>
  <State>BEIJING</State>
  <Zip>101108</Zip>
</Employee>')
```

5-3　XML 查询方法

学习目标

● 理解 XML 数据类型查询方法
● 灵活使用 XML 数据类型 5 种查询方法

在 SQL Server 2005 中可以使用一些方法来查询 XML 数据类型，包括 value()、query()、exist()、nodes()和 modify()方法。XML 数据类型有 5 种方法用于支持 XML 实例的查询和修改。这些 XML 数据类型方法一起使用时非常有用，只有当这些方法一起使用时才能够体现出 XML 数据类型真正的威力和灵活性。

5-3-1　value 方法

value 方法：如果要提取一个 XML 实例（尤其是一个 XML 数据类型列、变量或参数）的某个节点的值，value()方法是非常有用的。它返回 XQuery 表达式计算的值。这个方法的语法如下所示：

```
value (XQueryExpression, SQLType)
```

这个方法的第一个参数是 XQuery 表达式，用于在 XML 实例内部查找节点值。第二个参数是一个字符串的值，用于指定要转换到的 SQL 类型。

实例 1：对 XML 类型的变量使用 value() 方法

在以下示例中，某个 XML 类型的变量中存储有 XML 实例。value() 方法将从 XML 中检索 ProductID 属性值。然后将该值分配给 int 变量。

```
declare @myDoc xml
```

```
declare @ProdID int
set @myDoc = '<Root>
<ProductDescription ProductID="1" ProductName="Road Bike">
<Features>
  <Warranty>1 year parts and labor</Warranty>
  <Maintenance>3 year parts and labor extended maintenance is
available</Maintenance>
  </Features>
  </ProductDescription>
  </Root>'
set @ProdID = @myDoc.value('(/Root/ProductDescription/@ProductID)[1]',
'int' )
  select @ProdID
```

上述实例查询结果返回值为 1。尽管在该 XML 实例中只有一个 ProductID 属性，但是静态类型化规则要求您显式指定将返回单个路径表达式。因此，应在路径表达式末尾另外指定 [1]。

实例 2：使用 value() 方法从 XML 类型的列中检索值

对 AdventureWorks 数据库中的某个 XML 类型列（CatalogDescription）指定了以下查询。此查询将从该列中存储的每个 XML 实例中检索 ProductModelID 属性值。

```
SELECT CatalogDescription.value('declare namespace
PD="http://schemas.microsoft.com/sqlserver/2004/07/adventure-works/ProductM
odelDescription";
(/PD:ProductDescription/@ProductModelID)[1]', 'int') as Result
FROM Production.ProductModel
WHERE CatalogDescription IS NOT NULL
ORDER BY Result desc
--注意：下面是部分结果：
35
34...
```

请注意上述查询的以下方面：namespace 关键字用于定义命名空间前缀；根据静态类型化的需要，在 value() 方法中的路径表达式末尾添加了 [1]，以便显式指明将返回单个路径表达式。

5-3-2　query()方法

如果想从一个 XML 实例中返回某些部分，query()方法将会是一个很好的选择。query()方法通过针对 XML 实例中的元素和属性测评一个 XQuery 表达式来执行查询。返回的结果是一个无类型 XML。query()方法的语法如下所示：

```
query ('XQueryExpression')
```

可以针对任何 XML 实例运行 query()方法，如针对 XML 数据类型的变量或列。下面的示例中用 query()方法从一个 XML 数据类型的变量中返回了一个 XML 实例的一部分。

实例 1：对 XML 类型的变量使用 query() 方法

以下示例声明了 XML 类型的变量 @myDoc 并将 XML 实例分配给它。然后使用 query() 方法对文档指定 XQuery。该查询检索 <ProductDescription> 元素的 <Features> 子元素。

```
declare @myDoc xml
set @myDoc = '<Root>
<ProductDescription ProductID="1" ProductName="Road Bike">
<Features>
  <Warranty>1 year parts and labor</Warranty>
  <Maintenance>3 year parts and labor extended maintenance is available
</Maintenance>
  </Features>
</ProductDescription>
</Root>'
SELECT @myDoc.query('/Root/ProductDescription/Features')
--最终的结果如下:
<Features>
  <Warranty>1 year parts and labor</Warranty>
  <Maintenance>3 year parts and labor extended maintenance is available
</Maintenance>
  </Features>
```

实例 2:对 XML 类型列使用 query() 方法

在以下示例中,使用 query()方法对 AdventureWorks 数据库中 XML 类型的 CatalogDescription 列指定 XQuery。

```
SELECT CatalogDescription.query('declare namespace
PD="http://schemas.microsoft.com/sqlserver/2004/07/adventure-works/ProductM
odelDescription";
<Product ProductModelID="{ /PD:ProductDescription[1]/@ProductModelID }" />
') as Result
FROM Production.ProductModel
where CatalogDescription.exist('declare namespace
PD="http://schemas.microsoft.com/sqlserver/2004/07/adventure-works/ProductM
odelDescription";
declare namespace
wm="http://schemas.microsoft.com/sqlserver/2004/07/adventure-works/ProductM
odelWarrAndMain"; /PD:ProductDescription/PD:Features/wm:Warranty ') = 1
```

请注意上述查询的以下方面:CatalogDescription 列是类型化的 XML 列,这表示它包含一个与之相关联的架构集合;query() 方法构造 XML,即包含 ProductModelID 属性的 <Product> 元素,其中 ProductModelID 属性值是从数据库中检索的。

下面是部分结果:

```
<Product ProductModelID="19"/>
<Product ProductModelID="23"/>
...
```

5-3-3　exist()方法

exist()方法能够检查 XML 实例中某个指定的 XML 片段是否存在。如果存在,返回值为 1;如果不存在，返回值为 0。exist()方法的语法如下所示：

```
exist('XQeuryExpression')
```

实例 1：对 XML 类型变量指定 exist() 方法

下面的示例中，@x 是一个 XML 类型变量（非类型化的 XML），@f 是一个整型变量，用于存储 exist()方法返回的值。如果 XML 实例中存储的日期值为 2002-01-01，则 exist()方法返回 True (1)。

```
declare @x xml
declare @f bit
set @x = '<root Somedate = "2002-01-01Z"/>'
set @f = @x.exist('/root[(@Somedate cast as xs:date?)
eq xs:date("2002-01-01Z")]')
select @f
```

实例 2：对类型化的 XML 变量指定 exist() 方法

下面的示例说明了在 AdventureWorks 数据库中如何对 XML 类型变量使用 exist()方法。它是类型化的 XML 变量，因为它指定了架构命名空间集合名称 ManuInstructionsSchemaCollection。

在该示例中，首先将生产说明文档分配给此变量，然后使用 exist()方法查看文档中是否包含 LocationID 属性值为 50 的<Location>元素。

如果生产说明文档包含 LocationID=50 的<Location>元素，则对@x 变量指定的 exist()方法返回 1（True）。否则，该方法返回 0（False）。

```
DECLARE @x xml (Production.ManuInstructionsSchemaCollection)
SELECT @x=Instructions
FROM Production.ProductModel
WHERE ProductModelID=67
--SELECT @x
DECLARE @f int
SET @f = @x.exist(' declare namespace
AWMI="http://schemas.microsoft.com/sqlserver/2004/07/adventure-works/ProductModelManuInstructions"; /AWMI:root/AWMI:Location[@LocationID=50]')
SELECT @f
```

5-3-4 nodes()方法

如果希望将 XML 数据类型实例拆分为关系数据，nodes()方法十分有用。它允许您标识将映射到新行的节点。XML 中的术语"分解"的意思是把一个 XML 数据类型实例转换成关系数据。nodes()很好地体现了这个术语的含义。每一个 XML 数据类型实例都具有隐式提供的上下文节点。对于在列或变量中存储的 XML 实例来说，它是文档节点。文档节点是位于每个 XML 数据类型实例顶部的隐式节点。

nodes()方法的结果是一个包含原始 XML 实例的逻辑副本的行集。在这些逻辑副本中，每个行示例的上下文节点都被设置成由查询表达式标识的节点之一。这样，后续的查询可以浏览与这些上下文节点相关的节点。

可以从行集中检索多个值。例如可以将 value()方法应用于 nodes()所返回的行集，从原始 XML

实例中检索多个值。注意，当 value() 方法应用于 XML 实例时，它仅返回一个值，nodes()方法的目的是指定哪些节点映射到一个新数据集的行，而 nodes()方法的一般语法如下如示：

```
Nodes (XQuery) as Table(Column)
```

XQuery 参数指定 XQuery 表达式。如果语句返回节点，那么节点包含在结果集中。类似地，如果表达式的结果为空，那么结果集也为空。Table(Column)参数指定了最终结果集中的表名和列名。

实例：对 XML 类型的变量使用 nodes() 方法

在此示例中，现有一个包含 <Root> 顶级元素和三个 <row> 子元素的 XML 文档。此查询使用 nodes() 方法为每个 <row> 元素设置单独的上下文节点。nodes() 方法返回包含三行的行集。每行都有一个原始 XML 的逻辑副本，其中每个上下文节点都标识原始文档中的一个不同的 <row> 元素。然后，查询会从每行返回上下文节点。

```
DECLARE @x xml
SET @x='<Root>
    <row id="1"><name>Larry</name><oflw>some text</oflw></row>
    <row id="2"><name>moe</name></row>
    <row id="3" />
</Root>'
SELECT T.c.query('.') AS result
FROM   @x.nodes('/Root/row') T(c)
go
 --结果如下。在此示例中，查询方法返回上下文节点及其内容：
 <row id="1"><name>Larry</name><oflw>some text</oflw></row>
 <row id="2"><name>moe</name></row>
 <row id="3"/>
```

5-3-5　modify()方法

使用 modify()方法可以修改 XML 类型的变量或列的内容，此方法使用 XML DML 语句在 XML 数据中插入、更新或删除节点。XML 数据类型的 modify() 方法只能在 UPDATE 语句的 SET 子句中使用。

modify()方法把一个 XML DML（Data Modification Language，数据修改语言）语句作为一个参数来执行必要的操作（插入、更新或删除）。modify()方法的语法如下所示：

```
Modify(XML DML)
```

XML 数据类型的 modify()方法允许在一个 XML 实例内插入、更新（替换值）和删除内容。modify()方法用 XML DML 提供对 XML 实例的这些操作。

实例：如何使用 modify()方法

```
DECLARE @xmldoc xml
SET @xmldoc =
'<Root>
    <Employee EmployeeID="1">
        <EmployeeInformation>
```

```
    </EmployeeInformation>
  </Employee>
</Root>'
SET @xmldoc.modify('
insert <LastName>Knievel</LastName>
into (/Root/Employee/EmployeeInformation)[1]')
SELECT @xmldoc
GO
```

在这个示例中定义了一个 XML 数据类型的变量，并把一个 XML 文档赋给它。然后 modify() 针对这个变量执行插入，给这个变量插入了一个新的节点和值。对 XML 文档执行 modify()方法后的结果如下所示：

```
<Root>
  <Employee EmployeeID="1">
    <EmployeeInformation>
      <LastName>Knievel</LastName>
    </EmployeeInformation>
  </Employee>
</Root>
```

5-4 发布 XML 数据

学习目标

- 理解 FOR XML 子句
- 掌握发布 XML 数据方法

SELECT 查询将结果作为行集返回。（可选操作）您可以通过在 SQL 查询中指定 FOR XML 子句，从而将该查询的正式结果作为 XML 来检索。在 FOR XML 子句中，指定以下模式之一：RAW、AUTO、EXPLICIT、PATH。

RAW 模式将为 SELECT 语句所返回行集中的每一行生成一个 <row> 元素。可以通过编写嵌套 FOR XML 查询来生成 XML 层次结构。

AUTO 模式将基于指定 SELECT 语句的方式来使用试探性方法在 XML 结果中生成嵌套。您对生成的 XML 的形状具有最低限度的控制能力。除了 AUTO 模式的试探性方法生成的 XML 形状之外，还可以编写 FOR XML 查询来生成 XML 层次结构。

EXPLICIT 模式允许对 XML 的形状进行更多控制。您可以随意混合属性和元素来确定 XML 的形状。由于执行查询而生成的结果行集需要具有特定的格式。此行集格式随后将映射为 XML 形状。使用 EXPLICIT 模式能够随意混合属性和元素、创建包装和嵌套的复杂属性、创建用空格分隔的值（如 OrderID 属性可能具有一列排序顺序 ID 值）以及混合内容。

但是，编写 EXPLICIT 模式的查询会比较麻烦。可以使用某些新的 FOR XML 功能（如编写嵌套 FOR XML RAW/AUTO/PATH 模式查询和 TYPE 指令），而不使用 EXPLICIT 模式来生成层次结构。嵌套 FOR XML 查询可以生成使用 EXPLICIT 模式可生成的任何 XML。PATH 模式与嵌套 FOR XML 查询功能一起以较简单的方式提供了 EXPLICIT 模式的灵活性。仅当执行设置了这些模式的查询时，这些模式才有效。它们不会影响以后执行的任何查询的结果。

5-4-1　RAW 模式

RAW 模式将查询结果集中的每一行转换为带有通用标识符 `<row>` 或可能提供元素名称的 XML 元素。默认情况下，行集中非 NULL 的每列值都将映射为 `<row>` 元素的一个属性。如果将 ELEMENTS 指令添加到 FOR XML 子句，则每列值都将映射为 `<row>` 元素的一个子元素。您可以选择在指定 ELEMENTS 指令的同时指定 XSINIL 选项，以便将结果集中的 NULL 列值映射为具有属性 xsi:nil="true" 的一个元素。

要返回 Base64 编码格式的二进制数据，需要在 FOR XML 子句中指定 BINARY BASE64 选项。在 RAW 模式下，如果不指定 BINARY BASE64 选项就检索二进制数据，将导致错误。

您可以请求返回所产生的 XML 的架构。指定 XMLDATA 选项将返回内联 XDR 架构。指定 XMLSCHEMA 选项将返回内联 XSD 架构。该架构显示在数据的开头。在结果中，每个顶级元素都引用架构命名空间。

下列示例中的查询显示了如何与各个选项一起使用 FOR XML RAW 模式。其中许多查询都是根据 ProductModel 表中 Instructions 列标明的自行车生产说明 XML 文档指定的。

实例 1：检索 XML 形式的产品型号信息

下面的查询将返回产品型号信息。在 FOR XML 子句中指定了 RAW 模式。

```
USE AdventureWorks;
GO
SELECT ProductModelID, Name
FROM Production.ProductModel
WHERE ProductModelID=122 or ProductModelID=119
FOR XML RAW;
GO
--下面是部分结果:
<row ProductModelID="122" Name="All-Purpose Bike Stand" />
<row ProductModelID="119" Name="Bike Wash" />
--可以通过指定 ELEMENTS 指令来检索以元素为中心的 XML。
USE AdventureWorks;
GO
SELECT ProductModelID, Name
FROM Production.ProductModel
WHERE ProductModelID=122 or ProductModelID=119
FOR XML RAW, ELEMENTS;
GO
--结果如下:
<row>
```

```
  <ProductModelID>122</ProductModelID>
  <Name>All-Purpose Bike Stand</Name>
</row>
<row>
  <ProductModelID>119</ProductModelID>
  <Name>Bike Wash</Name>
</row>
--可以选择指定 TYPE 指令以检索 XML 类型的结果。
USE AdventureWorks;
GO
SELECT ProductModelID, Name
FROM Production.ProductModel
WHERE ProductModelID=122 or ProductModelID=119
FOR XML RAW, TYPE;
go
```

实例 2：指定 XSINIL 和 ELEMENTS 指令以生成 NULL 列值的元素

下面的查询将指定 ELEMENTS 指令以便从查询结果生成以元素为中心的 XML。

```
USE AdventureWorks;
GO
SELECT ProductID, Name, Color
FROM Production.Product
FOR XML RAW, ELEMENTS;
GO
--下面是部分结果：
<row>
  <ProductID>1</ProductID>
  <Name>Adjustable Race</Name>
</row>
...
<row>
  <ProductID>317</ProductID>
  <Name>LL Crankarm</Name>
  <Color>Black</Color>
</row>
```

--因为 Color 列的某些产品为空值，所以产生的 XML 将不生成相应的 <Color> 元素。通过添加 XSINIL 指令和 ELEMENTS 指令，即便是结果集中的 NULL 颜色值，也可以为其生成 <Color> 元素。

```
USE AdventureWorks;
GO
SELECT ProductID, Name, Color
FROM Production.Product
FOR XML RAW, ELEMENTS XSINIL
--下面是部分结果：
<row xmlns:xsi="http://www.w3.org/2001/XMLSchema-instance">
  <ProductID>1</ProductID>
  <Name>Adjustable Race</Name>
```

```
  <Color xsi:nil="true" />
</row>
...
<row>
  <ProductID>317</ProductID>
  <Name>LL Crankarm</Name>
  <Color>Black</Color>
</row>
```

5-4-2 AUTO 模式

AUTO 模式将查询结果作为嵌套 XML 元素返回。这不能较好地控制从查询结果生成的 XML 的形式。如果要生成简单的层次结构，AUTO 模式查询很有用。但是，使用 EXPLICIT 模式和使用 PATH 模式在确定从查询结果生成的 XML 的形式方面提供了更好的控制和更大的灵活性。

在 FROM 子句内，每个在 SELECT 子句中至少有一列被列出的表都表示为一个 XML 元素。如果在 FOR XML 子句中指定了可选的 ELEMENTS 选项，SELECT 子句中列出的列将映射到属性或子元素。

生成的 XML 中的 XML 层次结构（即元素嵌套）基于由 SELECT 子句中指定的列所标识的表的顺序。因此，在 SELECT 子句中指定的列名的顺序非常重要。最左侧第一个被标识的表形成所生成的 XML 文档中的顶级元素。由 SELECT 子句中的列所标识的最左侧第二个表形成顶级元素内的子元素，依此类推。

如果 SELECT 子句中列出的列名来自由 SELECT 子句中以前指定的列所标识的表，该列将作为已创建的元素的属性添加，而不是在层次结构中打开一个新级别。如果已指定 ELEMENTS 选项，该列将作为属性添加。

实例：在 FOR XML 子句中指定了 AUTO 模式

```
USE AdventureWorks;
GO
SELECT Cust.CustomerID, OrderHeader.CustomerID,
OrderHeader.SalesOrderID, OrderHeader.Status,Cust.CustomerType
FROM Sales.Customer Cust, Sales.SalesOrderHeader OrderHeader
WHERE Cust.CustomerID = OrderHeader.CustomerID
ORDER BY Cust.CustomerID
FOR XML AUTO
--下面是部分结果:
<Cust CustomerID="1" CustomerType="S">
  <OrderHeader CustomerID="1" SalesOrderID="43860" Status="5" />
  <OrderHeader CustomerID="1" SalesOrderID="44501" Status="5" />
  <OrderHeader CustomerID="1" SalesOrderID="45283" Status="5" />
  <OrderHeader CustomerID="1" SalesOrderID="46042" Status="5" />
</Cust>
...
```

对于 SELECT 子句，注意下列内容：

1）CustomerID 引用 Cust 表。因此，创建一个<Cust>元素，CustomerID 作为其属性添加。

2）接下来的三列 OrderHeader.CustomerID、OrderHeader.SalesOrderID 和 OrderHeader.Status 引用 OrderHeader 表。因此，为 <Cust> 元素添加 <OrderHeader> 子元素，这三列作为 <OrderHeader> 的属性添加。

3）接着，Cust.CustomerType 列再次引用 Cust 表，该表已由 Cust.CustomerID 列标识。因此，不创建新元素，而是为以前创建的 <Cust> 元素添加 CustomerType 属性。

4）查询为表名指定别名。这些别名显示为相应的元素名。

5）需要使用 ORDER BY 对一个父级下的所有子级分组。

下面的查询与上一个查询类似，不同的是 SELECT 子句先指定 OrderHeader 表中的列，再指定 Cust 表中的列。因此，首先创建 <OrderHeader> 元素，然后为该元素添加 <Cust> 子元素。

```
USE AdventureWorks;
GO
select OrderHeader.CustomerID,OrderHeader.SalesOrderID,
OrderHeader.Status,Cust.CustomerID, Cust.CustomerType
from Sales.Customer Cust, Sales.SalesOrderHeader OrderHeader
where Cust.CustomerID = OrderHeader.CustomerID
for xml auto
--下面是部分结果:
<OrderHeader CustomerID="1" SalesOrderID="43860" Status="5">
  <Cust CustomerID="1" CustomerType="S" />
</OrderHeader>
...
--如果在 FOR XML 子句中添加了 ELEMENTS 选项，将返回以元素为中心的 XML。
USE AdventureWorks;
GO
SELECT Cust.CustomerID, OrderHeader.CustomerID,
OrderHeader.SalesOrderID, OrderHeader.Status,Cust.CustomerType
FROM Sales.Customer Cust, Sales.SalesOrderHeader OrderHeader
WHERE Cust.CustomerID = OrderHeader.CustomerID
ORDER BY Cust.CustomerID
FOR XML AUTO, ELEMENTS
--下面是部分结果:
<Cust>
  <CustomerID>1</CustomerID>
  <CustomerType>S</CustomerType>
  <OrderHeader>
    <CustomerID>1</CustomerID>
    <SalesOrderID>43860</SalesOrderID>
    <Status>5</Status>
  </OrderHeader>
  ...
</Cust>
...
```

在此查询中，因为 CustomerID 是表的主键，所以在创建 <Cust> 元素的过程中会逐行比较 CustomerID 值。如果未将 CustomerID 标识为表的主键，将逐行比较所有列值（此查询中的 CustomerID 和 CustomerType）。如果值不同，将向 XML 添加新的 <Cust> 元素。

在比较这些列值时，如果要比较的任何列是 text、ntext、image 或 xml 类型，即使它们的值可能相同，FOR XML 也将认为它们是不同的，并且不对其进行比较。这是因为不支持大型对象的比较。这些元素将被添加到每个选定行的结果中。请注意，会比较 (n)varchar(max) 和 varbinary(max) 类型的列。

如果 SELECT 子句中的某列无法与 FROM 子句中标识的任何表相关联（例如，该列是聚合列或计算列的情况下），则该列在列表中出现时，将添加到 XML 文档的最深嵌套级别中。如果该列作为 SELECT 子句的第一列出现，将被添加到顶级元素。

如果 SELECT 子句中指定了星号（*）通配符，则以前面所述的方式根据查询引擎所返回的行的顺序确定嵌套。

如果查询中指定了 BINARY BASE64 选项，则以 Base64 编码格式返回二进制数据。默认情况下，如果未指定 BINARY BASE64 选项，则 AUTO 模式支持二进制数据的 URL 编码。也就是说，不返回二进制数据，而返回执行查询的数据库的虚拟根目录的相对 URL 的引用。通过使用 SQL XML ISAPI dbobject 查询，此引用可用于访问后续操作中的真实二进制数据。查询必须提供足够的信息（如主键列），才能标识图像。

在指定查询的过程中，如果对视图的二进制列使用了别名，将在二进制数据的 URL 编码中返回别名。在后续操作中，别名没有意义，也不能用 URL 编码检索图像。因此，在使用 FOR XML AUTO 模式查询视图时不要使用别名。

5-4-3 PATH 模式

PATH 模式提供了一种较简单的方法来混合元素和属性。PATH 模式还是一种用于引入附加嵌套来表示复杂属性的较简单的方法。尽管您可以使用 FOR XML EXPLICIT 模式查询从行集构造这种 XML，但 PATH 模式为可能很麻烦的 EXPLICIT 模式查询提供了一种较简单的替代方法。通过 PATH 模式，以及用于编写嵌套 FOR XML 查询的功能和返回 XML 类型实例的 TYPE 指令，您可以编写简单的查询。

在 PATH 模式中，列名或列别名被作为 XPath 表达式来处理。这些表达式指明了如何将值映射到 XML。每个 XPath 表达式都是一个相对 XPath，它提供了项类型（如属性、元素和标量值）以及将相对于行元素而生成的节点的名称和层次结构。

本主题说明了下列条件，将映射行集中具备这些条件的列：

- 没有名称的列。
- 具有名称的列。
- 名称被指定为通配符（*）的列。
- 以某个 XPath 节点测试的名称命名的列。
- 以指定为 data() 的路径命名的列。
- 默认情况下包含 NULL 值的列。

1. 没有名称的列

任何没有名称的列都将被内联。例如，未指定列别名的计算列或嵌套标量查询将生成没有名称的列。如果该列属于 XML 类型，则将插入该数据类型的实例的内容。否则，列内容将被作为文本节点插入。

SELECT 2+2

FOR XML PATH

生成此 XML。默认情况下，针对行集中的每一行，生成的 XML 中将生成一个相应的 <row> 元素。这与 RAW 模式相同。

<row>4</row>

实例 1：查询将返回一个包含三列的行集。第三列没有名称，且包含 XML 数据。PATH 模式将插入一个 XML 类型的实例。

```
SELECT ProductModelID, Name,Instructions.query('declare namespace
MI="http://schemas.microsoft.com/sqlserver/2004/07/adventure-works/ProductM
odelManuInstructions"; /MI:root/MI:Location ')
FROM Production.ProductModel
WHERE ProductModelID=7
FOR XML PATH
go
--下面是部分结果：
<row>
  <ProductModelID>7</ProductModelID>
  <Name>HL Touring Frame</Name>
  <MI:Location ...LocationID="10" ...></MI:Location>
  <MI:Location ...LocationID="20" ...></MI:Location>
  ...
</row>
```

2. 具有名称的列

下面是一些特定条件，将把具备这些条件的具有名称的行集列映射（区分大小写）到生成的 XML 中：

- 列名以 @ 符号开头。
- 列名不以 @ 符号开头。
- 列名不以 @ 符号开头并包含斜杠标记（/）。
- 若干列共享同一个前缀。
- 有一列具有不同的名称。

实例 1：列名以 @ 符号开头

如果列名以 @ 符号开头并且不包含斜杠标记（/），将创建包含相应列值的 <row> 元素的属性。例如，以下查询将返回包含两列（@PmId 和 Name）的行集。在生成的 XML 中，将向相应的 <row> 元素添加 PmId 属性并为其分配 ProductModelID 值。

```
SELECT ProductModelID as "@PmId", Name
```

```
FROM Production.ProductModel
WHERE ProductModelID=7
FOR XML PATH
go
--结果如下:
<row PmId="7">
  <Name>HL Touring Frame</Name>
</row>
```

请注意，在同一级别中，属性必须出现在其他任何节点类型（例如元素节点和文本节点）之前。以下查询将返回一个错误：

```
SELECT Name,ProductModelID as "@PmId"
FROM Production.ProductModel
WHERE ProductModelID=7
FOR XML PATH
go
```

实例 2：列名不以 @ 符号开头

如果列名不以 @ 符号开头、不是某个 XPath 节点测试并且不包含斜杠标记（/），则将创建一个 XML 元素，该元素是行元素（默认情况下为 <row>）的子元素。以下查询指定了列名 result。因此，将向 <row> 元素添加 <result> 子元素。

```
SELECT 2+2 as result
for xml PATH
--结果如下:
<row>
  <result>4</result>
</row>
```

--以下查询为针对 xml 类型的 Instructions 列指定的 XQuery 所返回的 XML 指定了列名 ManuWorkCenterInformation。因此，将添加 <ManuWorkCenterInformation>元素来作为 <row> 元素的子元素。

```
SELECT ProductModelID, Name, Instructions.query('declare namespace
MI="http://schemas.microsoft.com/sqlserver/2004/07/adventure-works/ProductM
odelManuInstructions";/MI:root/MI:Location')
as ManuWorkCenterInformation
FROM Production.ProductModel
WHERE ProductModelID=7
FOR XML PATH
go
--结果如下:
<row>
  <ProductModelID>7</ProductModelID>
  <Name>HL Touring Frame</Name>
  <ManuWorkCenterInformation>
    <MI:Location ...LocationID="10" ...></MI:Location>
    <MI:Location ...LocationID="20" ...></MI:Location>
    ...
```

```
   </ManuWorkCenterInformation>
 </row>
```

 实例 3：列名不以 @ 符号开头并包含斜杠标记（/）

如果列名不以 @ 符号开头，但包含斜杠标记（/），则该列名就指明了一个 XML 层次结构。例如，列名为"$Name_1/Name_2/Name_3.../Name_n$"，其中每个 $Name_i$ 表示嵌套在当前行元素（i=1）中的元素名称或名为 $Name_{i-1}$ 的元素下的元素名称。如果 $Name_n$ 以@开头，则它将映射到 $Name_{n-1}$ 元素的属性。

例如，以下查询将返回雇员 ID 和表示为复杂元素 EmpName（包含名字、中间名和姓氏）的雇员名称。

```
SELECT EmployeeID "@EmpID", FirstName  "EmpName/First",
       MiddleName "EmpName/Middle", LastName   "EmpName/Last"
FROM   HumanResources.Employee E, Person.Contact C
WHERE  E.EmployeeID = C.ContactID
AND    E.EmployeeID=1
FOR XML PATH
```

列名用作在 PATH 模式中构造 XML 时的路径。包含雇员 ID 值的列名以 @ 开头。因此，将向 <row> 元素添加 EmpID 属性。其他所有列的列名中均包含指明层次结构的斜杠标记 (/)。在生成的 XML 中，<row> 元素下将包含 <EmpName> 子元素，而 <EmpName> 子元素将包含 <First>、<Middle> 和 <Last> 子元素。

```
<row EmpID="1">
  <EmpName>
    <First>Gustavo</First>
    <Last>Achong</Last>
  </EmpName>
</row>
```

雇员的中间名为空，默认情况下，空值映射为"缺少相应的元素或属性"。如果希望针对 NULL 值生成元素，则可以指定带有 XSINIL 的 ELEMENTS 指令，如以下查询中所示。

```
SELECT EmployeeID "@EmpID", FirstName  "EmpName/First",
       MiddleName "EmpName/Middle",LastName   "EmpName/Last"
FROM   HumanResources.Employee E, Person.Contact C
WHERE  E.EmployeeID = C.ContactID
AND    E.EmployeeID=1
FOR XML PATH, ELEMENTS XSINIL
--结果如下:
<row xmlns:xsi="http://www.w3.org/2001/XMLSchema-instance"
     EmpID="1">
  <EmpName>
    <First>Gustavo</First>
    <Middle xsi:nil="true" />
    <Last>Achong</Last>
  </EmpName>
</row>
```

默认情况下，PATH 模式生成以元素为中心的 XML。因此，在 PATH 模式中指定 ELEMENTS 指令将不起作用。但是，如上一个示例所示，可以指定带有 XSINIL 的 ELEMENTS 指令来针对空值生成元素。

除了 ID 和名称以外，以下查询还将检索雇员地址。按照地址列的列名中包含的路径，将向 <row> 元素添加 <Address> 子元素，并添加地址详细信息来作为 <Address> 元素的子元素。

```
SELECT EmployeeID  "@EmpID",FirstName  "EmpName/First",
      MiddleName  "EmpName/Middle",LastName "EmpName/Last",
AddressLine1 "Address/AddrLine1", AddressLine2 "Address/AddrLIne2",
      City "Address/City"
FROM  HumanResources.Employee E, Person.Contact C, Person.Address A
WHERE  E.EmployeeID = C.ContactID
AND    E.EmployeeID=1
FOR XML PATH
--结果如下:
<row EmpID="1">
  <EmpName>
    <First>Gustavo</First>
    <Last>Achong</Last>
  </EmpName>
  <Address>
    <AddrLine1>7726 Driftwood Drive</AddrLine1>
    <City>Monroe</City>
  </Address>
</row>
```

实例 4：有一列具有不同的名称

如果列之间出现具有不同名称的列，则该列将会打破分组，如以下修改后的查询所示。该查询通过在 FirstName 和 MiddleName 列之间添加地址列，打破了 FirstName、MiddleName 和 LastName 的分组（如上一个查询中所指定）。

```
SELECT EmployeeID "@EmpID",FirstName "EmpName/First",
AddressLine1 "Address/AddrLine1",AddressLine2 "Address/AddrLIne2",
      City "Address/City",MiddleName "EmpName/Middle",
      LastName "EmpName/Last"
FROM  HumanResources.EmployeeAddress E,
Person.Contact C, Person.Address A
WHERE  E.EmployeeID = C.ContactID AND   E.AddressID = A.AddressID
AND    E.EmployeeID=1
FOR XML PATH
--结果,查询将创建两个 <EmpName> 元素。第一个 <EmpName> 元素包含 <FirstName> 子元素,
第二个 <EmpName> 元素包含 <MiddleName> 和 <LastName> 子元素。
--结果如下:
<row EmpID="1">
  <EmpName>
    <First>Gustavo</First>
```

```
  </EmpName>
  <Address>
    <AddrLine1>7726 Driftwood Drive</AddrLine1>
    <City>Monroe</City>
  </Address>
  <EmpName>
    <Last>Achong</Last>
  </EmpName>
</row>
```

5-5　XML 的开发实训

实训目标

● 通过 XML 的开发实训，熟练掌握 XML 架构设计的过程。
● 通过 XML 查询方法实训，熟悉并掌握 XML 的查询方法。

5-5-1　XML 的开发实训

1. 实训任务

某项目交付给你的任务是为一个论坛系统进行 XML 的开发设计工作，该论坛系统的数据库模型以及具体的数据已经存储在 BBS 数据库之中，因此要求你认真研究 BBS 数据库结构，而后根据任务规定完成 XML 的编程实训。

2. 实训指导

分析：现在需要对 SQL Server 2005 中 BBS 数据库中的 bbs_user 基本表进行访问，为了丰富用户的信息，添加一个 Resume 列来表示用户的个人简历：

1）这个 Resume 列需要用一个 XML 架构集合来约束。

2）添加一个存储过程来向 bbs_user 基本表中插入数据，数据内容为：user_name、user_code、user_E_mail、user_sex、Resume。

3）需要将 bbs_user 基本表的信息格式化成 XML 格式的结果，因此创建一个存储过程来返回 XML 数据。

4）bbs_user 基本表中拥有 Resume 列数据为 XML 数据类型，该数据列表示一个用户的个人简历，创建一个存储过程来查询 XML 数据，该存储过程提供了用户的雇用历史情况。

3. 实现步骤

```
--创建一个XML架构集合，来验证Resume数据列
CREATE XML SCHEMA COLLECTION ResumeSchemaCollection
AS
N'<?xml version="1.0" ?>
  <xsd:schema
```

```
            targetNamespace="http://schemas.adventure-works.com/EmployeeResume"
            xmlns="http://schemas.adventure-works.com/EmployeeResume"
            elementFormDefault="qualified"
            attributeFormDefault="unqualified"
            xmlns:xsd="http://www.w3.org/2001/XMLSchema" >
         <xsd:element name="resume">
          <xsd:complexType>
            <xsd:sequence>
              <xsd:element name="name" type="xsd:string"
                        minOccurs="1" maxOccurs="1"/>
              <xsd:element name="employmentHistory">
                <xsd:complexType>
                  <xsd:sequence minOccurs="1" maxOccurs="unbounded">
                    <xsd:element name="employer">
                      <xsd:complexType>
                          <xsd:simpleContent>
                            <xsd:extension base="xsd:string">
                              <xsd:attribute name="endDate"
                                        use="optional"/>
                            </xsd:extension>
                          </xsd:simpleContent>
                      </xsd:complexType>
                    </xsd:element>
                  </xsd:sequence>
                </xsd:complexType>
              </xsd:element>
            </xsd:sequence>
          </xsd:complexType>
        </xsd:element>
      </xsd:schema>'
GO
--添加 Resume 列
ALTER TABLE bbs_user
ADD Resume XML(ResumeSchemaCollection)
--向 bbs_user 表中插入记录的存储过程
CREATE PROCEDURE NewUser
(@Name nvarchar(30)
,@Code nvarchar(80)
,@Mail nvarchar(50)
,@Sex char(2)
,@Resume xml
)
AS
    INSERT INTO [bbs].[dbo].[bbs_user]
          ([user_name]
          ,[user_code]
```

```
            ,[user_E_mail]
            ,[user_sex]
            ,[Resume])
        VALUES
            (@Name
            ,@Code
            ,@Mail
            ,@Sex
            ,@Resume)
--执行存储过程添加两个用户 Jerry 和 Tom
EXECUTE NewUser  'Jerry','81dc9bdb52d04dc20036dbd8313ed056','Jerry@163.com',
'女','<resume xmlns="http://schemas.adventure-works.com/EmployeeResume">
            <name>Jerry</name>
            <employmentHistory>
                <employer>LG.Com</employer>
            </employmentHistory>
        </resume>'
EXECUTE NewUser 'Tom','81dc9bdb52d04dc20036dbd8313ed057','Tom@126.com','男',
'<resume xmlns="http://schemas.adventure-works.com/EmployeeResume">
            <name>Tom</name>
            <employmentHistory>
                <employer>DateTime.Net</employer>
            </employmentHistory>
        </resume>'
--返回 XML 数据（发布 XML 数据）
create proc GetXmlFormedInformation
as
SELECT user_id '@ID',
        user_name '@Name',
        user_code,
        user_E_mail,
        user_sex
FROM   bbs_user
FOR XML PATH('Information'),ROOT('Information')
go
exec GetXmlFormedInformation
--处理数据列中的 XML 数据（XML 数据的查询）
create proc dbo.GetUserFirstEmployer
as
select user_name,user_code,user_E_mail,user_sex,Resume.value('declare default
element namespace "http://schemas.adventure-works.com/EmployeeResume";
(/resume/employmentHistory/employer)[1]','varchar(max)') as FirstEmployer
from bbs_user
go
--最后，执行并测试
exec dbo.GetUserFirstEmployer
```

5-5-2 XML 查询方法实训

1. 实训任务

结合使用多个方法：在一条语句中针对一个 XML 数据类型的变量结合使用 value()、query() 和 nodes()方法。value()方法获得 Manufacturer，query()方法从指定的 Team 中获得车手，而 nodes() 方法则告诉查询把结果返回为一个行集。

2. 实训指导

分析：在这个示例中，query()、value()和 nodes()方法用来返回结果。query()方法用于查询整个 XML 实例，value()方法用于返回单个 Manufacturer 值，nodes()方法则用于把结果格式化成行集。

3. 实现步骤

1）新建查询。

2）在查询窗口输入如下代码：

```
DECLARE @xmlvar xml
SET @xmlvar='
<Motocross>
    <Team Manufacturer="Yamaha">
        <Rider>Tim Ferry</Rider>
        <Rider>Chad Reed</Rider>
        <Rider>David Vuillemin</Rider>
    </Team>
    <Team Manufacturer="Honda">
        <Rider>Kevin Windham</Rider>
        <Rider>Mike LaRacco</Rider>
        <Rider>Jeremy McGrath</Rider>
    </Team>
    <Team Manufacturer="Suzuki">
        <Rider>Ricky Carmichael</Rider>
        <Rider>Broc Hepler</Rider>
    </Team>
    <Team Manufacturer="Kawasaki">
        <Rider>James Stewart</Rider>
        <Rider>Michael Byrne</Rider>
    </Team>
</Motocross>'
--SELECT Motocross.Team.query('.')
SELECT Motocross.Team.value('@Manufacturer', 'varchar (50)') as Manufacturer,
    Motocross.Team.query('Rider') as Team
FROM @xmlvar.nodes('/Motocross/Team') Motocross(Team)
```

4. XML 查询方法辅助实训练习

这个示例中结合使用了 XML 数据类型的一些方法。下面的示例用 exist()方法检查是否所有的 Team 都有车手，如果没有，则结果中就不包含这些 Team。

```
DECLARE @xmlvar xml
SET @xmlvar='
<Motocross>
    <Team Manufacturer="Yamaha">
        <Rider>Tim Ferry</Rider>
        <Rider>Chad Reed</Rider>
        <Rider>David Vuillemin</Rider>
    </Team>
    <Team Manufacturer="Honda">
        <Rider>Kevin Windham</Rider>
        <Rider>Mike LaRacco</Rider>
        <Rider>Jeremy McGrath</Rider>
    </Team>
    <Team Manufacturer="Suzuki">
        <Rider>Ricky Carmichael</Rider>
        <Rider>Broc Hepler</Rider>
    </Team>
    <Team Manufacturer="Kawasaki">
    </Team>
</Motocross>'
--SELECT Motocross.Team.query('.')
SELECT Motocross.Team.value('@Manufacturer', 'varchar (50)') as Manufacturer
FROM @xmlvar.nodes('/Motocross/Team') Motocross(Team)
WHERE Motocross.Team.exist('Rider') = 1
```

在这个示例中，query()、value()和 exist()方法同样用于确认是否所有的制造商都有车手。query()方法查询 XML 实例，value()方法返回有车手的制造商的值，由 exist()方法检查那些制造商是否有车手。如果对于每个制造商，exist()方法返回值是真，那么 value()方法就返回那个制造商的名称。

本章考纲

- 理解 XML 数据类型。
- 掌握 XML 数据类型的用法。
- 理解非类型化 XML 数据类型。
- 掌握类型化 XML 数据类型具体用法。
- 理解 XML 架构。
- 理解 XML 数据类型查询方法。
- 灵活使用 XML 数据类型 5 种查询方法。
- 理解 FOR XML 子句。
- 掌握发布 XML 数据方法。
- 通过 XML 的开发实训，熟练掌握 XML 架构设计的过程。
- 通过 XML 查询方法实训，熟悉并掌握 XML 的查询方法。

一、选择题

1. XML 数据类型的存储空间最大不能超过多少（   ）？

   A. 8KB   B. 2GB   C. 2MB   D. 2KB

2. 在使用 PATH 的 FOR XML 中，要将一列数据放在某个元素的属性当中，需要使用哪个符号（   ）？

   A. @   B. #   C. $ D. *

二、简答题

1. 简述 XML 数据类型的作用。它与以往的字符串类型有什么区别？
2. 谈一谈类型化 XML 与非类型化 XML 的区别，以及它们各自的用处。

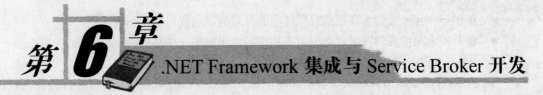

第6章 .NET Framework 集成与 Service Broker 开发

本章内容

- .NET Framework
- 开发数据库对象
- 数据库对象部署
- Service Broker 简介
- Service Broker 体系结构
- Service Broker 示例

6-1 .NET Framework 集成

学习目标

- 了解.NET Framework
- 掌握数据库对象开发方法
- 理解数据库对象部署和应用方法

我们已经学会使用存储过程、函数、触发器等数据库对象进行数据库开发。但是对于一些特定的应用场景来说，可能会需要创建一些数据库对象，这些对象要对数据库之外的资源进行访问或修改。这时就可以利用 SQL Server 2005 与.NET Framework 集成的特点，在.NET Framework 上开发数据库对象。

6-1-1 .NET Framework

.NET Framework 是支持生成和运行下一代应用程序与 XML Web services 的内部 Windows 组件，.NET Framework 旨在实现下列目标：

- 提供一个一致的面向对象的编程环境，无论对象代码是在本地存储和执行，还是在本地执行但在 Internet 上分布，或者是在远程执行的。
- 提供一个将软件部署和版本控制冲突最小化的代码执行环境。
- 提供一个可提高代码（包括由未知的或不完全受信任的第三方创建的代码）执行安全性的

代码执行环境。

- 提供一个可消除脚本环境或解释环境的性能问题的代码执行环境。
- 使开发人员的经验在面对类型大不相同的应用程序（如基于 Windows 的应用程序和基于 Web 的应用程序）时保持一致。

按照工业标准生成所有通信设备，以确保基于.NET Framework 的代码可与任何其他代码集成。.NET Framework 具有两个主要组件：公共语言运行库和.NET Framework 类库。公共语言运行库是.NET Framework 的基础。可以将运行库看作一个在执行时管理代码的代理，它提供内存管理、线程管理和远程处理等核心服务，并且还强制实施严格的类型安全以及可提高安全性和可靠性的其他形式的代码准确性。事实上，代码管理的概念是运行库的基本原则。以运行库为目标的代码称为托管代码，而不以运行库为目标的代码称为非托管代码。.NET Framework 的另一个主要组件是类库，它是一个综合性的面向对象的可重用类型集合，用户可以使用它开发多种应用程序，这些应用程序包括传统的命令行、图形用户界面（GUI）应用程序，也包括基于 ASP.NET 所提供的最新创建的应用程序（如 Web 窗体和 XML Web Services）。

1. 公共语言运行库

公共语言运行库（CLR）管理内存、线程执行、代码执行、代码安全验证、编译以及其他系统服务。这些功能是在公共语言运行库上运行的托管代码所固有的。至于安全性，取决于包括托管组件的来源（如 Internet、企业网络或本地计算机）在内的一些因素，托管组件被赋予不同程度的信任。这意味着即使用在同一活动应用程序中，托管组件既可能能够执行文件访问操作、注册表访问操作或其他需小心使用的功能，也可能不能够执行这些功能。

运行库强制实施代码访问安全。例如，用户可以相信嵌入在网页中的可执行文件能够在屏幕上播放动画或唱歌，但不能访问他们的个人数据、文件系统或网络。这样，运行库的安全性功能就使通过 Internet 部署的合法软件能够具有特别丰富的功能。运行库还通过实现称为通用类型系统（CTS）的严格类型验证和代码验证基础结构来加强代码可靠性。CTS 确保所有托管代码都是可以自我描述的。各种 Microsoft 编译器和第三方语言编译器生成符合 CTS 的托管代码。这意味着托管代码可在严格实施类型保真和类型安全的同时使用其他托管类型和实例。

此外，运行库的托管环境还消除了许多常见的软件问题。例如，运行库自动处理对象布局并管理对对象的引用，在不再使用它们时将它们释放。这种自动内存管理解决了两个最常见的应用程序错误：内存泄漏和无效内存引用。

运行库还提高了开发人员的工作效率。例如，程序员可以用他们选择的开发语言编写应用程序，却仍能充分利用其他开发人员用其他语言编写的运行库、类库和组件。任何选择以运行库为目标的编译器供应商都可以这样做。以.NET Framework 为目标的语言编译器使得用该语言编写的现有代码可以使用.NET Framework 的功能，这大大减轻了现有应用程序的迁移过程的工作负担。

尽管运行库是为未来的软件设计的，但是它也支持现在和以前的软件。托管和非托管代码之间的互操作性使开发人员能够继续使用所需的 COM 组件和 DLL。

运行库旨在增强性能。尽管公共语言运行库提供许多标准运行库服务，但是它从不解释托管代码。一种称为实时（JIT）编译的功能使所有托管代码能够以它在其上执行的系统的本机语言运行。同时，内存管理器排除了出现零碎内存的可能性，并增大了内存引用区域以进一步提高性能。

最后，运行库可由高性能的服务器端应用程序承载，如 Microsoft SQL Server 和 Internet 信息服务（IIS），此基础结构使用户在享受支持运行库宿主的行业最佳企业服务器的优越性能的同时，能够使用托管代码编写业务逻辑。

2. .NET Framework 类库

.NET Framework 类库是一个与公共语言运行库紧密集成的可重用的类型集合。该类库是面向对象的，并提供自己的托管代码可从中导出功能的类型。这不但使.NET Framework 类型易于使用，而且还减少了学习.NET Framework 的新功能所需要的时间。此外，第三方组件可与.NET Framework 中的类无缝集成。

例如，.NET Framework 集合类实现了一组可用于开发自己的集合类的接口。集合类将与.NET Framework 中的类无缝地混合。正如对面向对象的类库所希望的那样，.NET Framework 类使用户能够完成一系列常见编程任务（如字符串管理、数据收集、数据库连接以及文件访问等任务）。

除了这些常见任务之外，类库还包括支持多种专用开发方案的类型。例如，可使用.NET Framework 开发下列类型的应用程序和服务：控制台应用程序、Windows GUI 应用程序（Windows 窗体）、ASP.NET 应用程序、XML Web Services 和 Windows 服务。

例如，Windows 窗体类是一组综合性的可重用的类型，它们大大简化了 Windows GUI 的开发，如果要编写 ASP.NET Web 窗体应用程序，可使用 Web 窗体类。在 SQL Server 2005 中，可以利用.NET Framework 类库开发数据库对象。

3. .NET Framework 的优势

可以使用.NET Framework 开发数据库对象，那么需要在什么时候使用.NET Framework 开发数据库对象呢？由于可以使用.NET Framework 上的代码，如 C#或 VB.NET 来进行开发，所以可以开发更为复杂的逻辑。因此，对于一些业务逻辑较为复杂的应用来说，可以使用.NET Framework 进行开发。

另外，如果在存储过程或函数中需要访问.NET Framework 类库中的一些功能，如字符串的一些函数，那么可以进行.NET Framework 开发。由于使用 C#等开发语言开发的代码执行效率要比 SQL 脚本编写的代码高，因此对于一些计算过程比较复杂的逻辑，可以使用.NET Framework 进行开发。

6-1-2 开发数据库对象

可以打开 Visual Studio，创建 SQL Server 项目。单击 SQL Server Business Intelligence Development Studio，依次单击"文件"→"新建"→"项目"，将弹出"新建项目"对话框，在该对话框中依次单击"Visual C#"→"数据库"→"SQL Server 项目"，同时输入项目名称和项目路径，根据向导选择连接的数据库，然后就会在解决方案资源管理器中看到新建的项目。

可以在项目上单击鼠标右键来添加数据库对象，可以添加下列五种数据库对象：用户定义的函数、存储过程、聚合、触发器、用户定义类型。在基本的 T-SQL 查询中，可以使用 SUM、COUNT 等聚合函数，而一些特殊的聚合函数需要自己定义，本节实例开发数据库聚合函数对象。

实例：数据库对象开发应用

比如，在歌唱比赛中，希望统计多个裁判给一名歌手打的分数，而统计结果采用"去掉一个最高分，去掉一个最低分"的方式，余下的分数再求平均值。那么，可以通过用户定义聚合函数来实现两个自定义的聚合计算。

第一步：打开 SQL Server Business Intelligence Development Studio 环境，单击"文件"→"新

建"→"项目"，将弹出"新建项目"对话框，如图 6-1 所示，在该对话框中依次单击"Visual C#"→"数据库"→"SQL Server 项目"，输入项目名称"SqlServerProject"。

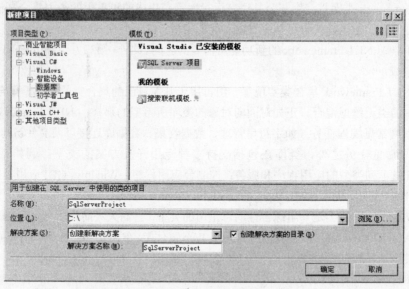

图 6-1   新建项目界面

第二步：在 SqlServerProject 项目上单击鼠标右键，再依次单击"添加"→"聚合"，聚合函数名称为"Aggregate.cs"，代码如下：

```csharp
using System;
using System.Data;
using System.Data.SqlClient;
using System.Data.SqlTypes;
using Microsoft.SqlServer.Server;
[Serializable]
[Microsoft.SqlServer.Server.SqlUserDefinedAggregate(Format.Native)]
public struct Aggregate
{     ///用来求和
    private double total;
    ///用来计数
    private int count;
    ///用来记录最大值
    private double max;
    ///用来记录最小值
    private double min;
    public void Init()
    {//初始化 total、count、max、min 三个值
        total=0;
        count = 0;
        max=double.MinValue;
        min=double.MaxValue;
    }
```

```
public void Accumulate(SqlDouble Value)
{
    //求和
    total += Value.Value;
    //计数
    count++;
    //记录最大值
    if (Value.Value > max)
    { max = Value.Value; }
    //记录最小值
    if (Value.Value < min)
    { min = Value.Value; }
}
public void Merge(Aggregate Group)
{
    //求和
    total += Group.total;
    //计数
    count += Group.count;
    //记录最大值
    if (Group.max > max)
    {
        max = Group.max;
    }
    //记录最小值
    if (Group.min < min)
    {
        min = Group.min;
    }
}
public SqlDouble Terminate()
{
    switch (count)
    {
        case 1:
            return 0;
        case 2:
            return 0;
        default:
            return (new SqlDouble((total - max - min) / (count - 2)));
    }
}
}
```

在代码中通过 total 来记录所有的数据求和，使用 count 来进行计数，使用 max 和 min 来记录最大值和最小值，并在最后计算时减去这两个值再求平均值。Init 方法是初始化方法，Accumulate 方法是每遇到一行数据时进行的计数或计算，Terminate 方法则在最后给出结果。

第三步：在部署前，需要选择要部署到哪个数据库当中，在项目上单击鼠标右键，并查看它的属性。可以看到，在"项目属性"对话框中的"数据库"选项卡中定义了连接字符串，可以通过连接字符串来指定要部署的数据库为"educ"。选择好数据库连接后，关闭"项目属性"对话框，保存整个项目，在 SqlServerProject 项目的右键菜单中选择"部署"选项，这样就部署了 Aggregate.cs 程序集，在 SQL Server Management Studio 对象资源管理器中依次单击"educ 数据库"→"可编程性"→"函数"→"聚合函数"，就可看到新建的聚合函数"dbo.Aggregate"，如图 6-2 所示。

图 6-2　聚合函数"dbo.Aggregate"界面

第四步：部署完成后，就可以在数据库当中使用这个.NET 对象了。如何使用用户自定义聚合函数打开 SQL Server Management Studio 中的查询分析器，先创建一个数据表，存放一些数据，输入如下代码：

```
use educ
go
--创建一个数据表
create table MarkTable
(
 ID int identity(1,1) primary key,
 Mark float
)
go
--存放一些数据
insert into MarkTable(Mark) values (63)
insert into MarkTable(Mark) values (85)
insert into MarkTable(Mark) values (80)
insert into MarkTable(Mark) values (90)
insert into MarkTable(Mark) values (100)
go
--可以通过用户定义聚合函数统计后面的 Mark 分数
select dbo.Aggregate(Mark) from MarkTable
```

--执行这条语句后，便可以得到计算结果为 98

问题：在执行这条语句"select dbo.Aggregate(Mark) from MarkTabl"时，出现"禁止在 .NET Framework 中执行用户代码。启用'clr enabled'配置选项"，该如何处理？

单击"SQL Server 外围应用配置器"→"功能的外围应用配置器"，如图 6-3、图 6-4 所示，选中"启用 CLR 集成"复选框。

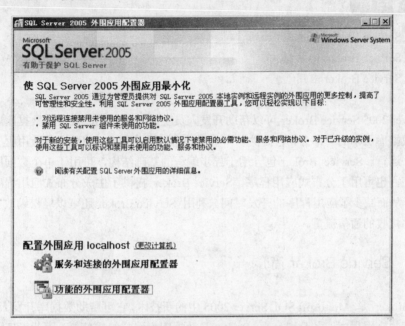

图 6-3　SQL Server 外围应用配置器界面

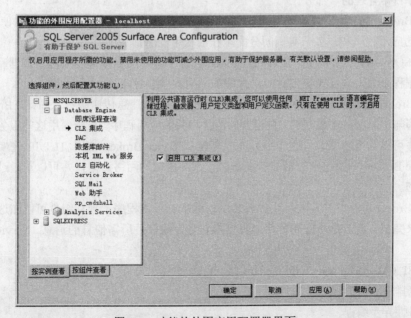

图 6-4　功能的外围应用配置器界面

6-2   Service Broker 开发

学习目标

- 了解 Service Broker 技术概念
- 理解 Service Broker 体系结构
- 掌握 Service Broker 应用

SQL Server 2005 Service Broker 可以帮助开发人员生成可伸缩的、安全的数据库应用程序。此项新技术是数据库引擎的一部分，它提供一个基于消息的通信平台，使独立的应用程序组件可以作为一个整体来运行。Service Broker 包含用于异步编程的基础结构，可用于单个数据库或单个实例中的应用程序，也可用于分布式应用程序。Service Broker 提供了生成分布式应用程序所需的大部分基础结构，从而减少了应用程序的开发时间。利用 Service Broker 还可以轻松缩放应用程序，以容纳应用程序接收的通信流量。

6-2-1   Service Broker 简介

Service Broker 是 Microsoft SQL Server 2005 中的新技术，它可帮助数据库开发人员构建安全、可靠且可伸缩的应用程序。由于 Service Broker 是数据库引擎的组成部分，因此管理这些应用程序就成为数据库日常管理的一部分。

Service Broker 为 SQL Server 提供队列和可靠的消息传递。Service Broker 对使用单个 SQL Server 实例的应用程序和在多个实例间分配工作的应用程序都适用。

在单个 SQL Server 实例中，Service Broker 提供了可靠的异步编程模型。数据库应用程序通常使用异步编程来缩短交互式响应时间，并增加应用程序总吞吐量。

Service Broker 还会在 SQL Server 实例之间提供可靠的消息传递服务。Service Broker 可帮助开发人员编写与称为服务的独立的、自包含的组件相关的应用程序。需要使用这些服务中所包含功能的应用程序可以利用消息来与这些服务进行交互。Service Broker 使用 TCP/IP 在实例之间交换消息。Service Broker 中所包含的功能有助于防止未经授权的网络访问，并可以对通过网络发送的消息进行加密。

Service Broker 可帮助开发人员生成异步的松散耦合应用程序，独立组件可以在这些应用程序中一起合作来完成任务。这些应用程序组件交换包含完成任务所需信息的消息。Service Broker 的作用有：

- ANSI（American National Standard Institute）会话
- 消息排序和协调
- 事务性异步编程
- 支持松散耦合应用程序

● Service Broker 组件

1. 会话

Service Broker 是围绕着发送和接收消息的基本功能来设计的。每个消息都是"会话"的一个组成部分，会话是一个可靠的、持久的通信渠道。Service Broker 要求每个消息和会话都必须具有一个特定的类型，以帮助开发人员编写可靠的应用程序。

新的 T-SQL 语句使应用程序可以可靠地发送和接收消息。应用程序向"服务"发送消息，"服务"是一组相关任务的名称。应用程序从"队列"中接收消息，"队列"是一个内部表的视图。

同一任务的消息是同一会话的一部分。在每个会话中，Service Broker 保证应用程序对每个消息只接收一次，并按照消息的发送顺序来接收消息。

基于证书的安全机制有助于保护敏感消息并控制对服务的访问。

理解 Service Broker 的一个方法是将它想像成邮政服务。若要与远方同事展开会话，您可以通过邮政服务发送信件进行联络，邮政服务会分拣信件并投递。您和您的同事从邮箱中检索信件、阅读它们、撰写回信并发送新的信件，直到会话结束。信件传递是异步的，也就是您和您的同事同时可以处理其他任务。

在这个与邮政服务的类比中，信件就是消息。Service Broker 服务就是邮局投递信件的地址。队列就是在信件投递后用于保存它们的邮箱。应用程序接收消息、对消息进行操作，然后发送响应。

使用 Service Broker 的程序通过与邮递相类似的方式保持与其他程序之间的会话。就像您不需要确切知道您的同事何时阅读信件和撰写回信一样，使用 Service Broker 的应用程序也不需要了解另一个服务如何处理消息、如何传递消息或其他应用程序何时能够处理该消息。

2. 消息排序和协调

Service Broker 在处理队列（一种常见的数据库编程技术）时，有两个关键方面不同于传统产品：Service Broker 队列集成在数据库中；队列对相关消息进行协调和排序。

集成队列意味着常规数据库维护和管理还要包括 Service Broker。通常，管理员无需进行与 Service Broker 有关的日常维护任务。

Service Broker 框架提供用于发送和接收消息的一个简单 T-SQL 接口，并为消息传递和处理提供一系列强大的保证。Service Broker 保证程序按照消息的发送顺序，而不是消息进入队列的顺序接收消息，并且会话中的每个消息只接收一次。传统的队列产品按照消息进入队列的顺序提供消息，这需要应用程序找出消息的顺序并对消息进行分组。Service Broker 保证两个队列读取器不能同时处理来自同一会话或同一相关会话组的消息。

起始程序为每个任务启动一个会话，然后向目标服务发送消息。消息中包含执行任务中特定步骤所需的数据。目标服务接收该消息。目标服务的程序处理该消息，然后响应起始程序。会话继续进行，最终根据开发人员确定的规则结束。

Service Broker 处理涉及编写消息传递应用程序的最困难的任务，如消息协调、可靠的消息传递、锁定和启动队列读取器，从而使数据库开发人员能够将精力集中在解决业务问题上。

3. 事务性异步编程

在 Service Broker 基础结构中，应用程序间的消息传递是"事务性"和"异步"的。由于 Service Broker 消息传递是事务性的，因此，如果某个事务回滚，则该事务中的所有 Service Broker 操作都将回滚，包括发送和接收操作。在异步传递中，数据库引擎在应用程序继续运行时处理传递。为了提高伸缩性，Service Broker 提供了一些机制，当处理队列的程序需要进行一些必要的工作时，这些机制可以自动启动这些程序。

异步编程可以帮助开发人员编写使用队列的应用程序。很多数据库都包含用作队列的表，其中包含当资源允许时所要完成的工作。队列允许数据库在有效地使用可用资源时保持对交互用户的响应。Service Broker 提供队列功能，作为数据库引擎的一个组成部分。

队列功能使应用程序可以在与请求工作的事务不同的另一个事务中执行该工作。Service Broker 扩展了此概念，使应用程序可以在另一个实例或另一台计算机中执行工作。Service Broker 在数据库中提供内置队列和实例间的可靠事务性消息传递，这对数据库开发人员很有帮助。

4. 支持松散耦合应用程序

Service Broker 支持松散耦合应用程序。松散耦合应用程序由多个相互间独立发送和接收消息的程序组成。尽管这样的应用程序必须包含所交换消息的相同定义并且必须为服务间的交互定义相同的总体结构，但是这些应用程序不需要同时运行、不需要在同一个 SQL Server 实例中运行，也不需要共享实现细则。应用程序不需要知道会话中其他参与者的物理位置或实现情况。

5. Service Broker 组件

Service Broker 有 3 种类型的组件：

（1）会话组件

会话组、会话和消息构成 Service Broker 应用程序的运行时结构。应用程序将消息作为会话的一部分进行交换。每个会话都是会话组的一部分；一个会话组可以包含多个会话。Service Broker 会话是对话，即正好是两个参与者之间的会话。

（2）服务定义组件

这些组件是设计时组件，用于指定应用程序所用会话的基础结构。它们定义应用程序的消息类型、应用程序的会话流和应用程序的数据库存储。

（3）网络和安全组件

这些组件定义用于交换 SQL Server 实例外部的消息的基础结构。为了帮助数据库管理员更改环境，Service Broker 允许管理员独立于应用程序代码来配置这些组件。

服务定义组件、网络和安全组件是数据库和 SQL Server 实例的元数据的一部分。会话组、会话和消息是数据库所包含的数据的一部分。

6-2-2　Service Broker 体系结构

Service Broker 应用程序由 Service Broker 数据库对象和一个或多个使用这些对象的应用程序所组成。

1. 会话体系结构

所有 Service Broker 应用程序都通过"会话"（即可靠的、长时间运行的异步消息交换）进行通信。Service Broker 在会话中使用以下对象。

（1）消息

消息是在使用 Service Broker 的应用程序之间交换的信息。每个消息都是某个会话的一部分。消息有特定的类型，该类型由发送消息的应用程序所确定。每个消息都有唯一的会话标识，以及它在会话内的序列号。接收消息时，Service Broker 使用消息的会话标识和序列号来对消息实施排序。

消息的内容由应用程序确定。收到消息时，Service Broker 会验证消息的内容以确保此内容对于该消息类型来说是有效的。无论何种消息类型，SQL Server 都将消息的内容存为类型 varbinary(max)。因此，消息可以包含任何能够转换为 varbinary(max) 的数据。应用程序通常根据约定和消息的类型来处理消息的内容。

（2）对话会话

所有由 Service Broker 发送的消息都是会话的一部分。对话会话，或"对话"，是两个服务之间的会话。实际上，对话是两个服务之间可靠的、持久性的双向消息流。

对话提供一次顺序（EOIO）消息传递功能。对话使用会话标识符和包含在每条消息中的序列号来标识相关的消息，并以正确的顺序传递这些消息。

对话会话有两个参与者。"发起方"发起会话。"目标"接受发起方发起的会话。参与者是否发起会话决定该参与者是否可以发送消息，如会话约定中所指定的。图 6-5 显示对话的消息流。

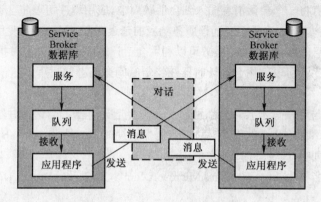

图 6-5　对话会话界面

应用程序作为对话的一部分来交换消息。SQL Server 接收对话消息时，把消息放在对话队列中。应用程序接收来自队列的消息，并在必要时处理该消息。作为处理的一部分，应用程序可能会将消息发送到对话中的其他参与者。

（3）可靠的传递

对话中包含自动消息回执确认信息，以确保可靠的传递。Service Broker 将每条外发消息保存在传输队列中，直到消息被远程服务确认为止。有了这些自动确认信息，应用程序就不必再显式确认每条消息，从而可节省时间和资源。在可能的情况下，确认消息可包含在对话的返回消息中。

Service Broker 不将无法访问远程服务视为错误。远程服务无法访问时，Service Broker 保存该服务的消息，直到该服务可访问或对话生存期过期为止。

（4）对话生存期

消息在对话生存期期间可以在应用程序间进行交换。对话生存期从本地 SQL Server 实例创建对话时起，一直持续到应用程序显式结束该对话或收到与该对话关联的错误消息时为止。每个参与者均有责任在应用程序收到指示错误的消息或结束会话的消息时显式结束会话。在大多数服务中，其中一个参与者负责通过无错误地结束会话，指示会话完成且成功。此操作是由目标执行还是由发起方执行取决于会话的目的。

起始程序发起对话时，它的本地 Service Broker 为该对话创建一个会话端点。目标应用程序的本地 Service Broker 在其实例收到该对话中的第一个消息时，为该对话创建一个会话端点。

对话还可以保证对话生存期不超出指定的时限。起始应用程序可以选择指定对话的最长生存期。本地 Service Broker 和远程 Service Broker 都会跟踪此生存期。如果对话在到达最大生存期时仍处于活动状态，对话的每一端都会将一个超时错误消息放在服务队列中，并拒绝新的对话消息。对话的生存时间从不会超出在对话开始时所建立的最大生存期。请注意，虽然会话结束之后应用程序仍可接收该会话的消息，但不会有该会话的新消息到达，应用程序也无法再发送有关该会话的消息。

应用程序负责通过显式结束对话来指示它们已处理完该对话。Service Broker 从不自动结束对话。对话将保留在数据库中，直到应用程序显式结束对话为止。因此，即使在对话超时或 Broker 报告错误时，对话中的各参与者也必须显式发出 END CONVERSATION 语句。

（5）会话计时器

利用"会话计时器"，应用程序可以在特定时间接收消息。会话计时器到期时，SQL Server 在启动会话计时器的端点将一个会话消息插入到会话队列中。应用程序可以将会话计时器用于任何目的。会话计时器的一个常见用途是响应远程服务响应的延迟时间。另一个常见用途是创建以设定间隔向远程服务发送消息的服务。例如，服务可以利用会话计时器，每隔几分钟报告一次 SQL Server 的当前状态。应用程序还可以使用会话计时器在特定时间激活存储过程。这使 Service Broker 可以支持预定活动。

会话中的每个参与者在每个会话中都可设置一个会话计时器。会话计时器不与其他参与者共享，而且会话计时器不影响会话的生存期。在计时器到期时，本地 Service Broker 将一个超时消息添加到本地服务队列中。

超时消息的类型名称为 http://schemas.Microsoft.com/SQL/ServiceBroker/DialogTimer。

（6）会话组

会话组标识一组相关的会话。应用程序通过会话组可以轻松地协调特定业务任务所涉及的会话。每个会话都属于一个会话组。每个会话组都与一个特定的服务相关联，并且，组中的所有会话都是面向该服务或者来自该服务的。一个会话组可以包含任意数量的会话。

SQL Server 使用会话组对与特定业务任务相关联的消息提供一次顺序（EOIO）访问。当应用程序发送或接收消息时，SQL Server 锁定消息所属的会话组。因此，一次只有一个会话可以接收该会话组的消息。会话组的锁定功能保证应用程序可以对每个会话的消息进行一次顺序（EOIO）处理。由于会话组可以包含多个会话，因此应用程序可以使用会话组标识与同一业务任务相关的消息并同时处理这些消息。

会话组不在会话的各参与者之间共享。因此，会话中的每个参与者可以根据需要自由地对会话进行分组。应用程序无需服务提供任何特殊支持，即可管理服务间的复杂交互。

例如，一个人力资源应用程序可以设计 GetEmployeeInformation 服务，该服务组合来自"工资单"服务和"福利待遇"服务的信息。GetEmployeeInformation 服务向每个服务发起一个会话，然后将一个会话关联到同一会话组中的另一个会话。无论到达的消息来自"工资单"服务还是"福利待遇"服务，Service Broker 都会将会话组标识符添加到这两个会话的每个传入消息中。由于这些会话处在同一个会话组中，因此无论 GetEmployeeInformation 服务中有多少正在进行的请求，Service Broker 都将为 GetEmployeeInformation 服务提供所有必要的信息，以便将福利待遇信息与工资单信息相匹配。发送给"工资单"服务和"福利待遇"服务的消息不包含 GetEmployeeInformation 创建的会话组的会话信息。每个服务都是独立运行的，只有 GetEmployeeInformation 服务维护有关整个业务任务的信息。保持各服务彼此之间相互独立有助于简化每个服务的代码编写并易于维护。保持此独立性的另一个优点是：如果一个服务不可用，另一个服务仍可继续运行。

2．服务体系结构

本节将介绍一些数据库对象，它们指定使用 Service Broker 的应用程序的基本设计。在设计时，Service Broker 应用程序指定以下对象：

1）消息类型：定义应用程序间交换的消息的名称。还可以选择是否验证消息。

2）约定：指定给定会话中的消息方向和消息类型。

3）队列：存储消息。这种存储机制使服务之间可以进行异步通信。Service Broker 队列还有其他优点，比如自动锁定同一个会话组中的消息。

4）服务：是可寻址的会话端点。Service Broker 消息从一个服务发送到另一个服务。服务指定一个队列来保存消息，还指定一些约定，约定指明该服务可作为"目标"。约定向服务提供一组定义完善的消息类型。

3．网络传输与远程安全机制

为了帮助在 SQL Server 的不同实例之间实现安全、可靠的通信，Service Broker 提供了一些可用于管理路由和建立会话安全模式的功能。

1）远程服务绑定：说明如何设置 Broker 用于建立对话安全模式的证书。对话安全模式为到特定服务的会话提供端到端的加密和远程授权。

2）路由：说明如何指定服务及包含服务的数据库的位置。Service Broker 传递消息时需要路由。默认情况下，每个数据库都包含一个路由，该路由指定未定义其他路由的服务将在当前实例中传递。

3）Service Broker 端点：说明如何配置 SQL Server 以通过 TCP/IP 连接发送和接收消息。端点可以提供传输安全模式，它能够阻止到端点的未经授权的连接。

6-2-3　Service Broker 应用

下面通过一个简单的示例介绍如何建立 Service Broker 应用。

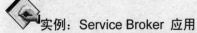

实例：Service Broker 应用

```
--第一步：通过下面的查询语句查看 AdventureWorks 数据库是否启用了 Service Broker。
select name,is_broker_enabled from sys.databases
--第二步：如果未启用 ServiceBroker，使用如下语句在 AdventureWorks 数据库上启用 Service
Broker。
alter database AdventureWorks
set enable_broker
--第三步：创建 Service Broker 对象，这个消息是任何格式良好的 XML 消息。
use AdventureWorks
create message type HelloWorldMessage
validation=well_formed_xml
--第四步：再来是创建服务之间可以传递哪些消息类型的约定，通过这个约定指定了可以发送
HelloWorldMessage 类型的消息。
create contract HelloWorldContract
(HelloWorldMessage sent by initiator)
```

--第五步：再创建两个队列，分别用来存储两个服务的数据：

```
create queue dbo.TargetQueue
create queue dbo.InitiatorQueue
```

--第六步：最后，再创建两个服务，分别用来发送和接收消息，注意到 InitiatorService 服务指定了存储消息的队列为前面创建的 InitiatorQueue，而 TargetService 服务指定了存储消息的队列为 TargetQueue，并且指定了服务的约定为 HelloWorldContract。

```
create service InitiatorService
on queue dbo.InitiatorQueue
create service TargetService
on queue dbo.TargetQueue(HelloWorldContract)
```

--第七步：发送消息，接下来使用下面的代码来向目标服务发送消息。

```
use AdventureWorks
go
```

--开启一个事务

```
begin transaction
go
```

--创建消息，只需要创建一个结构良好的 XML 变量就可以

```
declare @message xml
set @message='<message>Hello,World!</message>'
```

--声明一个变量来保存会话句柄，类型为 uniqueidentifier

```
declare @conversationHandle uniqueidentifier
```

-- 开始对话会话，并声明从 InitiatorService 发送到 TargetService，约定为 HelloWorldContract

```
begin dialog conversation @conversationHandle
from service InitiatorService
to service 'TargetService'
on contract HelloWorldContract
with encryption=off;
```

--在对话上发送消息@message，消息类型为 HelloWorldMessage

```
send on conversation @conversationHandle
  message type HelloWorldMessage (@message)
```

--结束会话

```
end conversation  @conversationHandle
go
```

--提交事务，Service Broker 将把消息发送到目标服务

```
commit transaction
go
```

--执行完成后，可以通过下面的查询语句来查询 TargetService 的消息队列 TargetQueue

```
select * from dbo.targetqueue
```

--第八步：接收消息，可以看到 TargetQueue 当中的消息，那么如何进行接收和处理呢？执行完如下代码后，可以看到接收到的 XML 数据。

```
use AdventureWorks
go
```

--使用一个 WHILE 循环来处理所有的会话组

```
while(1=1)
begin
```

```
    declare @conversation_handle uniqueidentifier,
        @conversation_group_id uniqueidentifier,
        @message_body xml,
        @message_type_name nvarchar(128);
  begin transaction;
--等待下一个会话组
  waitfor(
      get conversation group @conversation_group_id from [dbo].[TargetQueue]),
      timeout 500;
--如果没有会话组，则回滚事务并退出 WHILE 循环
  if @conversation_group_id is null
  begin
      rollback transaction;
  end;
--处理会话组当中的所有消息，注意一个会话组中的所有消息的处理是在一个事务当中完成的
  while 1=1
  begin
--接收会话组当中的下一个消息
--注意：RECEIVE 语句中包含一个 where 子句，用来进行会话组的筛选
    receive
    top(1)
    @conversation_handle=conversation_handle,
    @message_type_name=message_type_name,
    @message_body=
    case
      when validation='X' then cast(message_body as xml)
      else cast('<none/>' as xml)
    end
   from dbo.TargetQueue
   where conversation_group_id=@conversation_group_id;
--如果没有消息，或者发生错误，将停止该会话组的处理
if @@rowcount=0 or @@error<>0 break;
--显示接收到的信息
select 'ConversationGroupId'=@conversation_group_id,
        'ConversationHandle'=@conversation_handle,
        'MessageTypeName'=@message_type_name,
        'MessageBody'=@message_body;
--如果表示该消息是一个错误或对话消息，则结束会话
    if
@message_type_name='http://schemas.microsoft.com/SQL/ServiceBroker/EndDialog'
    or
@message_type_name='http://schemas.microsoft.com/SQL/ServiceBroker/Error'
      begin
        end conversation @conversation_handle;
      end;
  end;   --处理会话组当中的所有消息
```

```
--提交所有的 RECEIVE 语句，并结束会话语句
commit transaction;
end;    --处理所有的会话组
```

 本章考纲

- 了解.NET Framework。
- 掌握数据库对象开发方法。
- 理解数据库对象部署和应用方法。
- 了解 Service Broker 技术概念。
- 理解 Service Broker 体系结构。
- 掌握 Service Broker 应用。

 课后练习

一、填空题

1．.NET Framework 具有两个主要组件：_____和_____。

2．由于 Service Broker 是_____的组成部分，因此管理这些应用程序就成为数据库日常管理的一部分。

二、选择题

1．在 CLR 中，SQL 命令是如何标识一个方法为存储过程的？（　　）

　　A．Microsoft.SqlServer.Server.SqlProcedure

　　B．Microsoft.SqlServer.Server.SqlFunction

　　C．Microsoft.SqlServer.Server.SqlTrigger

　　D．Microsoft.SqlServer.Server.SqlUserDefinedType

2．下列哪个方法是用来进行聚合函数的初始化的？（　　）

　　A．Init()　　　　　　B．Accumulate()　　　　C．Merge()　　　　　D．Terminate()

3．Service Broker 中不包括下列哪个特点？（　　）

　　A．消息排队　　　　B．事务性　　　　　　C．异步编程　　　　D．离线支持

4．使用哪条语句可以为数据库启用 Service Broker？（　　）

　　A．ALTER DATABASE AdventureWorks SET ENABLE_BROKER

　　B．ALTER DATABASE AdventureWorks SET BROKER ON

　　C．ALTER DATABASE AdventureWorks SET BROKER TRUE

　　D．ALTER DATABASE AdventureWorks ENABLE BROKER

5．使用语句 CREATE MESSAGE TYPE HelloWorldMessage VALIDATION =WE LL FORMED XML 的目的是什么？（　　）

　　A．创建约定　　　　B．创建队列　　　　C．创建消息类型　　　D．服务

6. 在 Service Broker 中，发送消息的关键字是什么？（　　）
   A．SELECT　　　　　B．INSERT　　　　　C．UDPATE　　　　D．SEND
7. 在 Service Broker 中，接收消息的关键字是什么？（　　）
   A．GET　　　　　　B．POST　　　　　　C．RECEIVE　　　　D．DELETE

三、简答题

简述 CLR 对象的优势，以及为 SQL Server 的开发带来了哪些机会。

第 7 章　数据库需求分析与规划设计

本章内容

- 数据库需求分析与规划基本概念，数据库设计的要点
- 数据库设计的基本步骤和流程顺序
- 数据库设计的事实发现技术
- PowerDesigner 与数据库建模，包括概念模型图和物理模型图的产生，报告书的形成

7-1　数据库需求分析与规划基本概念

学习目标

- 了解数据库设计的要点。
- 掌握事实发现技术、基本步骤及完成数据库需求分析实例。

7-1-1　数据库设计的要点

1. 数据库设计的定义

数据库设计是指对于一个给定的应用环境，创建一个性能良好、能满足不同用户使用要求、又能被选定的 DBMS 所接受的数据库模式，建立数据库及其应用系统，使之能有效地存储数据，满足用户的信息要求和处理要求。

2. 数据库设计的主要内容

数据库设计内容包括静态设计，动态特性设计和物理设计。所谓静态设计是指结构特性设计，根据给定应用环境，设计数据库的数据模型或数据库模式，它包括概念结构设计和逻辑结构设计。概念结构设计的里程碑是从现实世界抽象出实体及其间的关系，理论上将 E-R 关系图作为设计的结论；而所谓的逻辑结构设计是指全局的关系逻辑结构设计，设计的里程碑将产生关系表、属性及其域定义、表的映射关系等，其中最为重要的是表的映射法则的确立。

所谓动态特性设计是指确定数据库用户的行为和动作，即数据库的行为特性设计，包括设计数据库查询、事务处理和报表处理等。动态的设计一般是在具体的应用项目中生成的，是根据项目对数据的局部视图的需求分析，而产生的视图、存储过程和触发器设计，重点是检验设计者 T-SQL 的

设计开发能力。

所谓物理设计是指根据动态特性，即应处理要求，在选定的 DBMS 环境下，把静态特性设计中得到的数据库模式加以物理实现，即设计数据库的存储模式和存取方法。如图 7-1 所示为数据库设计的主要内容及过程示意图。

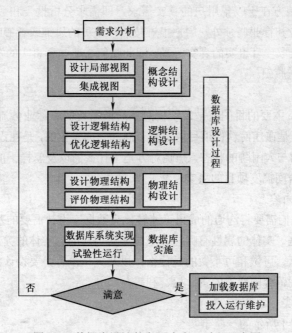

图 7-1　数据库设计的主要内容及过程示意图

3. 数据库设计的基本原则

根据数据库基本理论，数据库的设计是三分技术、七分管理和十二分的基础数据。我们学习 SQL Server 2005，SQL 及 T-SQL 是数据库的开发设计技术，是学习本门课程的基本功，但其主要应用在数据库的设计开发阶段，从软件项目的长远看仅是很短暂的一段时间。数据库一旦运营起来后，主要的工作则是 DBA 日常的数据库管理工作，该项工作将一直持续到软件项目的生命周期结束，是非常漫长的。而无论是设计开发还是管理运营维护数据库，底层的基础数据是最具有核心价值的，因此我们必须牢牢掌握住对基础数据的控制权。

数据库设计的基本原则可以归纳为以下几点：

1）数据库的设计必须将硬件、软件和管理界面有机地结合在一起。

2）数据库设计和应用设计要相互结合，要求达到减少数据冗余、实现数据共享的目的。

3）数据库设计是结构设计和行为特性设计相结合的产物，但现实还没有有效工具使之能较好的结合，说到底就是软件的设计思想和数据库的设计思想并没有非常好的融合，这也为后期设计的无法统一埋下了问题的伏笔。

4）数据库设计需要用户的参与以及具备发展的眼光。用户的参与很多时候流于表象，但是对于实际项目而言又绝非表象，这一矛盾需要数据库设计者具备很好的数据需求分析能力以及较好的情商，这一点不是单纯靠看几本书就可以理解的；而所谓发展的眼光是指系统不仅要满足用户目前的需求，也应满足近期要求，还要对于远期需求有相应的处理方案。当然这一预见能力也非一朝一夕之功，是必须经长时间的项目历练才可以达到的修为。

7-1-2　事实发现技术

1. 数据库设计为什么需要事实的发现

软件项目比较难的地方在于收集用户的真实需求，即需求分析报告和数据库分析报告很难编写；究其原因，除了专业和行业瓶颈外，用户很难按照程序员的思维或者 DBA 的想法告诉你想得到的东西，可能是无法获取项目事实的真实背景。因此我们需要一套事实的发现技术，以解决在实际项目中遇到的需求分析瓶颈。

2. 事实发现的时机

在生命周期的早期，主要的目的就是发现信息系统所需要的实际业务流程以及真实的业务数据。事实发现的时机应当是在任何软件项目内容没有启动之前发生的，是在没有任何计算机技术参与的情况下发生的，如同与人闲聊的状态，知晓对方是干什么的以及怎样干的即可，说到底就是和甲方闲聊和沟通，从言语间揣度项目的事实。

3. 事实发现的具体内容

根据事实的发现，我们需要将沟通的成果迅速转化为数据库设计需要的基本元素，包括数据库的规划（实体对象有哪些、实体的属性有哪些、域是如何定义的、实体的关系是什么等）、系统的边界定义（必须完成什么、可做和可不做的是什么，以及完全没有必要设计的内容是哪些等）、需求的收集、签订合同、规范合同双方的责、权、利等。

4. 应当收集哪些事实

我们应当收集如表 7-1 所示的一些事实。

表 7-1　需求分析中应当收集的事实内容

开发阶段	捕获的数据	产生的文档
数据库规划	MIS 的目标和目的	可行性研究报告和项目开发计划书
系统定义	业务定义	数据要求说明书
需求收集和分析	用户视图要求和系统说明	需求说明书
数据库设计	逻辑数据库设计	数据库设计说明书
应用程序设计	界面以及功能模块的设计	概要设计说明书－模块开发说明
详细代码设计	程序算法设计	详细设计说明书
测试	数据的输入和输出设计	
管理与维护	DBMS 的管理和维护	

5. 事实发现技术的具体步骤

在一个软件信息系统的需求分析调查过程中，通常的事实发现技术包括以下几个内容：

1）检查公司业务文档；查阅记录等。

在进行事实发现的时候，检查与目前系统相关的文档、表格、报告和文件是非常快速的解决办法，如表 7-2 所示。

表 7-2　文档检查列表

文档的用途	有用资源示例
描述数据库的问题和需求	内部备份录、会议记录、员工客户记录、业务过程记录
描述受问题影响的业务	组织图表、任务陈述、事务战略计划、任务工作描述
描述当前的系统	数据流程图和图表、用户培训手册

2）面谈，开调查会；询问；请专人介绍。

首先说明一点，面谈是需要良好的沟通能力的，即能够和具有不同价值观、喜好、个性、动机的人打交道，也就是我们平时所说的情商较高的人。面谈的类型分为两种：组织谈话和非组织谈话，组织谈话效率比较高，得到的信息较为准确，一般以会议为主，但需要提前准备好会议纪要以及会后的会议内容补充，最好形成正式组织文档。非正式谈话比较自由，但谈话的对象应该有所选择。面谈的优缺点如表 7-3 所示。

表 7-3　面谈的优缺点列表

优点	缺点
可以按照预先的内容进行交谈	浪费时间、代价昂贵
可以就每一个问题进行强化、重述	是否成功依赖于谈话人的交流技巧
可以观察谈话对象的肢体语言	
可以自由的、开放的回答问题	
可以充分了解部分组织关系	

3）观察公司运行中的业务流程，跟班作业；观察业务流程的优缺点如表 7-4 所示。

表 7-4　观察业务流程优缺点列表

优点	缺点
可以检查事实与设计数据的有效性	行为异常
可以准确地把握正在做的业务流程	不自觉遗漏观察具体的任务
可以描述任务的物理环境相对低廉	主观修饰
可以做实际的工作测量	

4）同行业软件的业务研究。

5）问卷调查；设计调查表要用户填写。

最后，我们将数据库应用程序生存期每个阶段获得数据的分类和生成文档总结在表 7-5 之中，请读者自行参照对应。

表 7-5　数据库应用程序生存期阶段收集数据及文档列表

数据库应用程序生存期阶段	收集的数据	生成的文档
数据库规划	数据库项目的目标和任务	数据库应用程序的任务陈述和任务目标
系统定义	描述主要用户视图	定义数据库应用程序的分为和边界；定义要支持的用户视图

续表

数据库应用程序生存期阶段	收集的数据	生成的文档
需求收集和分析	用户视图和系统需求	用户和系统需求说明书
数据库设计	验证逻辑数据库设计的用户反映；目标 DBMS 提供的功能	概念/逻辑数据库设计；物理数据库设计
应用程序设计	用户对界面设计的反映	应用程序设计
DBMS 选择	目标 DBMS 提供的功能	DBMS 的评估和推荐
建立原型	用户对系统原型的反响	改进的用户需求和系统需求说明书
实现	目标系统提供的功能	
数据转换和加载	当前数据的格式；目标 DBMS 的数据导入性能	
测试	测试结果	采用的测试策略；测试结果分析
运行维护	性能测试结果；用户和系统需求的增加和变化	用户手册；性能分析；改变的用户需求和系统说明书

7-1-3　事实发现的基本步骤及实例

1. 第一步：数据库系统的任务分析

本步骤分为两个阶段，第一个阶段是明确组织结构和组织工作的基本流程，具体的方法是查阅组织的发展历程和历史，查阅组织的具体结构。第二个阶段是确认组织的目的和软件的目标，具体的方法是与组织首席领导进行正式谈话，其目的是取得组织领导的信任，明确软件的边界。

2. 第二步：确定数据库系统的任务目标

创建目标的过程应该包括与员工中的合适人选进行引导性的对话，自由对话通常是这个阶段最有用的，典型的问题如下：

1）请描述您的工作。

2）通常一天里面你会做哪些工作呢？

3）你经常和哪些数据打交道？需要使用哪些类型的报告？格式我可以复印一下吗？

4）公司给你的任务主要是什么？你是如何完成的？

此阶段我们调查的对象主要包括：公司的业务主管；业务经理、监理、助理；业务员。

3. 第三步：系统的边界定义

系统边界定义的目的是确定数据库的应用范围和边界以及它的主要用户的视图，一个特定类型的数据库应用视图必须支持一个特定的工作角色或者是业务范围。系统边界定义的步骤包括两点：

1）定义数据库的系统边界。

2）确定数据库系统的主要用户视图。

4. 第四步：需求的收集和分析

经过系统边界的定义，我们明确了什么任务必须完成，什么任务可完成可不完成等，由于边界定义的完成，才使得我们可以产生更多的细节，最终产生用户的需求说明。需求的收集和分析包括下列三项内容：

1）收集数据库系统的用户视图相关的更多信息

2）收集数据库系统的系统需求信息

3）管理数据库系统的用户视图

除此以外，为了收集数据库系统用户视图更多的信息，我们还需要在询问中关注以下的问题：

1）数据库中具体的表应该有哪些具体类型的信息？

2）特定用户经常进行什么样的操作？

3）什么事务对于当前的业务操作非常重要？

4）什么时候应该进行严格的事务运行机制？

5）数据库的高峰期、正常期和低谷期一般是何时？

6）数据库需要哪种类型的安全机制和数据库存储机制？

7）是否存在对于用户非常敏感的数据？

8）哪些数据需要经常做备份？需要保存哪些历史数据？

9）对于数据库的网络和共享有哪些要求？

案例学习：完成学生管理系统的事实发现

某学校计算机系准备设计学生管理系统的软件，以解决日益复杂的学生管理问题。本案例目的是实施数据库的规划设计；按照事实发现的步骤，应该如何进行呢？

1. 明确组织结构和组织工作的基本流程

该阶段方法是查阅组织的发展历程和历史，查阅组织的具体结构。根据现在学生管理的基本情况，我们大致可以得到如图 7-2 所示的组织结构图。

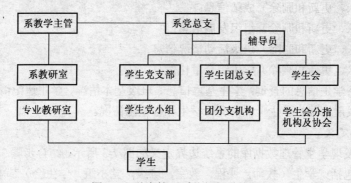

图 7-2　学生管理系统组织结构图

2. 确认组织的目的和软件的目标

该阶段的方法是与组织首席领导进行正式谈话，其目的是取得组织领导的信任，明确软件的边界。因此我们选择的谈话对象以及谈话基本内容包括：

谈话对象：系总支书记

谈话的具体内容包括：

- 您现在设立这个软件项目的主要目的是什么？

- 有哪些数据让您特别头疼？或者最占用你的日常工作时间呢？

- 你希望软件可以帮助你解决哪些方面的问题？

通过谈话我们确定软件项目定义的任务目标是收集、存储和控制本系学生在管理过程中产生的相关数据，支持面向不同用户的学生数据查询和数据操作工作。该软件的基本边界是：局域网络环境，学生个体以及学生组织管理。

3. 确定数据库系统的任务目标

该阶段的方法是与数据库系统中可能涉及到的人员进行引导性的对话，自由提问是这个阶段的方式。其目的和任务是：确定数据库的操作角色和视图。具体的谈话内容如下：

（1）谈话对象：系总支书记

谈话的具体内容包括：

● 通常一天里面你会做哪些学生工作呢？
● 您需要数据库系统迅速告诉您哪些事情呢？
● 一些日常的基本数据您是怎样获得的呢？谁来完成这些具体的事情？

（2）谈话对象：辅导员

谈话的具体内容包括：

● 请描述您每天的具体工作。
● 您经常和哪些数据打交道？需要使用哪些类型的报告？格式我可以复印一下吗？
● 系里面给你的任务主要是什么？您是如何完成的？

经过上述的基本对话，我们可以得到对于数据库系统的基本任务目标：

● 维护（录入、更新和删除）学生基本情况；
● 维护（录入、更新和删除）宿舍卫生检查基本情况；
● 维护（录入、更新和删除）学生第二课堂情况；
● 维护（录入、更新和删除）学生上课情况信息；
● 维护（录入、更新和删除）成绩信息；
● 维护（录入、更新和删除）组织发展信息；
● 维护（录入、更新和删除）班级活动情况信息；
● 维护（录入、更新和删除）学生综合量化信息；
● 实现对以下学生信息的查询：学生基本信息、班级基本情况、学生违纪情况、学生成绩情况、组织发展情况、学生上课情况、学生综合量化情况。

4. 系统的边界定义

经过分析我们发现学生管理数据库的系统边界定义如图 7-3 所示，结合步骤 3 分析的结论，我们必须完成的系统包括：学生（教师，课程，教室，班级，党小组，学生会）基本数据管理模块，学生考勤管理模块，学生组织管理模块，学生第二课堂管理模块，学生成绩录入管理模块，学生综合量化管理模块；不应当涉及的模块包括：成绩管理系统，排课系统，行政办公管理系统等。

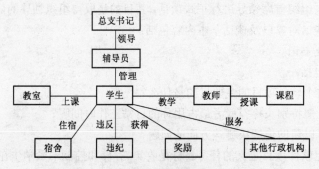

图 7-3   学生管理数据库的系统边界图

5. 总结数据库用户视图

经过调研，我们最终得到以下的数据库用户视图：

（1）系总支书记

- 查询所有的班级信息。
- 查询所有的学生个人信息。
- 查询所有的成绩信息。
- 查询所有的考勤、宿舍卫生、奖励和惩罚。
- 查询所有的学生组织培养信息。
- 查询各种统计数据和量化考核数据。

（2）辅导员

- 检索、维护（录入、更新和删除）给定班级的数据。
- 检索、维护（录入、更新和删除）给定班级的学生数据。
- 检索、维护（录入、更新和删除）给定班级的学生考勤数据。
- 检索、维护（录入、更新和删除）给定班级的学生宿舍卫生、奖励和惩罚数据。

（3）学生

- 检索个人考试、考勤、宿舍卫生、组织培养情况。
- 个人量化考核。
- 维护个人的登录信息、检索班级信息以及相关的统计信息。

（4）普通用户

检索班级信息以及相关的统计信息。

6. 形成数据库系统的事实调查说明书

作为数据库系统的说明书，应该详细描述以下的具体内容（仅仅涉及到事实调查的情况，不应该涉及到数据库的理论设计）：数据库初始化大小，数据库增长速度及日志文件增长，记录查找的类型和主要使用系统表，网络和数据共享需求，性能，安全性，备份和恢复，用户界面等。本次项目确定的说明书基本调研参数内容如下：

（1）初始数据库的大小

- 我系在校学生 1800 人，分布于 52 个自然班级中；每个班级平均学生 35～45 人。
- 现有辅导员 8 人。
- 平均每个班级有学生干部 12 人。

（2）数据库的增长速度

- 一般而言，每个学期将会有 5 名学生退学或者休学；每月的注册人数不会超过学生人数的上限。

（3）记录类型和平均数量

- 查询班级情况，每天 25 次。
- 查询学生基本情况，每天 800 次。
- 查询学生相关情况，每天 1200 次。

（4）网络和共享访问需求

- 辅导员办公室必须安全地与系总支书记办公室的数据库服务器相连。
- 系统必须支持同时 100 人在线访问。

（5）性能

- 每天上班时间要求单个记录查询时间在 1 秒。
- 高峰期为 5 秒。

（6）安全性

- 数据库必须有口令保护。
- 每个用户必须根据身份分配到一个特定的用户视图。
- 数据库访问权限，主要包括：总支书记、辅导员、学生、普通用户。

（7）备份和恢复

数据库设定在每周六半夜 12 点进行自动备份。

7-2　PowerDesigner 与数据库建模

学习目标

- 了解 PowerDesigner 基本的特性和发展历程，其主要功能和应用范围以及主要模块；
- 掌握通过 PowerDesigner 建立概念数据模型，认识其中的实体对象的属性、值域以及关键字，特别掌握实体之间关系的设计方法；
- 掌握通过 PowerDesigner 建立物理数据模型，掌握配置 PDM 图的全过程；
- 掌握将物理模型导入到数据库应用软件中的基本技术；
- 掌握生成数据库报告的基本技术。

7-2-1　PowerDesigner 简介

1. PowerDesigner 的历史变迁

PowerDesigner 是 Sybase 公司推出的一个集成了 UML（统一建模语言）和数据建模的 CASE（计算机辅助软件工程）工具。它不仅可以用于系统设计和开发的不同阶段（即商业流程分析、对象分析、对象设计以及开发阶段），而且可以满足管理、系统设计、开发等相关人员的使用。它是业界第一个同时提供数据库设计开发和应用开发的建模软件。

从 1989 年到 2003 年的十几年间，PowerDesigner 也经历了翻天覆地的变化，从一个单一数据库设计工具转变为一个全面的数据库设计开发和应用开发软件，图 7-4 描述了其发展简史。

2. PowerDesigner 主要功能模块

PowerDesigner 主要包含 4 个模块，即业务处理模型（BPM）、概念数据模型（CDM）、物理数据模型（PDM）和面向对象模型（OOM）。这 4 个模块覆盖了软件开发生命周期的各个阶段，图 7-5 表明了各个模块的相互关系及其作用。

在数据库规划设计中，首先进行的是数据库需求分析，并完成数据库概要模型设计；系统分析员可以利用 CDM（概念模型图）设计出数据库逻辑结构模型；然后进行系统的详细设计，利用 PDM（物理数据模型）完成数据库的详细设计，包括存储过程、触发器、视图和索引等。

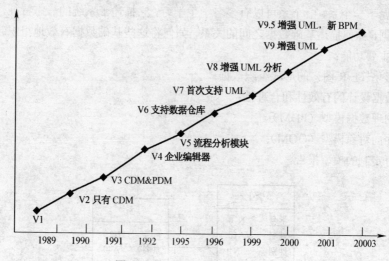

图 7-4 PowerDesigner 发展简史

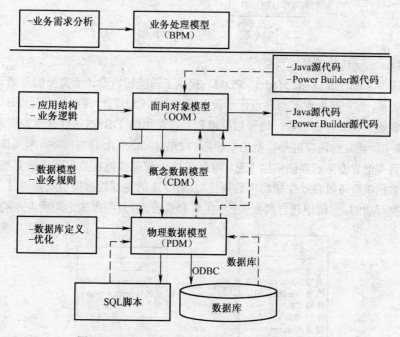

图 7-5 PowerDesigner 各个模块的相互关系和作用

3. PowerDesigner 的概念数据模型

概念数据模型（Conceptual Data Model，CDM）主要在系统开发的数据库设计阶段使用，是按用户的观点来对数据和信息进行建模，利用实体关系图（E-R 图）来实现。它描述系统中的各个实体以及相关实体之间的关系，是系统特性的静态描述。系统分析员通过 E-R 图来表达对系统静态特征的理解。E-R 图实际上相当于对系统的初步理解所形成的一个数据字典，系统的进一步开发将以此为基础。例如，描述学生与系之间关系的 E-R 图（概念模型）如图 7-6 所示。

该 E-R 图描述了学籍管理信息系统中需要处理的学生和系信息，以及它们之间所拥有的关系：

一名学生只能属于一个系，一个系可以有多名学生学习。它描述了系统的静态特征，即系统需要处理哪些基础数据，如何描述基础数据之间的关系，如何将这些基础数据有效地组织起来。下面是概念数据模型的主要功能：

1）以图形化（E-R 图）的形式组织数据；

2）检验数据设计的有效性和合理性；

3）生成物理数据模型（PDM）；

4）生成面向对象模型（OOM）；

5）生成可定制的模型报告。

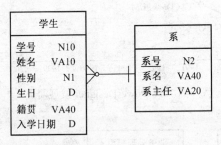

图 7-6   学生与系的 E-R 图

4. PowerDesigner 的物理数据模型

物理数据模型（Physical Data Model，PDM）提供了系统初始设计所需的基础元素，以及相关元素之间的关系，但在数据库的物理设计阶段必须在此基础上进行详细的后台设计，包括数据库存储过程、触发器、视图和索引等。物理数据模型是以常用的 DBMS（数据库管理系统）理论为基础，将 CDM 中所建立的现实世界模型生成相应的 DBMS 的 SQL 语言脚本，利用该 SQL 脚本在数据库中产生现实世界信息的存储结构（表、约束等），并保证数据在数据库中的完整性和一致性。

利用概念数据模型可以自动生成物理数据模型，图 7-7 的物理数据模型就是通过上面的概念数据模型自动转换而成的，系统中包含两张表：学生表和系表，以及两张表之间所存在的主外键关系。

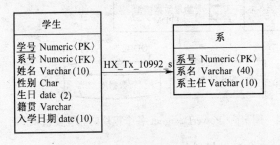

图 7-7   物理数据模型

下面是物理数据模型的主要功能：

1）可以将数据库的物理设计结果从一种数据库移植到另一种数据库。

2）可以利用逆向工程把已经存在的数据库物理结构重新生成物理模型或概念模型。

3）可以生成可定制的模型报告。

4）可以转换为 OOM。

5）完成多种数据库的详细物理设计。生成各种 DBMS（如 Oracle、Sybase、SQL Server 和 SQL

Anywhere 等 30 多种数据库）的物理模型，并生成数据库对象（如表、主键、外键等）的 SQL 语句脚本。

5. PowerDesigner 中 CDM（概念数据模型）的操作控制台

PowerDesigner 展开后的操作控制台如图 7-8 所示，该控制台可以用分层结构显示你的工作空间，其中的输出窗口用于显示操作的结果，结果列表用于显示生成、覆盖和检查模型结果，以及设计环境的总体信息。图表窗口用于组织模型中的图表，以图形方式显示模型中各对象之间的关系。

图 7-8　操作控制台说明

该操作控制台中最为重要的是工具栏（如图 7-9 所示），表 7-6 详尽说明了工具栏中每个工具的作用。

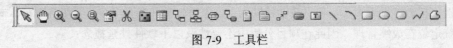

图 7-9　工具栏

表 7-6　工具栏主要工具列表

图形	名称	操作	图形	名称	操作
	指针	选择符号		联合连接	插入联合连接符号
	整体选择	选择全部符号，一起设置大小		文件	插入一个文件符号
	放大	放大视野范围		注释	插入注释符号
	缩小	缩小视野范围		连接，扩展依赖	在图表中的符号之间画一个图形连接，在注释和一个对象之间画一个注释连接，在两个支持扩展依赖的对象间画一个扩展依赖

续表

图形	名称	操作	图形	名称	操作
⊕	打开包图表	显示选择包的图表	⊟	主题	插入主题符号
☞	属性	显示选择的符号属性	T	文本	插入文本
✂	删除	删除符号	╲	线条	插入一条线
▣	包	插入包符号	╮	圆弧	插入一个圆弧
▦	实体	插入实体符号	▭	长方形	插入一个长方形
☌	关系	插入关系符号	◯	椭圆	插入一个椭圆
品	继承	插入继承符号	▢	圆角矩形	插入一个圆角矩形
⊖	联合	插入联合符号	╱╲	折线	插入一条折线

7-2-2   通过 PowerDesigner 建立概念数据模型（CDM）

案例学习：完成教务成绩管理系统的概念数据模型（CDM）设计

教务成绩管理系统的基本工作流程为：首先每学期期末考试前一段时间，由教务处管理人员登录系统后启动期末考试成绩录入系统，并进行教师基本信息的维护工作。而后各系辅导员登录系统，将本人所带的班级信息录入，并将该班级学生基本资料录入系统。在教务处规定的统一时段内（考试后一周内），教师根据教务处录入的教师资料登录系统，首先将本学期个人所带的课程信息录入（必须有相应的班级对应），而后根据选择的班级和课程，选择具体的学生，并录入该学生该课程的期末分数，分数分布按照各院校考试成绩表的规定执行。成绩录入完毕提交后，教师无法修改，只能由教务人员更正信息。对于录入后的成绩信息，学生、教师、教务、辅导人员都有权查看，但检索范围不同；同时系统应对成绩进行统计分析以及排名综合，并按照教务相关报表格式执行打印。

教务成绩管理系统定位为学历教育学生成绩管理，成绩为每学期末卷面成绩，系统设计操作对象概念范围包括教务管理人员，各系教学辅助人员，主考教师和参考学生，系统管理员。本软件项目开发系统定位在成绩管理，因此在项目分析中不要涉及以下软件外延概念：

学生管理；教师管理；课程管理；排课管理；考勤管理；学分管理；毕业成绩汇总管理；与其他应用软件系统的接口管理。

本软件项目开发系统的内涵是：仅仅涉及与成绩管理有关的适度信息管理，以及与成绩管理有关的信息对象适度的属性范围。

第一步：启动 PowerDesigner

本次设计我们使用的是 PowerDesigner 12.0 版本，启动后我们首先选择菜单"文件"→"新建"，在弹出的对话框中选择"模型类型"中的 Conceptual Data Model，即概念数据模型，命名 Model name 为"成绩管理概念模型"，如图 7-10 所示。

第二步：建立实体对象

在 CDM 操作界面，选择工具栏中的实体对象，然后在图表窗口中单击一次，建立一个实体对象，代表成绩管理数据库中的学生对象。再双击该对象，在 General 选项卡设置 Name 为"学生表"

（表示为显示出来的对象名称），Code 设置为"student"（表示最终生成的表对象名称），Comment 为对象描述，Number 为对象的序列号，Generate 表示将自动生成表对象，如图 7-11 所示。

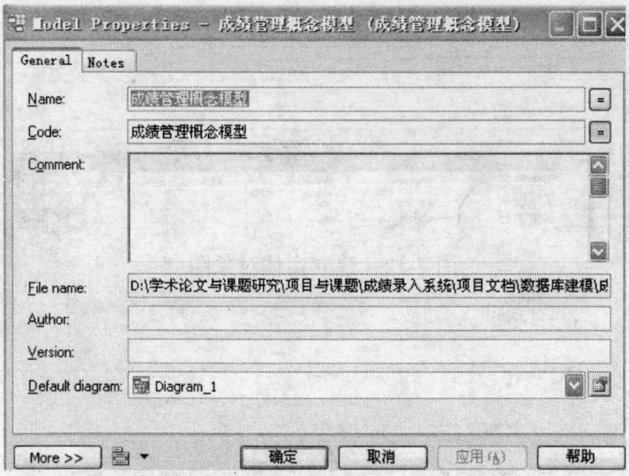

图 7-10　新建概念数据模型

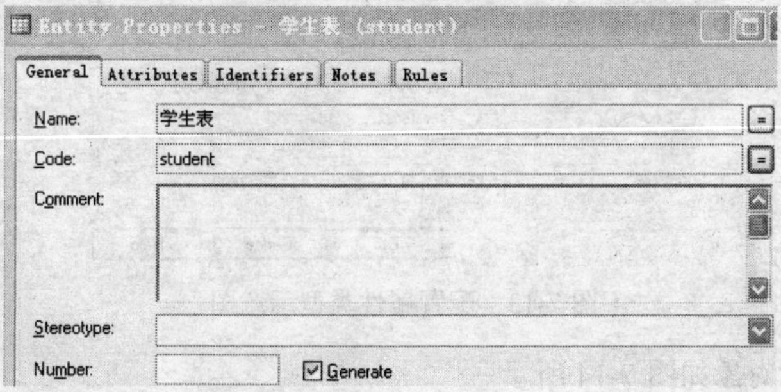

图 7-11　建立实体对象图

这里需要注意的是，Name 是属性的逻辑（显示）名称，而 Code 是属性的编码名称，最终将形成物理表的实际属性名。为了方便设计，一般将 Name 直接用中文说明，也就是实际编码名称的中文解释；而 code 应该设置成英文名称，一般尽可能用英文直译命名，以方便今后编码时调用的唯一性。

第三步：配置实体对象的属性、值域以及关键字（主键）

承接上一步，再选择 Attributes（属性）选项卡，在 Name 列（显示命名）中分别输入学生编号，学生姓名，学生性别，学生生日；在 Code 列（实际属性名称）中对应输入 sno，sname，ssex，sbirth。接下来开始配置 student 表的主键。

每一行属性中，都可以配置 MPD 选项。M（Mandatory）表示属性不可以为空；P（Primary Key）表示该属性为主键/键；D（Display）表示在界面中是否显示该属性。如果设定某属性为 P，则自然 M 选项将被勾选。在该项配置中，至少应配置每个表的主键 P（Primary Key）以及是否必填 M（Mandatory）。如本案例中，可用鼠标左键选中 sno 属性，勾选 P 项，则 M 自动勾选（实体完整性），对于需要必填的属性同样可以将 M 勾选，如姓名项，如图 7-12 所示。

输入属性后，要设置属性的数据类型。设置的方法是单击每个属性的 Data Type 单元格，在弹出的"Standard Data Types（标准数据类型）"对话框中进行配置。数据类型的配置可以简单地分为数值类型配置和字符类型配置，对于数值类型无需配置长度大小，而字符类型则需要设置字符串类型的长度大小（length）。配置完毕后单击 OK 按钮确定。例如，设置"姓名"属性为 Variable Character 类型，长度为 30 位，见图 7-13。

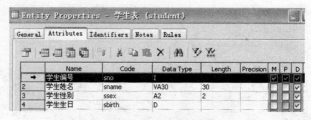

图 7-12　建立实体对象图

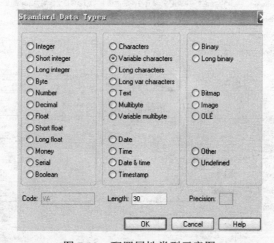

图 7-13　配置属性类型示意图

最后设定好的实体对象如图 7-14 所示。

管理者		
管理员编号	〈pi〉1	〈M〉
管理员姓名	VA20	
管理员密码	VA20	
等级	SI	
ldentifier_1	〈pi〉	

班级表		
班级编号	〈pi〉1	〈M〉
班级名称	VA30	
入学时间	D	
班级人数	SI	
ldentifier_1	〈pi〉	

学生表		
学生编号	〈pi〉1	〈M〉
学生姓名	VA30	
学生性别	A2	
学生生日	D	
ldentifier_1	〈pi〉	

教师表		
教师编号	〈pi〉1	〈M〉
教师姓名	VA30	
登录密码	VA20	
职称	VA20	
学生生日	D	
学位	VA16	
毕业院校	VA50	
毕业专业	VA30	
毕业日期	D	
电子邮箱	VA30	
联系电话	VA30	
ldentifier_1	〈pi〉	

系		
系编号	〈pi〉SI	〈M〉
系名称	VA20	
联系电话	VA30	
系主任	VA20	
ldentifier_1	〈pi〉	

课程表		
课程编号	〈pi〉1	〈M〉
课程名称	VA40	
课程性质	VA8	
ldentifier_1	〈pi〉	

图 7-14　成绩管理系统实体对象明细图

第四步：设置实体彼此的关系

选择工具栏中的关系工具（Relationship），在你认为有关系的两个实体之间"划"一下，则两个实体之间出现关系线，如图 7-15 所示。

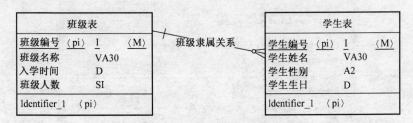

图 7-15　连接两个实体之间的关系

双击连接线，配置实体彼此之间的关系属性，在页式选项卡的 General 选项卡中定义关系名称（Name）和编码名称（Code），同上 Name 为显示名称（建议中文表示），Code 为实际存储名称（建议英文或拼音表示），如图 7-16 所示。

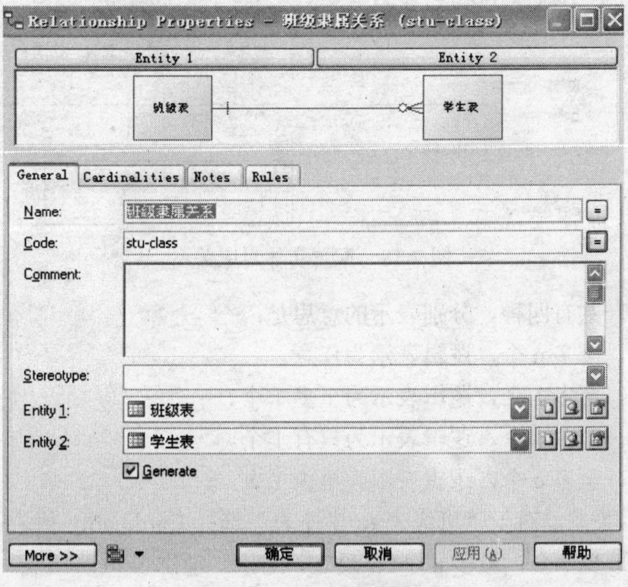

图 7-16　配置关系界面

仍然在该页式选项卡中，选择 Cardinalities（关系明细）选项卡，配置实体彼此之间的关系明细，如图 7-17 所示。

在图 7-17 第一行的配置中，可以看见 One-One、One-Many、Many-One、Many-Many 四个选项，即我们在理论中所熟悉的一对一关系、一对多关系、多对一关系、多对多关系。我们无需设置这一行的内容，因为只要配置好了下面的两行对应关系，则该行将自动变化。

下面两行分别需要设置"班级表 to 学生表"和"学生表 to 班级表"，为了具有普适性我们将这一关系简化为"X to Y"，其意义是：对于任何一个 X，与之对应的 Y 是一个还是多个。如"班级表 to 学生表"，我们可以配置为对于任何一个班级可以管理多个学生。具体的数值设置需要选择 Cardinality 下拉列表框，如图 7-18 所示。

图 7-17   配置关系明细界面

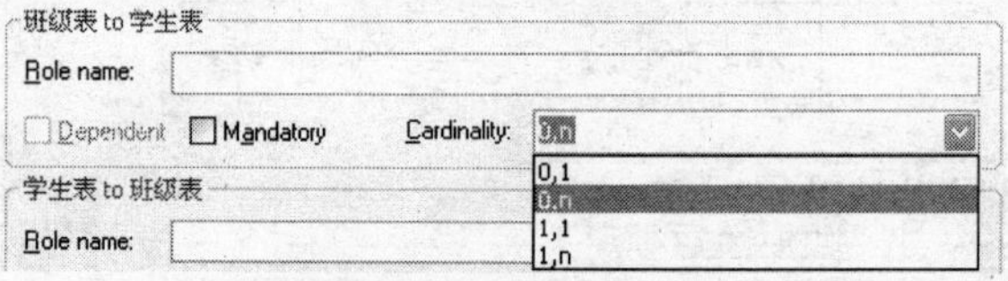

图 7-18   配置实体对应关系

其对应法则关系一共有四种，分别表示的意思是：

1）0,n 至少 0 个，至多 n 个，逻辑表示为任意。

2）0,1 至少 0 个，至多 1 个，逻辑表示为至多 1 个。

3）1,1 至少 1 个，至多 1 个，逻辑表示为只有 1 个。

4）1,n 至少 1 个，至多 n 个，逻辑表示为至少 1 个。

根据图 7-18 所示关系，对于"班级表 to 学生表"选择 Cardinality 值为 0,n，表示"对于一个班级，其管理的学生最少 0 个，最多 n 个"；反之，对于"学生表 to 班级表"选择 Cardinality 值为 1,n，表示"对于任意一个学生，管理他的班级至少 1 个，最多 1 个"。按照上面的方法配置完毕后，对应的关系自然变成 One-Many。同理，对于学生和班级之间的关系，可以按照图 7-19 所示设置，最后达到多对一的对应法则。

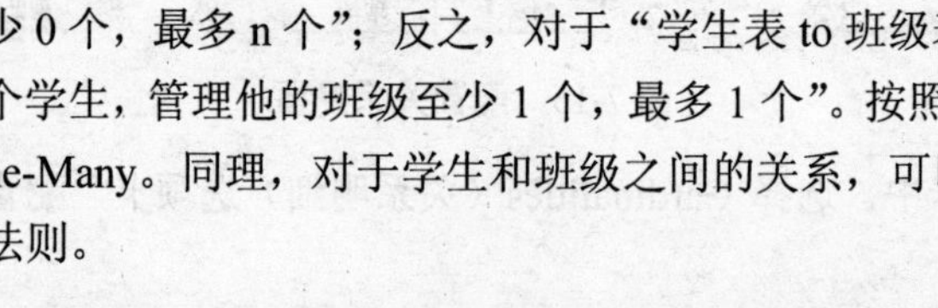

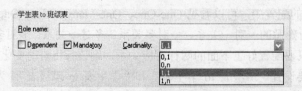

图 7-19   学生－班级对应关系

当完成实体关系设置工作后，即完成了概念模型的基本设置工作，如图 7-20 所示。

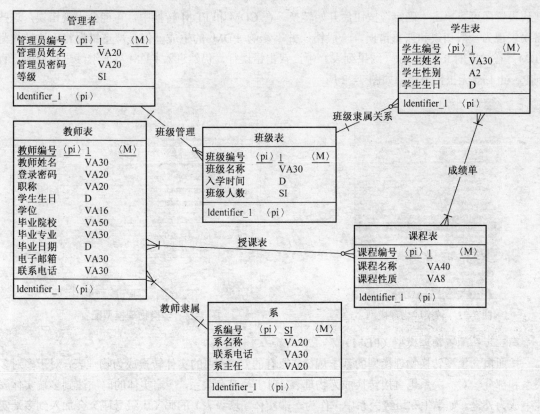

图 7-20 配置每个实体的对应关系

7-2-3 通过 PowerDesigner 建立物理数据模型（PDM）

概念模型所关心的是现实世界的具体实体是什么,这些实体的属性及码是什么? 这些实体彼此之间的关系是什么? 而物理模型关心的是哪些实体或者关系形成了物理表,这些物理表彼此之间的依赖关系是什么? 哪些属性被设置成了主键和外键等,毕竟物理模型的设计已经和实际的数据库设计软件很接近了。

 案例学习：完成教务成绩管理系统的物理数据模型（PDM）设计

PDM（Physical Data Model）是指物理数据模型,与概念数据模型相比较,有一些基本概念已经发生了变化。如概念模型中的实体,被转化后将称为物理表;而部分关系根据关系数据库的转换原则,也将被转化为物理表;原有实体中的主属性将转化为物理表的主键,而相应的关系数据表中也将增加部分外键属性,从而使得关系数据表建立起父表与子表的逻辑关联。

第一步：将概念模型（CDM）转化为物理模型（PDM）

在 CDM 操作界面中,选择菜单 Tools 中的 Generate Physical Data Model（转换成物理模型）,如图 7-21 所示。

在弹出的配置界面中配置导出的数据库管理系统（DBMS）为 Microsoft SQL Server 2005,并设置 Name（显示名称）和 Code（物理数据库名称）为"成绩管理物理模型",其余选项一律采用默认设置即可，单击"确定"按钮后开始转换。在 CDM 和 PDM 转换中，可能会出现错误，这些错误表现为一般错误和严重错误，一般错误并不影响 PDM 的生成，但是严重错误将无法转换为 PDM。在弹出的 Result List（结果列表）中，双击错误行，仍然进入 CDM 界面继续进行修改，直到 Result List 无报错为止，如图 7-22 所示。

图 7-21   转换成物理模型

图 7-22   转换物理模型配置

第二步：配置物理模型（PDM）

按照概念模型转换物理模型的基本规律，原有的 CDM 中的实体转换成为物理表，对于多对多关系和部分一对一关系也直接转换成为物理表。对于一对多关系，一端实体的码加注到多端实体属性中成为外键。如学生和班级关系中，作为一端实体（班级表）的码（班级号码）会加入到多端实体（学生表）属性中成为外键。在显示中，主键表现为 PK（Primary Key），外键表现为 FK（Foreign Key）。考勤表是在多对多关系中直接生成的关系表。如图 7-23 所示为初次转化成为 PDM 图的基本对象。

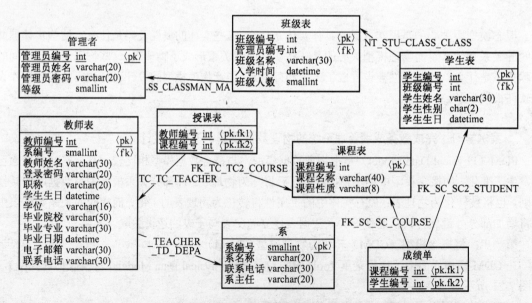

图 7-23   生成的物理数据模型图

生成的物理模型（PDM）是需要进行细致配置后才可以继续导入到数据库应用软件中的，配置的主要过程是配置物理表（table）。双击某个实体表，在弹出的配置界面中，首先设置物理表逻辑名称和编码名称，双击学生表对象，展开界面如图 7-24 所示。

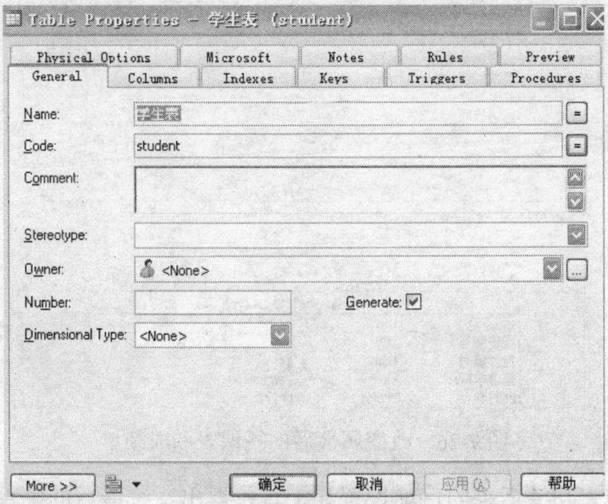

图 7-24　配置物理表界面

选择 Columns 选项卡，开始配置具体的表属性。同配置 CDM 图一样，Name 配置为中文名称，用以显示和说明备注；Code 为英文或拼音命名，将直接生成为数据库的物理表名称，对于 Data Type（数据类型），可以选中其后的下拉菜单详细配置。对于有%n 情况的设置，可以手动键入具体的数值，如 varchar(%n)为变字长，可以配置成 varchar(20)，如图 7-25 所示。

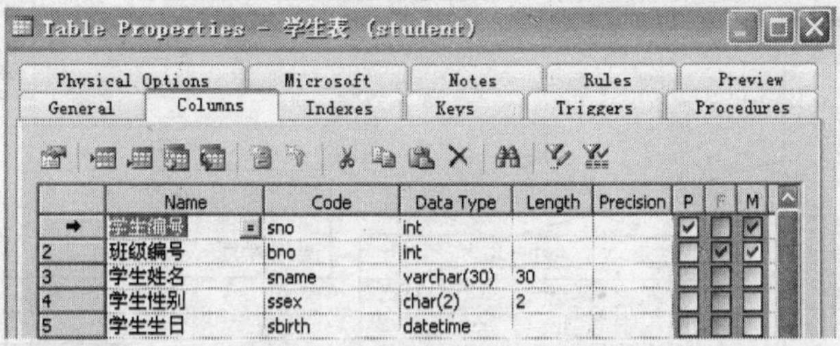

图 7-25　配置物理表属性界面

在设置界面中有 PFM 的配置选项，分别表示的意思是：P（Primary Key）主键；F（Foreign Key）外键；M（Mandatory）必填项。当 P 被勾选后，则 M 同时被勾选，而 F 的设置是不可以由设置者配置的，它是通过配置表与表之间的关系时自动生成的。

对于多对多关系生成的关系表，由于是将两端表的主键合并成为关系表的码，因此这种类型的表的主键是由两个属性共同构成，同时它们也是外键，比如图 7-23 中的授课表和成绩单就是属于这种情况。当然联合属性作为主键并不是一种好的设计模式，一般我们最好再自定义一个属性作为主键，而去除原表中联合主键的特征。重新改造后的授课表和成绩单中，我们分别定义了新的主键，另外新增了一些非码属性，以便更加贴近实际。我们将这种机器自动生成的模式进行适当修改，既增加一个属性并使之变成主键，又不破坏原有的外键关系，目的是简化今后的 SQL 开发，如图 7-26 所示。

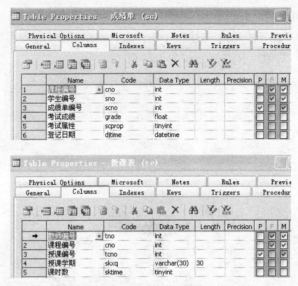

图 7-26   改变属性后的授课表和成绩单

经过对每一张物理表和关系表的仔细设置和配置，得出系统最后的关系图（PDM），如图 7-27 所示，请同时将该 PDM 图与图 7-23 进行对比。

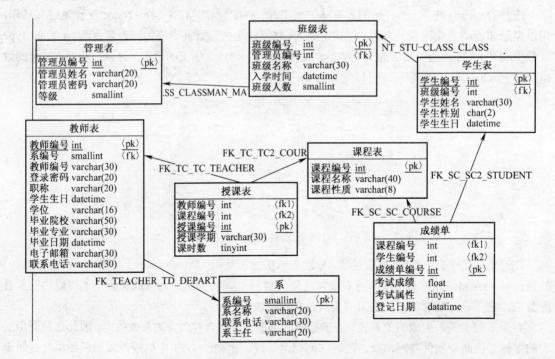

图 7-27   最后确定的 PDM

7-2-4   将物理模型导入到数据库应用软件中

经过以上 PDM 的细致设计工作，我们最后的目的是将设计的思想最后生成具体的数据库应用软件的物理表及其模式逻辑关系。下面的实例就是将上一节中的 PDM 图导入到 SQL Server 2005

之中，并完全实现设计的逻辑模式意图。

案例学习： 将教务成绩管理系统的物理数据模型（PDM）导入到 SQL Server 2005

第一步：配置生成实际数据库接口环境

选择菜单 Database 中的 Generate Database（生成数据库），如图 7-28 所示。

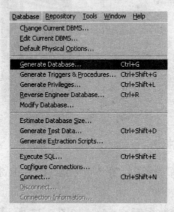

图 7-28 生成物理数据库

在弹出的配置界面中配置导出的数据库生成编码文件的路径（Directory）以及文件命名（File name），同时配置数据库的生成方式（Generation type）。Generation 的生成方式有两种：一种是 Script Generation（代码生成方式），另一种是 Direct generation（通过 ODBC 直接生成方式），如图 7-29 所示。

图 7-29 生成实际数据库配置界面

如果选择 Script Generation（代码生成方式），则将生成一个后缀名为.sql 的文本文件，该文件保存所有可在 SQL Server 的查询分析器下直接执行的代码，在 master 数据库环境下直接执行这些代码即可。如果选择 Direct generation（通过 ODBC 直接生成方式），则需要配置 Windows 操作系统的 ODBC 接口。

第二步：配置 Windows 操作系统的 ODBC 接口

首先在 SQL Server 2005 中建立一个新的空数据库，命名为 Grade。其次在 Windows 操作系统的管理工具中设置 ODBC 数据源，如图 7-30 所示。在"系统 DSN"选项卡中添加一个 SQL Server

数据源，如图 7-31 所示。

图 7-30　设置 ODBC 数据源　　　　　　图 7-31　添加一个 SQL Server 数据源

命名 ODBC 接口名称和数据库服务器，在"服务器"栏目中键入(local)表示本机数据库服务器，如图 7-32 所示。

选择运行在本机的刚刚新建的数据库 Grade，如图 7-33 所示。

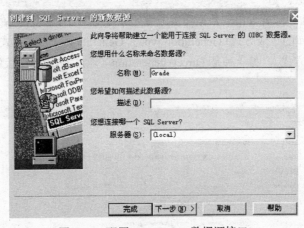

图 7-32　配置 SQL Server 数据源接口

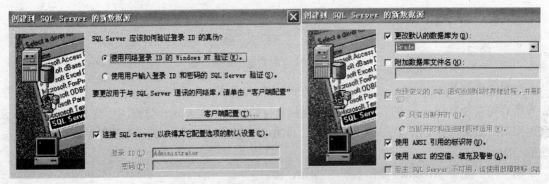

图 7-33　选择数据库 Grade 为指向的数据库

单击"下一步"按钮完成后，测试数据源是否成功，成功后即完成 ODBC 配置工作，如图 7-34 所示。

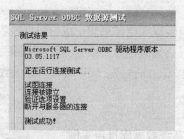

图 7-34　配置 ODBC 成功界面

第三步：将物理模型（PDM）生成实际数据库

回到 PowerDesigner 设计界面，选择 Direct generation，单击"确定"按钮后，经过系统数据库规范性校验后，弹出连接到数据源界面，选择刚才建立的 ODBC 命名的选项，如图 7-35 所示。

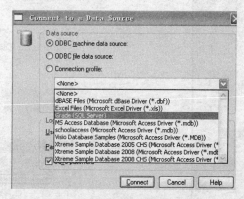

图 7-35　连接到数据源界面

单击 Connect（连接）后即可在 SQL Server 的数据库 Grade 中生成相关的表信息和约束及关系。需要注意的是，在生成期间会出现相关的运行问题，此时建议都单击 Ignore All（忽略全部），具体问题可以在 SQL Server 中继续进行修改，如图 7-36 所示。查看 SQL Server 的数据库 Grade，发现表已经全部生成。

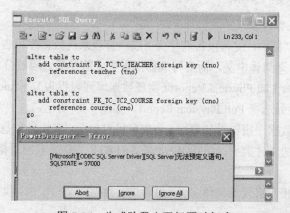

图 7-36　生成阶段出现问题时忽略

7-2-5 生成成绩管理系统数据库报告

很多时候，如果我们要将按照数据库建模思想生成的数据库告知项目中的每一个程序员，并细致地向他们说明复杂的逻辑关系，必须通过非常细致的数据库报告才可以办到，这一环节不仅费时而且费力。现在我们将学习通过 PowerDesigner 软件具有的强大数据库报告生成功能，完成以前这种麻烦的数据库报告工作。

案例学习：生成成绩管理系统数据库报告实例

1. 第一步：新建报告

在 PDM 设计管理界面中，选择菜单 Model 中的 Reports 选项，如图 7-37 所示。在报告列表中选择 "New Report（新建报告）"，如图 7-38 所示。

图 7-37 选择生成报告

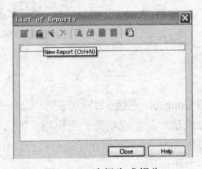

图 7-38 选择生成报告

2. 第二步：设置报告内容

在 "新建报告" 对话框中，键入报告名称为 "成绩管理系统数据库报告" 并选择具体的语言为 "Simplified Chinese"，即简体中文，而后再选择报告生成的模板。模板分为 Full Physical Report（完全物理数据库报告），List Physical Report（物理数据库列表报告），Standard Physical Report（标准物理数据库报告）。此处选择 Full Physical Report，如图 7-39 所示。

设置完毕后将进入数据库报告设计界面，我们可以对封面、表头等信息进行具体设计，最后通过生成导航条选择生成的文件类型（包括 Word 格式的 RTF 文件或者网页格式文件 HTML），如图 7-40 所示。

选择后将自动生成相应格式的具体文件，用以进行数据库文档汇报，我们此次生成的是 HTML 数据库报告，如图 7-41 所示。

图 7-39　键入报告名和选择报告语言及模板　　　　　图 7-40　文档格式导航条

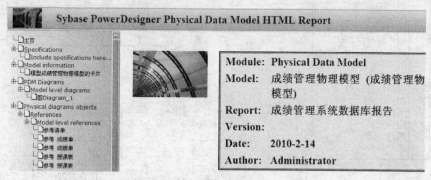

图 7-41　生成的 HTML 报告样式

7-3　PowerDesigner 与数据库建模实训

- 通过 PowerDesigner 设计 CDM 图。
- 通过 PowerDesigner 设计 PDM 图。
- 将 PDM 结构导入到 SQL Server 2005 中，形成基本表和关系。
- 生成论坛系统数据库报告（Word 版和 HTML 版）。

数据库建模实训

1．实训任务

某大型门户网站项目交付给你的任务是为一个论坛子系统进行数据库规划设计和建模的工作，具体数据表的实体关系图如图 7-42 所示。具体任务是：

1）通过 PowerDesigner 设计出该论坛子系统的概念模型图（CDM）。

2）设计出该论坛子系统的物理模型图（PDM）。

3）将 PDM 结构导入到 SQL Server 2005 中，形成基本表和关系。

4）生成论坛系统数据库报告（Word 版和 HTML 版）。

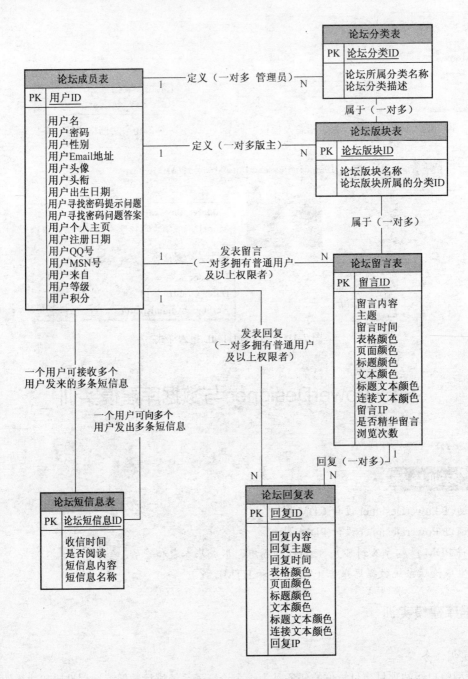

图 7-42　论坛数据库系统 BBS 实体关系图

2. 实训指导

在理解实体关系图的基础上，我们首先需要在 PowerDesigner 中建立 CDM 图，如图 7-43 所示。
而后将该 CDM 图转化为 PDM 图，如图 7-44 所示。再将生成的 PDM 图导入到 SQL Server 2005
中，并生成报告，此处两步骤略，请读者参照本章相关内容部分自行完成。

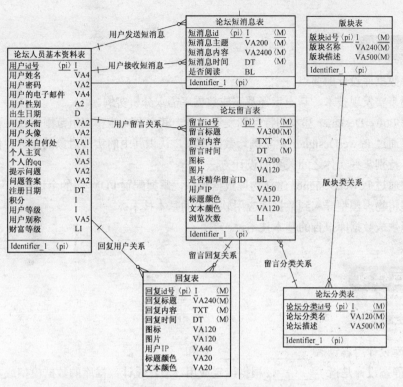

图 7-43　论坛数据库系统 CDM 图

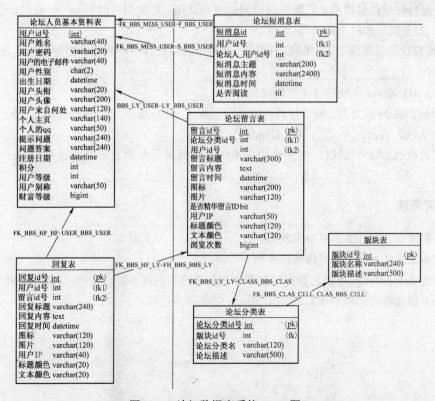

图 7-44　论坛数据库系统 PDM 图

本章考纲

- 了解数据库设计的要点。
- 掌握事实发现技术，基本步骤及完成数据库需求分析实例。
- 了解 PowerDesigner 基本的特性和发展历程，其主要功能和应用范围以及主要模块。
- 掌握通过 PowerDesigner 建立概念数据模型，认识其中的实体对象的属性、值域以及关键字，特别掌握实体之间关系的设计方法。
- 掌握通过 PowerDesigner 建立物理数据模型，掌握配置 PDM 图的全过程。
- 掌握将物理模型导入到数据库应用软件中的基本技术。
- 掌握生成数据库报告的基本技术。

课后练习

一、填空题

1. 数据库设计内容包括_____，_____和_____。

2. 所谓静态设计是指_____，根据给定应用环境，设计数据库的数据模型或数据库模式，包括_____和_____。

3. 动态特性设计是指确定数据库用户的行为和动作，即数据库的_____设计，包括设计数据库查询、事务处理和报表处理等。

4. 物理设计是指在选定的 DBMS 环境下，把静态特性设计中得到的数据库模式加以物理实现，即设计数据库的_____和_____。

5. PowerDesigner 主要包含 4 个模块，即_____、_____、_____和_____。

6. 在进行 CDM 设计时，每一行属性中都可以配置 MPD 选项。M（Mandatory）表示_____；P（Primary Key）表示_____；D（Display）表示_____。

7. 在进行 CDM 设计时，对应法则关系一共有四种，分别表示的意思是：0,n _____，0,1_____，1,1 _____，1,n _____。

二、简答题

1. 数据库设计为什么需要事实发现？

2. 事实发现技术的具体步骤包括哪些？

3. 描述 PowerDesigner 概念数据模型和物理数据模型的基本特点？彼此的区别是什么？

4. 简单描述将物理模型导入到 SQL Server 中的基本过程。

第 **8** 章
SQL Server 2005 综合应用开发

本章内容

- CLR 应用背景与 SQL Server 2005
- CLR 开发基于 SQL Server 2005 的存储过程
- 学习建立数据库访问层 DataBase.cs 文件
- 多控件的数据库信息综合处理；实现数据库插、查、删、改四项基本操作
- 用户表现层代码和数据访问层代码之间的互访；ADO.NET 基本对象的操作及彼此之间的逻辑关联
- Connection 对象连接 SQL Server 数据库的方法
- 通过综合控件实现对数据库的插、查、删、改操作
- 数据集对象 DataSet 与 DataReader 的使用
- 通过数据库操控层文件的调用，增强代码的低耦合，提高编码效率
- 以多种方式实现下拉列表的数据联动效果
- 基于 DataGridView 控件的增、删、查、改数据操作技术
- DataGridView 控件与菜单等其他控件的组合应用
- 多窗体的数据传值
- 菜单技术在实际项目中的应用
- 根据数据库中的动态数据，使 DataGridView 控件每行呈现不同颜色
- 通过快捷菜单操作 DataGridView 控件中的每行数据
- 关系型数据库多表查询的实现

　　经过前面各章的学习，我们已经基本掌握了 SQL Server 2005 数据库的全部开发设计知识，但是在实际项目运作中，一个程序员并非仅仅单纯地开发软件代码或者编写数据库 T-SQL 的脚本，而是既要求懂得软件代码的编写，又要熟练开发设计后台的数据库 T-SQL 脚本。本章就是假设读者已经熟练掌握了微软公司.NET Framework 开发环境下的 C#面向对象语言，基本掌握了 C# Windows 系统的开发技术的前提下，解决 C# Windows 系统的开发与 SQL Server 2005 存储过程开发之间的技术瓶颈问题，提高读者软件系统综合应用开发能力。

8-1　SQL Server 2005 与 CLR

学习目标

- CLR 应用背景与 SQL Server 2005
- CLR 开发基于 SQL Server 2005 的存储过程

8-1-1　CLR 应用背景与 SQL Server 2005

1．.NET 框架和 Visual Studio .NET

为了说清楚 CLR 的概念，我们必须首先阐述一下 Microsoft.NET 框架和 Visual Studio .NET。Microsoft .NET 框架是用于构建、部署和运行 XML Web Services 以及所有应用程序类型（桌面应用程序和基于 Web 的应用程序）的 .NET 平台编程模型。它提供了高效且基于标准的环境，可将现有开发人员的投入与新一代应用程序和服务相集成，同时为部署和操作 Internet 范围的应用程序提供了灵活的解决能力。

图 8-1 显示了.NET 框架的结构，并说明了 Visual Studio .NET 如何将组件集成到易于使用的单一开发环境中。.NET 框架由以下组件组成：

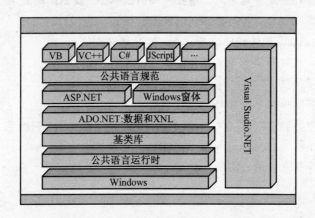

图 8-1　.NET 框架和 Visual Studio .NET

（1）语言

Visual Studio .NET 自身包含四种语言：Visual Basic、Visual C++、Visual C# 和 JavaScript。然而，.NET 框架的模块化特性使得由第三方创作的其他语言也可以集成到 Visual Studio .NET 中。此类语言有 20 多种，包括 Perl、Component Pascal、SmallScript 和 Smalltalk。

（2）公共语言规范

此规范是实现 .NET 框架的所有语言的基础，定义了公共类型系统的标准和所有语言必须实现的功能。这是第三方语言与框架集成的基础。

（3）Windows 窗体

所有语言都共享公共 Windows 窗体引擎。窗体设计器在所有语言中都是一致的，因此所有语言都可以访问提供相同属性和方法的相同固有控件。即使使用不同的语言开发，其界面也都具有相同的外观。

（4）ASP.NET

这是 Web 窗体和 XML Web Services 的基础技术。Web 窗体用于前端 Web 开发，而 XML Web Services 通过 Intranet 或 Internet 提供相应的功能。

（5）数据管理

ADO.NET 代替 ADO 作为 .NET 框架中的数据处理机制，它是使用 XML 进行数据传输的高度可伸缩技术。

（6）基类库

这些类提供了一致且易于使用的方法，用于访问各种信息（如系统信息、用户信息等），而以前要访问这些信息，必须使用特殊的组件或 API。

（7）公共语言运行时（CLR）

CLR 为编译器提供了托管执行环境和编译服务。CLR 编译器将源代码编译成中间语言（IL），然后再以实时（JIT）方式执行 IL。所有源语言都共享 CLR，并编译成相同的 IL。

2．CLR（公用语言运行时）的详细定义

.NET 提供了一个运行时环境，叫作公用语言运行时（Common Language Runtime），是一种多语言执行环境，支持众多的数据类型和语言特性。CLR 管理着代码的执行，并使开发过程变得更加简单。这是一种可操控的执行环境，其功能通过编译器与其他工具共同展现。

从另一个角度而言，CLR 和 Java 虚拟机一样也是一个运行时环境，它负责资源管理（内存分配和垃圾收集），并保证应用和底层操作系统之间必要的分离。为了提高平台的可靠性，以及为了达到面向事务的电子商务应用所要求的稳定性级别，CLR 还要负责其他一些任务，比如监视程序的运行。按照.NET的说法，在 CLR 监视之下运行的程序属于"受管理的"（managed）代码，而不在 CLR 之下、直接在裸机上运行的应用或者组件属于"非受管理的"（unmanaged）代码。CLR 将监视形形色色的常见编程错误，许多年来这些错误一直是软件故障的主要根源，其中包括：访问数组元素越界，访问未分配的内存空间，由于数据体积过大而导致的内存溢出等。

3．CLR（公用语言运行时）的引入与 SQL Server 2005 之间的关系

通常，开发人员使用的是 T-SQL 来创建 SQL Server 的存储过程、函数和触发器。而现在的 SQL Server 2005 已经完全支持.NET 通用语言运行时（CLR）了。这就意味着，你可以使用.NET 的语言（如 C#、VB.NET 之类）来开发 SQL Server 的存储过程、函数和触发器。SQL Server 和 CLR 的集成给我们带来了非常多的好处，如实时编译、类型安全、增强的安全性以及增强的编程模型等。

那么，与传统的 T-SQL 创建 SQL Server 的存储过程相比，我们为什么要使用 CLR 模型来编写存储过程呢？主要是因为数据。SQL CLR 在一些方面执行较快：其中，字符串处理要比 T-SQL 中快很多，并且有很多健壮的方法处理错误。另外，假如存储过程必须和数据库之外的东西（文档系统或 Web Service）进行交互，那么使用 CLR 存储过程更好，因为使用 CLR 处理这些事情更加方便。

其次，存储过程的类型较多，什么类型的存储过程从 CLR 中获益最大呢？通常，执行繁重的数据计算任务的存储过程会比只是将数据抽取出来的存储过程更能从 CLR 中受益。假如您编写了一个仅仅对复杂 SELECT 语句进行包装的 CLR 存储过程，那么您可能看不到明显的性能提升，因

为在 CLR 存储过程中 SQL 语句在存储过程每次执行的时候都会被验证一次。事实上，这样的 CLR 存储过程会比 SELECT 作为 T-SQL 存储过程性能更糟糕。

一条好的经验法则应该是这样：假如出问题的 SQL 只有几行，那么将 SQL 保持为传统的存储过程。假如您采用 CLR 的方式来操作大的数据集，那么您能够使用传统的存储过程获得这个大的数据集，而在 CLR 存储过程中调用这个传统的存储过程。这样，这个传统的存储过程因预先编译而获得加速，而数据转换能够在有利于数据处理的 CLR 存储过程中完成。

注意：这里假设您想要在数据层而不是在表示层来执行这些精细的数据转换。理想情况下，在开始编写代码之前，您需要做出一些这样的决定。

8-1-2　CLR 开发基于 SQL Server 2005 的存储过程

1. 启用 CLR 集成

在开始用 C#编写存储过程之前，必须要启用你的 SQL Server 的 CLR 集成特性。默认情况它是不启用的。打开你的 SQL Server Management Studio 并执行如下脚本：

```
EXEC sp_configure 'clr enabled', 1
GO
RECONFIGURE
GO
```

这里，我们执行了系统存储过程 sp_configure，为其提供的两个参数分别是：clr enabled 和 1。如果要停用 CLR 集成特性的话也是执行这个存储过程，只不过第二个参数要变为 0。另外，为了使新的设置产生效果，不要忘记调用 RECONFIGURE。

2. 建立 SQL Server 2005 项目

实例 1：创建无返回值的存储过程实例

第一步：首先启动 Visual Studio 2005，并从"文件"菜单中选择"新建项目"。在"新建项目"对话框中选择 Visual C#下的数据库，然后选择"SQL Server 项目"模板。起好项目名称后单击"确定"按钮，如图 8-2 所示。

第二步：为该数据库项目添加一个新的数据库连接，如图 8-3 所示。

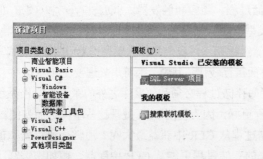

图 8-2　建立新的 SQL Server 项目　　　　　图 8-3　为数据库项目添加新的连接

第三步：右击新建的这个项目，选择"添加"→"存储过程"。然后将会出现如图 8-4 所示的对话框。选择"存储过程"模板，命名为"ChangeSname.cs"，然后单击"添加"按钮。

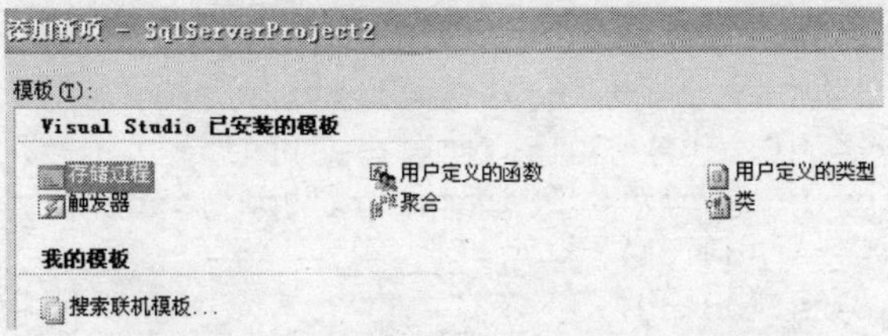

图 8-4　建立新的 SQL Server 存储过程

添加完后你就会发现，实际上这是创建了一个已经导入了需要用到的命名空间的类。

```csharp
using System;
using System.Data;
using System.Data.SqlClient;
using System.Data.SqlTypes;
using Microsoft.SqlServer.Server;

public partial class StoredProcedures
{
    [Microsoft.SqlServer.Server.SqlProcedure]
    public static void checkstudent()
    {
        // 在此处放置代码
    }
};
```

--注意一下加粗显示的命名空间。System.Data.SqlTypes 命名空间包含了很多不同的类型，它们可以用来代替 SQL Server 的数据类型。Microsoft.SqlServer.Server 命名空间下的类负责 SQL Server 的 CLR 集成。

第四步：在刚刚创建的 ChangeSname 存储过程中，假设该存储过程用来修改 student 表中 sname 字段的值。这个存储过程需要两个参数：sno（需要更改学生姓名的学号）和 sname（新的学生姓名）。ChangeSname 存储过程完成后的代码如下：

```csharp
using System;
using System.Data;
using System.Data.SqlClient;
using System.Data.SqlTypes;
using Microsoft.SqlServer.Server;

public partial class StoredProcedures
{
    [Microsoft.SqlServer.Server.SqlProcedure]
    public static void ChangeSname(SqlString sno, SqlString sname)
    {
        //建立 SQL Server 数据库连接
        string connstring = "Data Source=(local);Initial Catalog=school;User
ID=sa; Pwd=123456";
```

```
            SqlConnection cnn = new SqlConnection(connstring);
            cnn.Open();
            SqlCommand cmd = new SqlCommand();
            cmd.Connection = cnn;
            cmd.CommandText = "update student set sname=@p1 where sno=@p2";
            SqlParameter p1 = new SqlParameter("@p1", sname);
            SqlParameter p2 = new SqlParameter("@p2", sno);
            cmd.Parameters.Add(p1);
            cmd.Parameters.Add(p2);
            int i = cmd.ExecuteNonQuery();
            cnn.Close();
            SqlContext.Pipe.Send(i.ToString());
        }
    };
```

--仔细看一下这个 ChangeSname() 方法。它是一个静态方法并且没有返回值（void）。它需要两个名为 sno 和 sname 的参数。请注意这两个参数的数据类型都是 SqlString。SqlString 可以用来代替 SQL Server 中的 nvarchar 数据类型。这个方法用了一个 [SqlProcedure] 属性来修饰。该属性用于标记 ChangeSname () 方法是一个 SQL Server 存储过程。

在方法内创建了一个 SqlConnection 对象，并设置其连接字符串为"Data Source=(local);Initial Catalog=school;User ID=sa; Pwd=123456"。"上下文连接"可以让你使用当前登录到数据库的用户作为你的登录数据库的验证信息。本例中，ChangeSname() 方法将会转换为存储过程，然后保存到 school 数据库里。所以这里的"上下文连接"指的就是 school 数据库。这样你就可以通过 sa 用户登录 school 数据库并验证信息了。

接下来是打开数据库连接。然后通过设置 SqlCommand 对象的 Connection 和 CommandText 属性，让其执行更新操作。同时，我们还需要设置两个参数。这样通过调用 ExecuteNonQuery() 方法就可以执行更新操作了。再接下来就是关闭连接。

最后，将 ExecuteNonQuery() 方法的返回值发送到客户端。当然你也可以不做这一步。现在我们来了解一下 SqlContext 类的使用，SqlContext 类用于在服务端和客户端之间传递处理结果。本例使用了 Send() 方法发送一个字符串返回给调用者。

此时，我们再执行该类文件，系统将提示有一个错误，如图 8-5 所示。

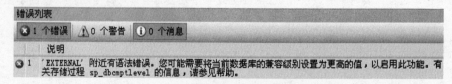

图 8-5　系统执行类文件错误

发生该类错误的主要原因是，目前使用的开发环境是 Visual Studio 2005 和 SQL Server 2005，而原来的开发环境可能是 Visual Studio 2003 下的工程，或者 SQL Server 2000 下的数据库而导致的错误。解决的办法是：打开查看 SQL Server Management Studio，按照以下步骤操作：

1）鼠标右键单击使用的数据库，单击"属性"。

2）选择"选项"→"兼容级别：SQL Server 2005(90)"，如图 8-6 所示。

或执行 EXEC dbo.sp.dbcmptlevel @dbname=N'database_name', @new_cmptlevel=90;

3）选择"文件"→"所有者：输入数据库的使用者"，

或执行 ALTER AUTHORIZATION ON DATABASE::database_name TO [domainname\username]

4）单击"确定"按钮操作完成。

此时，再次运行该类文件，程序正常执行，同时在 SQL Server Management Studio 中展开 school
数据库的可编程性中的存储过程，ChangeSname 存储过程已经被建立，如图 8-7 所示。

图 8-6　设置 school 数据库的属性和兼容性

图 8-7　已经建立的存储过程

实例 2：创建从表中读取一条或多条记录的存储过程实例

我们在使用存储过程时，经常查询一条或多条记录，你可以采用两种方法来创建这样的存储过
程。首先创建一个名为 SelectInfo.cs 的类文件，并建立一个 GetAllstudents()方法，该方法假设查询
全部的学生信息，代码如下：

```
using System;
using System.Data;
using System.Data.SqlClient;
using System.Data.SqlTypes;
using Microsoft.SqlServer.Server;

public partial class StoredProcedures
{
    [Microsoft.SqlServer.Server.SqlProcedure]
    public static void GetAllstudents()
    {
        //建立 SQL Server 数据库连接
        string connstring = "Data Source=(local);Initial Catalog=school;User
ID=sa ; Pwd=123456";
        SqlConnection cnn = new SqlConnection(connstring);
        cnn.Open();
        SqlCommand cmd = new SqlCommand();
        cmd.Connection = cnn;
        cmd.CommandText = "select * from student";
        SqlDataReader reader = cmd.ExecuteReader();
        SqlContext.Pipe.Send(reader);
        reader.Close();
        cnn.Close();
    }
};
```

--这个 GetAllstudents()方法用了一个[SqlProcedure]属性来修饰。在方法内创建了一个
SqlConnection 和一个 SqlCommand 对象。然后使用 ExecuteReader()方法来执行 SELECT 语句。接

下来用 Send() 方法将取得的 SqlDataReader 数据发送到客户端。最后就是关闭 SqlDataReader 和 SqlConnection。在这个方法中，是我们自己创建的 SqlDataReader。

其实，我们也可以把这个任务交给 SqlContext 类去完成，此处我们再建立一个方法，代码如下：

```
public static void GetStudentBysno(SqlString sno)
    {
        //建立 SQL Server 数据库连接
        string connstring = "Data Source=(local);Initial Catalog=school;User
ID=sa ; Pwd=123456";
        SqlConnection cnn = new SqlConnection(connstring);
        cnn.Open();
        SqlCommand cmd = new SqlCommand();
        cmd.Connection = cnn;
        cmd.CommandText = "select * from student where sno=@p1";
        SqlParameter p1 = new SqlParameter("@p1", sno);
        cmd.Parameters.Add(p1);
        SqlContext.Pipe.ExecuteAndSend(cmd);
        cnn.Close();
    }
```

-- GetStudentBysno() 方法需要一个参数 sno，它将从 student 表中返回某个学生的记录。这个方法内的代码，除了 ExecuteAndSend() 方法外，你应该都已经比较熟悉了。ExecuteAndSend() 方法接收一个 SqlCommand 对象作为参数，执行它就会返回数据集给客户端。

实例 3：创建有输出参数的存储过程实例

我们在使用存储过程时，经常也会通过输出参数返回一个经过计算的值，下面让我们来看一看如何创建具有一个或多个输出参数的存储过程。在刚才的类文件 SelectInfo.cs 中，再建立一个 GetSName() 方法，该方法假设查询某个学生的姓名信息，代码如下：

```
public static void GetSName(SqlString sno,out SqlString sname)
    {
        //建立 SQL Server 数据库连接
        string connstring = "Data Source=(local);Initial Catalog=school;User
ID=sa ; Pwd=123456";
        SqlConnection cnn = new SqlConnection(connstring);
        cnn.Open();
        SqlCommand cmd = new SqlCommand();
        cmd.Connection = cnn;
        cmd.CommandText = "select sname from student where sno=@p1";
        SqlParameter p1 = new SqlParameter("@p1", sno);
        cmd.Parameters.Add(p1);
        object obj = cmd.ExecuteScalar();
        cnn.Close();
        sname = obj.ToString();
    }
```

--这是一个名为 GetSName() 的方法，它需要两个参数。第一个参数是学号 sno，它是一个输入参数；第二个参数是 sname，它是一个输出参数（用关键字 out 来指明）。这两个参数都是 SqlString 类型的。GetSName() 方法会接收一个 sno 参数，然后返回 sname（作为输出参数）。

该方法内的代码首先设置了 SqlConnection 和 SqlCommand 对象。然后，使用 ExecuteScalar() 方法来执行 SELECT 语句。ExecuteScalar() 方法的返回值是 object 类型，其实就是学生姓名。最后将输出参数 sname 设置为这个值。

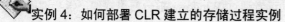

实例 4：如何部署 CLR 建立的存储过程实例

我们已经基本完成了基于 CLR 环境下的存储过程开发工作，本次实例的目的有两个：其一是将 SQL Server Project 下面开发的 SelectInfo.cs 的类文件，编译为一个程序集（.dll 文件），也可以称为是动态链接库文件；其二是部署这个程序集到具体的应用程序之中。

第一步：编译为 dll 文件。在.NET 中，可调用的 dll（动态链接库）文件其实就是一个类库。我们可以通过写一个类，然后把它编译成 dll 文件形式，在其他的项目中就可以直接调用此编译好的 dll 文件，而不用重复写这个类的代码。与类文件不同的是，它是已经被系统编译过的。生成的办法很简单，就是在刚才 SQL Server 项目的解决方案资源管理器里面，直接右击项目名称，选择"生成"即可，如图 8-8 所示。

第二步：此步骤我们学习如何调用 dll 文件。新建一个 Windows 应用程序，在其解决方案资源管理器中，右击"引用"→"添加引用"，如图 8-9 所示。选择刚才编译好的 dll 文件，该文件一般在 bin\debug 文件夹下面，如图 8-10 所示。添加了 dll 文件引用后，会发现 Windows 应用程序引用下多了一个 SqlServerProject2，如图 8-11 所示。双击这个 SqlServerProject2，将打开对象浏览器，打开 SqlServerProject2 这棵树，会发现其中包含命名空间、类及方法，说明添加 dll 文件成功，如图 8-12 所示。

图 8-8　生成 DLL 文件

图 8-9　在新项目中引用 DLL 文件

图 8-10　选择并添加 DLL 文件

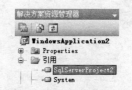

图 8-11　多出的 DLL 文件

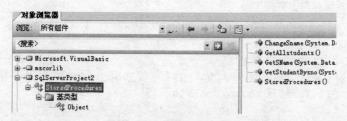

图 8-12　添加 DLL 文件成功

实例 5：开发 DLL 动态链接库的存储过程实例

在实例 4 之中，我们已经成功添加了动态链接库 SqlServerProject2.dll 文件，该文件实际是由四个方法所组成的类库文件。本次实例就是帮助读者通过 Windows 前台应用软件，学会调用动态链接库 SqlServerProject2.dll 文件。

第一步：在新建的 Windows 应用程序中，建立一个 Button 按钮和一个 Label 字符对象，当单击 Button 按钮时，通过调用 SqlServerProject2.dll 动态链接库中的方法访问后台的 SQL Server 2005 中的相关数据，并显示在前台，如图 8-13 所示。

第二步：双击 Button 按钮，进入后台代码编写。在 Form1.cs 中首先要添加命名空间，注意图 8-12 所示，类名称是 StoredProcedures，因此需要在头部添加 using StoredProcedures（注意此处有智能提示，如没有则可能添加 dll 出错），在 button1 的 Click 事件中就能够调用 StoredProcedures 类的各种存储过程方法了，间接证明调用 dll 成功。界面如图 8-14 所示，代码如下所示。

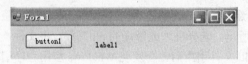

图 8-13　Windows 应用系统界面

图 8-14　Windows 应用系统运行后界面

```
using System;
using System.Collections.Generic;
using System.ComponentModel;
using System.Data;
using System.Data.SqlTypes;
using System.Drawing;
using System.Text;
using System.Windows.Forms;

namespace WindowsApplication2
{
    public partial class Form1 : Form
    {
        public Form1()
        {
            InitializeComponent();
        }
//下面开始的就是鼠标单击事件代码:
        private void button1_Click(object sender, EventArgs e)
        {
            SqlString sname="";
            StoredProcedures.GetSName("107", out sname);//此处调用静态方法
            label1.Text = sname.ToString();
        }
    }
}
```

8-2　SQL Server 2005 与 C# WinForm 综合实训 1

实训目标

- 学习建立数据库访问层 DataBase.cs 文件
- 多控件的数据库信息综合处理；实现数据库插、查、删、改四项基本操作
- 用户表现层代码和数据访问层代码之间的互访；ADO.NET 基本对象的操作及彼此之间的逻辑关联

本实训的目标是编写一个应用程序，可以添加、修改、删除学生基本信息。用户界面如图 8-15 所示。

案例学习：学生基本信息管理应用程序

第一步：在 Visual Studio.NET 2005 中新建一个名为"示例 1"的基于 Windows 的项目，将默认窗体重命名为 Form4.cs。

第一步：将 Form 窗体的 text 属性设置为"学生基本信息"；从工具箱中拖曳一个 GroupBox 控件到 Form 窗体，text 属性设置为"学生基本信息"；向这个 GroupBox 控件拖曳 5 个 Lable 控件，text 属性分别设置为"编号："、"姓名："、"班级："、"生日："、"民族："；3 个 TextBox 控件；一个 DateTimePicker 控件；一个 ComboBox 控件；一个 GroupBox 控件，text 属性设置为"性别"，并向这个 GroupBox 控件里加入两个 RadioButton，第一个 RadioButton 的 text 属性设置为"男"、Checked 属性设置为 true，第二个 RadioButton 的 text 属性设置为"女"；另外还要向 Form 窗体下方添加 4 个 Button 控件，text 属性分别设置为"添加"、"修改"、"删除"、"取消"。

第三步：数据库的设计如图 8-16 所示。

图 8-15　学生基本信息应用程序界面

图 8-16　数据库设计图

　　数据库为 school1，仅用了两个表，mz 是表示民族的表，student 是表示学生的表。具体字段设计情况参见图 8-16。数据库环境是 SQL Server 2005。

　　第四步：右击项目，在弹出的菜单中选择"添加"→"新建项"命令，在弹出的"添加新项"窗体中选择"代码文件"，名称改为 DataBase.cs，单击"添加"按钮，完成添加。需要注意的是，DataBase.cs 文件是数据库操作的主要方法集合，可以认为是数据库访问层所处文件，在后面很多地方都会用到，今后代码不会再出现对于 DataBase.cs 的具体解释，请读者自行对照阅读。DataBase.cs 文件主要代码如下：

```csharp
//===============建立数据库类文件 DataBase.cs====================
using System;
using System.Collections;
using System.Collections.Generic;
using System.Text;
using System.Data;
using System.Data.SqlClient;
namespace WindowsApplication1
{
    class DataBase
    {
        public SqlConnection connection;
        /// <summary>
        /// 打开数据库
        /// </summary>
        private void open()
        {
            string connstring = "Data Source=LKJ\\SQLEXPRESS;
            Initial Catalog=school1;Integrated Security=True";
            connection = new SqlConnection(connstring);
            connection.Open();
        }
        /// <summary>
        /// 关闭数据库
        /// </summary>
        private void close()
        {
            connection.Dispose();
            connection.Close();
            connection = null;
        }
        /// <summary>
        /// 输入 SQL 命令，得到 DataReader 对象
        /// </summary>
        public SqlDataReader GetDataReader(string sqlstring)
        {
            open();
            SqlCommand mycom = new SqlCommand(sqlstring, connection);
```

```
        SqlDataReader Dr = mycom.ExecuteReader();
        return Dr;
    }
    /// <summary>
    /// 输入 SQL 命令，得到 Dataset 对象
    /// </summary>
    public DataSet GetDataSet(string sqlstring)
    {
        open();
        SqlCommand mycom = new SqlCommand(sqlstring, connection);
        SqlDataAdapter adapter = new SqlDataAdapter();
        adapter.SelectCommand = mycom;
        DataSet dataset = new DataSet();
        adapter.Fill(dataset);
        close();
        return dataset;
    }
    /// <summary>
    /// 执行非查询 SQL 命令
    /// </summary>
    public int ExecuteSQL(string sqlstring)
    {
        int count = -1;
        open();
        try
        {
            SqlCommand cmd = new SqlCommand(sqlstring, connection);
            count = cmd.ExecuteNonQuery();
        }
        catch
        {
            count = -1;
        }
        finally
        {
            close();
        }
        return count;
    }
    /// <summary>
    /// 输入 SQL 命令，检查数据表中是否有该数据信息
    /// </summary>
    public int GetdataRow(string sqlstring)
    {
        int CountRow = 0;
        open();
```

```
    SqlCommand mycom = new SqlCommand(sqlstring, connection);
    SqlDataAdapter da = new SqlDataAdapter();
    da.SelectCommand = mycom;
    DataSet ds = new DataSet();
    da.Fill(ds);
    ds.CaseSensitive = false;
    CountRow = ds.Tables[0].Rows.Count;//取行集合中的元素的总数
    close();
    return CountRow;
}
/// <summary>
/// 输入 SQL 命令，得到 DataTable 对象
/// </summary>
public DataTable GetDataTable(string sqlstring)
{
    DataSet ds = GetDataSet(sqlstring);
    DataTable dt = new DataTable();
    dt = ds.Tables[0];
    return dt;
}
/// <summary>
/// 获取单个值
/// </summary>
public object GetScalar(string sqlstring)
{
    open();
    SqlCommand mycom = new SqlCommand(sqlstring, connection);
    object result = mycom.ExecuteScalar();
    close();
    return result;
}
/// <summary>
/// 对整体数据集实施批量更新；一般用于列表等对象
/// </summary>
/// <param name="ds">DataSet</param>
/// <param name="sql">sql 语句</param>
/// <param name="tableName">表名</param>
/// <returns></returns>
public bool doUpdate(DataSet ds, String sql, String tableName)
{
    bool flag = false;
    open();
    //强制资源清理;清理非托管资源和不受 GC(Garbage Collection，垃圾收集)控制的
    //资源。Using 结束后会隐式地调用 Disposable 方法
    using (SqlDataAdapter da = new SqlDataAdapter(sql, connection))
    {
```

```
            //数据库表一定要有主键列，否则此处无法通过
            SqlCommandBuilder builder = new SqlCommandBuilder(da);
            try
            {
                lock (this)
                {
                    da.Update(ds, tableName);
                    flag = true;
                }
            }
            catch (SqlException e)
            {
                throw new Exception(e.Message);
            }
        }
        close();
        return flag;
    }
    /// <summary>
    /// 查询某张表的某列属性的数据，并形成列表
    /// </summary>
    /// <param name="sqlstring">查询 SQL 字串</param>
    /// <param name="m">第 m 列的属性，整数类型</param>
    /// <returns></returns>
    public ArrayList GetListArray(string sqlstring,int m)
    {
        ArrayList array = new ArrayList();//创建 ArrayList 对象
        SqlDataReader dr = GetDataReader(sqlstring);
        while (dr.Read())//遍历所有结果集
        {
            array.Add(dr.GetValue(m));//取到结果集索引的第 0 列的值并添加到
            ArrayList 对象中
        }
        return array;//返回 ArrayList 对象
    }
}
}
```

第五步：双击当前窗体，进入.cs 文件编辑状态准备进行开发，代码如下：

```
//=========执行主界面功能=================
using System;
using System.Collections.Generic;
using System.ComponentModel;
using System.Data;
using System.Data.SqlClient;
using System.Drawing;
using System.Text;
```

```
using System.Windows.Forms;

namespace WindowsApplication1
{
    public partial class Form4 : Form
    {
        public Form4()
        {
            InitializeComponent();
        }
        DataBase MyDataBase = new DataBase();
        string sno, sname, sclass, mz, sbirthday;
        Int16 ssex = 0;
        /// <summary>
        /// 初始化页面，加载民族信息
        /// </summary>
        /// <param name="sender"></param>
        /// <param name="e"></param>
        private void Form4_Load(object sender, EventArgs e)
        {
            string sqlstring = "select * from mz";
            SqlDataReader dr= MyDataBase.GetDataReader(sqlstring);
            while (dr.Read())
            {
                comboBox1.Items.Add(dr[1].ToString());
            }
            clearpanel();
        }
        /// <summary>
        /// 获取界面内容信息
        /// </summary>
        private void GetMess()
        {
            sno = textBox3.Text;
            sname = textBox1.Text;
            sclass = textBox2.Text;
            if (radioButton1.Checked) ssex = 0;
            if (radioButton2.Checked) ssex = 1;
            sbirthday = dateTimePicker1.Value.ToLongDateString();
            mz = comboBox1.Text;
        }
        /// <summary>
        /// 清除界面，初始化界面
        /// </summary>
        private void clearpanel()
        {
```

```
        textBox1.Text = "";
        textBox2.Text = "";
        textBox3.Text = "";
        comboBox1.SelectedIndex = -1;
        radioButton1.Checked = true;
        string someday="1990-01-01";
        dateTimePicker1.Value = Convert.ToDateTime(someday);
        textBox3.Focus();
    }
    /// <summary>
    /// 开始准备添加信息
    /// </summary>
    /// <param name="sender"></param>
    /// <param name="e"></param>
    private void button1_Click(object sender, EventArgs e)
    {
        GetMess();
        string insertsql = "insert into student(sno,sname,SEX,BIRTHDAY,
        CLASS,mz) values("+sno+",'"+sname+"','"+ssex+"','"+Convert.
        ToDateTime(sbirthday)+"','"+sclass+"','"+mz+"')";
        int i = MyDataBase.ExecuteSQL(insertsql);
        if (i < 0)
        {
            MessageBox.Show("数据库操作失败");
        }
        else
        {
            MessageBox.Show("数据库插入成功,已经影响"+i.ToString()+"行数据");
            button2.Enabled = true;
            button3.Enabled = true;
            clearpanel();
        }
    }
    /// <summary>
    /// 修改数据
    /// </summary>
    /// <param name="sender"></param>
    /// <param name="e"></param>
    private void button2_Click(object sender, EventArgs e)
    {
        int i= MyDataBase.GetdataRow("select sno from student where sno="
        + textBox3.Text);
        if (i == 0)
        {
            MessageBox.Show("无此数据");
        }
```

```
        else
        {
            GetMess();
            string updatesql = "update student set sname='" + sname + "',SEX='"
            + ssex + "',BIRTHDAY='" + Convert.ToDateTime(sbirthday) + "',
            CLASS='" + sclass + "',mz='" + mz + "' where sno="+sno;
            int k = MyDataBase.ExecuteSQL(updatesql);
            if (k < 0)
            {
                MessageBox.Show("数据库操作失败");
            }
            else
            {
                MessageBox.Show("数据库修改成功，已经影响" + i.ToString() +
                "行数据");
                clearpanel();
            }
        }
    }
    /// <summary>
    /// 删除数据
    /// </summary>
    /// <param name="sender"></param>
    /// <param name="e"></param>
    private void button3_Click(object sender, EventArgs e)
    {
        int i = MyDataBase.GetdataRow("select sno from student where sno="
        + textBox3.Text);
        if (i == 0)
        {
            MessageBox.Show("无此数据");
        }
        else
        {
            GetMess();
            string deletesql = "delete from student where sno="+sno;
            int k = MyDataBase.ExecuteSQL(deletesql);
            if (k < 0)
            {
                MessageBox.Show("数据库操作失败");
            }
            else
            {
                MessageBox.Show("数据库删除成功，已经影响" + i.ToString() + "
                行数据");
                clearpanel();
```

```
            }
        }
      }
    }
}
```

8-3　SQL Server 2005 与 C# WinForm 综合实训 2

实训目标

本节上机实例内容包括：

- Connection 对象连接 SQL Server 数据库的方法
- 通过综合控件实现对数据库的插、查、删、改操作
- 数据集对象 DataSet 与 DataReader 的使用
- 通过数据库操控层文件的调用，增强代码的低耦合，提高编码效率
- 以多种方式实现下拉列表的数据联动效果

本实训的目标是编写一个应用程序，实现添加、修改、删除、查询数据库中学生基本信息的功能。用户界面如图 8-17 所示。

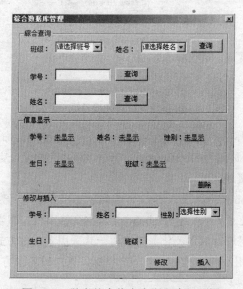

图 8-17　学生基本信息应用程序界面图

 案例学习：添加、修改、删除、查询数据库中学生基本信息

第一步：新建一个名为 Form7 的 WinForm 窗体，将默认窗体重命名为 form7.cs。

第二步：将 Form 窗体的 text 属性设置为 "综合数据库管理"；从工具箱中拖曳 3 个 GroupBox

控件到 Form 窗体，text 属性分别设置为"综合查询"、"信息显示"、"修改与插入"；向"综合查询"
这个 GroupBox 控件拖曳 4 个 Lable 控件，text 属性分别设置为"班级："、"姓名："、"学号："、"姓
名："；两个 TextBox 控件；两个 ComboBox 控件，text 属性分别为"请选择班号"、"请选择姓名"；
添加 3 个 Button 控件，text 属性都设置为"查询"。向"信息显示"这个 GroupBox 控件拖曳 5 个
Lable 控件，text 属性分别设置为"学号："、"姓名："、"性别："、"生日："、"班级："；再拖曳 5 个
Label 控件，这 5 个 Label 控件的 text 属性都设置为"未显示"，font 属性设置为"宋体，9pt，
style=Underline"，foreColor 属性设置为 Red；添加一个 Button 控件，text 属性设置为"删除"。向
"修改与插入"这个 GroupBox 控件拖曳 5 个 Label 控件，text 属性分别设置为"学号："、"姓名："、
"性别："、"生日："、"班级："；4 个 TextBox 控件；一个 ComboBox 控件，text 属性为"选择性别"；
两个 Button 控件，text 属性分别设置为"修改"、"插入"。

第三步：数据库的设计如图 8-18 所示。数据库为 school1，仅用了两个表，mz 是表示民族的
表，student 是表示学生的表。具体字段设计情况参见图 8-18。数据库环境是 SQL Server 2005。

图 8-18   数据库设计图

第四步：右击项目，在弹出的菜单中选择"添加"→"新建项"命令，在弹出的"添加新项"
窗口中选择"代码文件"，名称改为 DataBase.cs，单击"添加"按钮，完成添加。DataBase.cs 文件
的代码见 8-2 节，此处不再赘述。

第五步：双击各个 Button 控件，进入.cs 文件编辑状态准备进行开发，本实例最值得关注的是
对于 combobox1change()方法（该方法是 combobox1 数据变换事件，即当班级下拉列表信息发生变
化时使"姓名"下拉列表信息进行联动变化）的编写一共采用了 3 种方式进行开发设计，请读者对
各个方法进行尝试，学习使用不同方法实现同一个目标，并比较各个方法的优劣，代码如下：

```
//==========执行主界面功能================
using System;
using System.Collections.Generic;
using System.ComponentModel;
using System.Data;
using System.Data.SqlClient;
using System.Drawing;
```

```csharp
using System.Text;
using System.Windows.Forms;

namespace WindowsApplication1
{
    public partial class Form7 : Form
    {
        public Form7()
        {
            InitializeComponent();
        }
        DataBase mydata = new DataBase();
        /// <summary>
        /// combobox1 数据变换事件
        /// </summary>
        private void combobox1change()
        {
            //查询所有的班级名称
            //第一种写法：
            /*DataSet classdataset= mydata.GetDataSet("select distinct CLASS
             from student");
            for (int i = 0; i < classdataset.Tables[0].Rows.Count; i++)
            {
                comboBox1.Items.Add(classdataset.Tables[0].Rows[i]["class"].
                ToString());
            }*/
            //第二种写法
            /* DataSet ds = mydata.GetDataSet("select sno,sname from student");
             if (ds.Tables[0].Rows.Count > 0)
             {
                 comboBox1.DataSource = ds.Tables[0].DefaultView;
                 comboBox1.DisplayMember = "sname";
                 comboBox1.ValueMember = "sno";
                 comboBox1.DropDownStyle = ComboBoxStyle.DropDownList;
             }*/
            //第三种写法
            DataTable dt = mydata.GetDataTable("select distinct class from student");
            if (dt.Rows.Count > 0)
            {
                comboBox1.DataSource = dt.DefaultView;
                comboBox1.DisplayMember = "class";
                comboBox1.ValueMember = "class";
                comboBox1.DropDownStyle = ComboBoxStyle.DropDownList;
            }
        }
        /// <summary>
```

```
/// combobox2 数据变换事件
/// </summary>
private void combobox2change(string sqlstring)
{
    DataTable dt = mydata.GetDataTable(sqlstring);
    if (dt.Rows.Count > 0)
    {
        comboBox2.DataSource = dt.DefaultView;
        comboBox2.DisplayMember = "sname";
        comboBox2.ValueMember = "sno";
        comboBox2.DropDownStyle = ComboBoxStyle.DropDownList;
    }
}
/// <summary>
/// 初始化数据
/// </summary>
/// <param name="sender"></param>
/// <param name="e"></param>
private void Form7_Load(object sender, EventArgs e)
{
    combobox1change();
    object classone = mydata.GetScalar("select top 1 class from student");
    string sqlstring = "select sno,sname from student where class='" +
    classone.ToString().Trim() + "'";
    combobox2change(sqlstring);
}
/// <summary>
/// 切换班级时，联动 combobox2 "姓名" 列表的信息
/// </summary>
/// <param name="sender"></param>
/// <param name="e"></param>
private void comboBox1_SelectedIndexChanged(object sender, EventArgs e)
{
    string sqlstring = "select sno,sname from student where class='" +
    comboBox1.Text.Trim()+"'";
    combobox2change(sqlstring);
}
/// <summary>
/// 查询某个选中的学生信息
/// </summary>
/// <param name="sender"></param>
/// <param name="e"></param>
private void button1_Click(object sender, EventArgs e)
{
    if (comboBox2.Items.Count > 0)
    {
```

```
            string sqlstring = "select top 1 * from student where sname='" +
            comboBox2.Text.Trim()+"'";
            DataTable dt = mydata.GetDataTable(sqlstring);
            label20.Text = dt.Rows[0]["sno"].ToString();
            label11.Text = dt.Rows[0]["sname"].ToString();
            label12.Text = dt.Rows[0]["sex"].ToString();
            label14.Text = dt.Rows[0]["birthday"].ToString();
            label13.Text = dt.Rows[0]["class"].ToString();

            textBox3.Text = dt.Rows[0]["sno"].ToString();
            textBox4.Text = dt.Rows[0]["sname"].ToString();
            comboBox3.Text = dt.Rows[0]["sex"].ToString();
            textBox5.Text = dt.Rows[0]["birthday"].ToString();
            textBox6.Text = dt.Rows[0]["class"].ToString();
        }
}
/// <summary>
/// 按照学号查询
/// </summary>
/// <param name="sender"></param>
/// <param name="e"></param>
private void button2_Click(object sender, EventArgs e)
{
    if (textBox1.Text != string.Empty)
    {
        if (mydata.GetdataRow("select sno from student where sno=" +
        textBox1.Text.Trim()) > 0)
        {
            DataTable dt = mydata.GetDataTable("select * from student where
            sno=" + textBox1.Text.Trim());
            label20.Text = dt.Rows[0]["sno"].ToString();
            label11.Text = dt.Rows[0]["sname"].ToString();
            label12.Text = dt.Rows[0]["sex"].ToString();
            label14.Text = dt.Rows[0]["birthday"].ToString();
            label13.Text = dt.Rows[0]["class"].ToString();
            textBox3.Text = dt.Rows[0]["sno"].ToString();
            textBox4.Text = dt.Rows[0]["sname"].ToString();
            comboBox3.Text = dt.Rows[0]["sex"].ToString();
            textBox5.Text = dt.Rows[0]["birthday"].ToString();
            textBox6.Text = dt.Rows[0]["class"].ToString();
        }
        else
        {
            MessageBox.Show("查无此人","信息提示");
        }
    }
```

```csharp
        }
        /// <summary>
        /// 删除学生信息
        /// </summary>
        /// <param name="sender"></param>
        /// <param name="e"></param>
        private void button4_Click(object sender, EventArgs e)
        {
            if (label20.Text.Trim() != "未显示")
            {
                string sqlstring = "delete from student where sno=" +
                label20.Text.Trim();
                int k = mydata.ExecuteSQL(sqlstring);
                if (k > 0)
                {
                    MessageBox.Show("已有"+k.ToString()+"条数据被删除", "信息提示");
                    label20.Text = "未显示";
                    label11.Text = "未显示";
                    label12.Text = "未显示";
                    label14.Text = "未显示";
                    label13.Text = "未显示";
                    string sqlstring1 = "select sno,sname from student where
                    class='" + comboBox1.Text.Trim() + "'";
                    combobox2change(sqlstring1);
                    combobox1change();
                    clearmess();
                }
            }
        }
        /// <summary>
        /// 按照姓名查询数据
        /// </summary>
        /// <param name="sender"></param>
        /// <param name="e"></param>
        private void button3_Click(object sender, EventArgs e)
        {
            if (textBox2.Text != string.Empty)
            {
                if (mydata.GetdataRow("select sno from student where sname='" +
                textBox2.Text.Trim()+"'") > 0)
                {
                    DataTable dt =mydata.GetDataTable("select * from student where
                    sname='" + textBox2.Text.Trim()+"'");
                    label20.Text = dt.Rows[0]["sno"].ToString();
                    label11.Text = dt.Rows[0]["sname"].ToString();
                    label12.Text = dt.Rows[0]["sex"].ToString();
```

```
            label14.Text = dt.Rows[0]["birthday"].ToString();
            label13.Text = dt.Rows[0]["class"].ToString();
            textBox3.Text = dt.Rows[0]["sno"].ToString();
            textBox4.Text = dt.Rows[0]["sname"].ToString();
            comboBox3.Text = dt.Rows[0]["sex"].ToString();
            textBox5.Text = dt.Rows[0]["birthday"].ToString();
            textBox6.Text = dt.Rows[0]["class"].ToString();
        }
        else
        {
            MessageBox.Show("查无此人", "信息提示");
        }
    }
}
/// <summary>
/// 插入信息
/// </summary>
/// <param name="sender"></param>
/// <param name="e"></param>
private void button6_Click(object sender, EventArgs e)
{
    if (textBox3.Text != "" && textBox4.Text != "" && (comboBox3.Text
    == "男" || comboBox3.Text == "女"))
    {
    if (mydata.GetdataRow("select sno from student where sno=" +
    textBox3.Text.Trim()) > 0)
        {
            MessageBox.Show("学号禁止重复！", "信息提示");
        }
        else
        {
            string sqlstring = "insert into student(sno,sname,sex,
            birthday,class) values(" + textBox3.Text.Trim() + ",'" +
            textBox4.Text.Trim() + "','" + comboBox3.Text.Trim() + "','"
            + textBox5.Text.Trim() + "','" + textBox6.Text.Trim() + "')";
            int k = mydata.ExecuteSQL(sqlstring);
            if (k > 0)
            {
                MessageBox.Show("已经成功插入" + k.ToString() + "条数据",
                "信息提示");
                clearmess();
                combobox1change();
            }
            else
            {
                MessageBox.Show("没有插入数据，插入数据失败", "信息提示");
```

```
                    }
                }
            }
        else
        {
            MessageBox.Show("禁止学号、姓名为空；或者没有选择性别。","信息提示");
        }
    }
    /// <summary>
    /// 清除显示的基本信息
    /// </summary>
    private void clearmess()
    {

        textBox3.Text = "";
        textBox4.Text = "";
        comboBox3.Text = "男";
        textBox5.Text = "";
        textBox6.Text = "";
        textBox3.Focus();
    }
    /// <summary>
    /// 修改数据
    /// </summary>
    /// <param name="sender"></param>
    /// <param name="e"></param>
    private void button5_Click(object sender, EventArgs e)
    {
        if (textBox3.Text != "" && textBox4.Text != "" && (comboBox3.Text
        == "男" || comboBox3.Text == "女"))
        {
            string sqlstring = "update student set sname='" + textBox4.
            Text.Trim() + "',sex='" + comboBox3.Text.Trim() + "',birthday='"
            + textBox5.Text.Trim() + "',class='" + textBox6.Text.Trim() + "'
            where sno="+textBox3.Text.Trim();
            int k = mydata.ExecuteSQL(sqlstring);
            if (k > 0)
            {
                MessageBox.Show("已经成功修改" + k.ToString() + "条数据",
                "信息提示");
                clearmess();
                combobox1change();
            }
            else
            {
                MessageBox.Show("没有修改数据，修改数据失败","信息提示");
            }
```

```
        }
        else
        {
            MessageBox.Show("禁止学号、姓名为空；或者没有选择性别。", "信息提示");
        }
    }
}
```

8-4 SQL Server 2005 与 C# WinForm 综合实训 3

本节上机实例内容包括：

- 基于 DataGridView 控件的增、删、查、改数据操作技术
- DataGridView 控件与菜单等其他控件的组合应用
- 多窗体的数据传值
- 菜单技术在实际项目中的应用
- 通过数据库操控层文件的调用，增强代码的低耦合，提高编码效率
- 根据数据库中的动态数据，使 DataGridView 控件每行呈现不同颜色
- 通过快捷菜单操作 DataGridView 控件中的每行数据
- 关系型数据库多表查询的实现

本实训的目标是编写一个基于 DataGridView 控件的综合复杂业务处理功能模块，该模块可以实现对 DataGridView 控件的添加、修改、删除等功能。用户基本界面如图 8-19 所示。

图 8-19 DataGridView 控件的综合复杂业务处理程序界面

案例学习：基于多窗体的 DataGridView 控件复杂业务处理

第一步：新建一个名为示例 6 的基于 Windows 的项目。将默认窗体重命名为 form12.cs。

从工具箱中拖曳一个 DataGridView 控件到 From 窗体，AutoSizeColumnsMode 属性设置为 AllCells，ColumnHeadersHeightSizeMode 属性设置为 DisableResizing，SelectionMode 属性设置为 FullRowSelect；选中这个 DataGridView 控件，在右侧属性栏找到 Columns 属性，单击右侧的 "…" 按钮进入 "编辑列" 对话框，单击 "添加" 按钮弹出 "添加列" 对话框，在 "名称" 文本框处填写 "查看成绩"，类型选择 "DataGridViewLinkColumn"，如图 8-20 所示。

图 8-20　列类型选择图

"页眉文本" 文本框中也填写 "查看成绩"，选中 "可见" 复选框，单击 "添加" 按钮关闭此对话框，"编辑列" 对话框左侧的列表框就出现 "查看成绩" 项；以此类推，添加 "学号"、"姓名"、"性别"、"出生日期"、"班级" 项，添加情况如表 8-1 所示。

表 8-1　DataGridView 控件编辑列项表

列名称	列类型	页眉文本	可见性
查看成绩	DataGridViewLinkColumn	查看成绩	true
学号	DataGridViewTextBoxColumn	学号	true
姓名	DataGridViewTextBoxColumn	姓名	true
性别	DataGridViewCheckBoxColumn	性别	true
出生日期	DataGridViewTextBoxColumn	出生日期	true
班级	DataGridViewTextBoxColumn	班级	true

添加后的结果如图 8-21 所示。

还需要向窗体上添加一个 Button 控件，text 属性设置为 "保存数据修改"。此外，在工具箱中单击 "菜单和工具栏" 选项卡，向窗体上拖曳一个 MenuStrip 控件和一个 ContextMenuStrip 控件，窗体设计器下方的组件栏就出现了 menuStrip1 对象和 contextMenuStrip1 对象，按照表 8-2 和表 8-3 所示进行设置。

图 8-21 列项添加后的结果

表 8-2　menuStrip1 对象选项表

主选项	子选项	快捷键
	新增学生（N）	Alt+N
数据操作	查看成绩（K）	Alt+K
	删除学生（D）	Alt+D
	退出（Q）	Alt+Q

表 8-3　contextMenuStrip1 对象选项表

选项
添加学生
查看成绩
删除学生

添加后的结果如图 8-22 和图 8-23 所示。

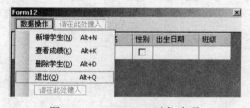

图 8-22 menuStrip1 对象选项

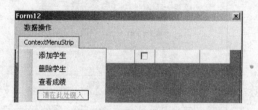

图 8-23 contextMenuStrip1 对象选项

第二步：右击项目，选择"添加"→"新建项"命令，弹出"添加新项"窗口，选择"Windows 窗体"，名称为 Form121.cs。

从工具箱中拖曳一个 DataGridView 控件到 From 窗体，ColumnHeadersHeightSizeMode 属性设置为 DisableResizing，SelectionMode 属性设置为 FullRowSelect；选中这个 DataGridView 控件，在右侧属性栏中找到 Columns 属性，单击右侧的"…"按钮进入"编辑列"对话框，单击"添加"按钮弹出"添加列"对话框，在"名称"文本框中填写"课程名称"，类型选择 DataGridViewTextBoxColumn，"页眉文本"文本框也填写"课程名称"，选中"可见"复选框，单击"添加"按钮关闭此窗口，"编辑列"对话框左侧的列表框就出现"课程名称"项。用同样方法添加"考试成绩"项。添加后的效果如图 8-24 所示。

第三步：数据库的设计如图 8-25 所示。数据库为 school，共有六个表。具体字段设计情况参见图 8-25。数据表 student 中可以先存放一部分数据，便于后面处理。数据库环境是 SQL Server 2005。

第四步：右击项目，在弹出的菜单中选择"添加"→"新建项"命令，在弹出的"添加新项"

窗口中选择"代码文件",名称改为 DataBase.cs,单击"添加"按钮,完成添加。DataBase.cs 文件的代码如 8-2 节所示,此处不再赘述。

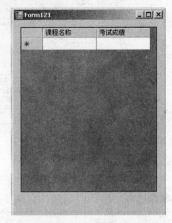

图 8-24　查看界面效果图

SNO	SNAME	SEX	BIRTHDAY	CLASS
101	李军	True	1975-02-20 00:...	95031
103	陆君	True	1974-06-03 00:...	95031
105	匡明	True	1977-10-02 00:...	95031
107	王丽	True	1976-01-23 00:...	95033
108	曾华	True	1977-09-01 00:...	95033
3390220	张三	True	NULL	NULL
NULL	NULL	NULL	NULL	NULL

图 8-25　数据库设计图

第五步:双击各个 Button 控件,进入.cs 文件编辑状态准备进行开发,代码如下:

```
//==========动态程序部分=================
//Form12 部分
using System;
using System.Collections.Generic;
using System.ComponentModel;
using System.Data;
using System.Data.SqlClient;
using System.Drawing;
using System.Text;
using System.Windows.Forms;
```

```
namespace WindowsApplication1
{
    public partial class Form12 : Form
    {
        public Form12()
        {
            InitializeComponent();
        }
        DataBase mydatabase = new DataBase();
        DataSet ds;
        /// <summary>
        /// 刷新窗体
        /// </summary>
        private void showmess()
        {
            ds = mydatabase.GetDataSet("select * from student");
            dataGridView1.DataSource = ds.Tables[0].DefaultView;
            dataGridView1.Refresh();
        }
        /// <summary>
        /// 初始化事件
        /// </summary>
        /// <param name="sender"></param>
        /// <param name="e"></param>
        private void Form12_Load(object sender, EventArgs e)
        {
            showmess();
        }
        /// <summary>
        /// 单击某个单元格时发生
        /// </summary>
        /// <param name="sender"></param>
        /// <param name="e"></param>
        private void dataGridView1_CellContentClick(object sender,
        DataGridViewCellEventArgs e)
        {
            // 当用户单击链接时发生
            if (e.ColumnIndex == 0 && e.RowIndex != -1 && !dataGridView1.
            Rows[e.RowIndex].IsNewRow)
            {
                object sno = dataGridView1.Rows[dataGridView1.
                CurrentCellAddress.Y].Cells["sno"].Value;
                if (sno != null)
                {
                    this.ViewOrders(sno);
```

```
        }
    }
}
/// <summary>
/// 获取 sno 并显示信息
/// </summary>
/// <param name="customerID"></param>
private void ViewOrders(object sno)
{
    //等待时鼠标指针显示为沙漏图标
    this.Cursor = Cursors.WaitCursor;
    //通过传递 sno 学生编号，显示该学生的全部成绩单信息
    //首先建立新表单对象
    Form121 scform = new Form121(sno);
    scform.Show();
    //回复指针状态
    this.Cursor = Cursors.Default;
}
/// <summary>
/// 主菜单的"查看成绩"项
/// </summary>
/// <param name="sender"></param>
/// <param name="e"></param>
private void toolStripMenuItem3_Click(object sender, EventArgs e)
{
    object sno = dataGridView1.Rows[dataGridView1.
    CurrentCellAddress.Y].Cells["sno"].Value;
    if (sno != null)
    {
        this.ViewOrders(sno);
    }
}
/// <summary>
/// 主菜单的"删除学生"项
/// </summary>
/// <param name="sender"></param>
/// <param name="e"></param>
private void toolStripMenuItem8_Click(object sender, EventArgs e)
{
    object sno = dataGridView1.Rows[dataGridView1.
    CurrentCellAddress.Y].Cells["sno"].Value;
    string sqlstring = "delete from student where sno="+sno.ToString();
    int i = mydatabase.ExecuteSQL(sqlstring);
    if (i > 0)
    {
        MessageBox.Show("该学生信息已经删除", "信息提示");
```

```csharp
            showmess();
        }
        else
        {
            MessageBox.Show("删除信息异常，学生信息未删除", "信息提示");
        }
    }
    /// <summary>
    /// 主菜单的"退出"项
    /// </summary>
    /// <param name="sender"></param>
    /// <param name="e"></param>
    private void toolStripMenuItem4_Click(object sender, EventArgs e)
    {
        Application.Exit();
    }
    /// <summary>
    /// 主菜单的"新增学生"项
    /// </summary>
    /// <param name="sender"></param>
    /// <param name="e"></param>
    private void toolStripMenuItem2_Click(object sender, EventArgs e)
    {
        dataGridView1.CurrentCell = dataGridView1.Rows
        [dataGridView1.Rows.Count - 1].Cells["sno"];
        dataGridView1.BeginEdit(false);
    }
    /// <summary>
    /// 快捷菜单："添加学生"项
    /// </summary>
    /// <param name="sender"></param>
    /// <param name="e"></param>
    private void toolStripMenuItem5_Click(object sender, EventArgs e)
    {
        toolStripMenuItem2_Click(sender, e);
    }
    /// <summary>
    /// 快捷菜单："删除学生"项
    /// </summary>
    /// <param name="sender"></param>
    /// <param name="e"></param>
    private void toolStripMenuItem6_Click(object sender, EventArgs e)
    {
        toolStripMenuItem8_Click(sender, e);
        //注意：此处学习事件的继承
    }
```

```csharp
        /// <summary>
        /// 快捷菜单:"查看成绩"项
        /// </summary>
        /// <param name="sender"></param>
        /// <param name="e"></param>
        private void toolStripMenuItem7_Click(object sender, EventArgs e)
        {
            toolStripMenuItem3_Click(sender,e);
            //注意:此处学习事件的继承
        }
        /// <summary>
        /// 当在 GridView 界面内右击时发生
        /// </summary>
        /// <param name="sender"></param>
        /// <param name="e"></param>
        private void dataGridView1_MouseDown(object sender, MouseEventArgs e)
        {
            if (e.Button == MouseButtons.Right)
            contextMenuStrip1.Show(this, new Point(e.X, e.Y));
        }
        /// <summary>
        /// 保存数据更新
        /// </summary>
        /// <param name="sender"></param>
        /// <param name="e"></param>
        private void button2_Click(object sender, EventArgs e)
        {
            if (mydatabase.doUpdate(ds, "select * from student", "table"))
            {
                MessageBox.Show("已经成功保存数据信息", "提示");
            }
            else
            {
                MessageBox.Show("保存数据信息失败", "提示");
            }
        }
    }
}
//****************************Form121 部分****************************//
using System;
using System.Collections.Generic;
using System.ComponentModel;
using System.Data;
using System.Data.SqlClient;
using System.Drawing;
using System.Text;
```

```csharp
using System.Windows.Forms;

namespace WindowsApplication1
{
    public partial class Form121 : Form
    {
        private object sno;
        DataBase mydatabase = new DataBase();
        public Form121(object snumber)
        {
            InitializeComponent();
            sno = snumber;
            string sqlstring = "select cname,degree from student,score,course
            where student.sno=score.sno and course.cno=score.cno and student.
            sno="+sno.ToString();
            DataSet ds = mydatabase.GetDataSet(sqlstring);
            dataGridView1.DataSource = ds.Tables[0].DefaultView;
        }
        private void Form121_Load(object sender, EventArgs e)
        {
            dataGridView1.AutoGenerateColumns = false;
            //禁止自动生成行
            dataGridView1.Columns[0].ReadOnly = true;
            dataGridView1.Columns[1].ReadOnly = true;
            //属性项只读
        }
        /// <summary>
        /// 格式化数据项
        /// </summary>
        /// <param name="sender"></param>
        /// <param name="e"></param>
        private void dataGridView1_CellFormatting(object sender,
        DataGridViewCellFormattingEventArgs e)
        {
            //获取成绩
            if (e.ColumnIndex == dataGridView1.Columns["degree"].Index)
            {
                object studegree = dataGridView1.Rows[e.RowIndex].
                Cells["degree"].Value;
                int sdegree = Convert.ToInt16(studegree);
                if (sdegree < 60 && studegree != null)
                {
                    e.CellStyle.BackColor = Color.Red;
                    e.CellStyle.SelectionBackColor = Color.Green;
                    e.CellStyle.SelectionForeColor = Color.Black;
                }
```

```
                    }
              }
        }
  }
```

运行后的效果如图 8-26 至图 8-28 所示。

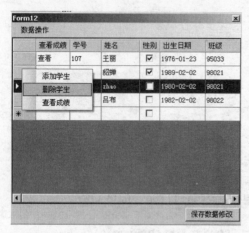

图 8-26　程序执行效果 1

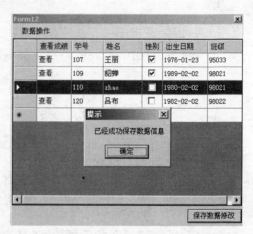

图 8-27　程序执行效果 2

图 8-28　程序执行效果 3

附录 课后练习参考答案

第1章 关系数据库标准语言 SQL

一、填空题

1. 视图
2. 聚集索引
3. MAX、MIN、SUM
4. 8，128，8，16

二、选择题

1. B 2. A 3. C 4. B 5. C 6. C 7. D 8. A 9. C 10. D 11. D

三、设计题

1. （1）select JNAME

     from J

     where (WEIGHT>30) or (COLOR='red')

  （2）select sum(QTY)

     from SPJ

     group by SNO,PNO

  （3）select SNAME from S where SNO in (select SNO

     from SPJ,P,J

     where (CITY='北京') and (SPJ.PNO=P.PNO)

     and (JNAME='齿轮') and (SPJ.JNO=J.JNO))

  （4）create view greenj as

     select * from J where COLOR='green'

2.

select 作者名,书名,出版社

from 图书,作者

where (图书.作者编号=作者.作者编号) and (年龄<(select avg(年龄)

form 作者))

3. （1）select distinct 学生.学号,姓名,专业

     from 学生,学习

     where (奖学金 is null) and (学生.学号=学习.学号) and   (分数>95)

  （2）select distinct 学生.学号,姓名,专业

     from 学生,学习

     where (学生.学号=学习.学号) and(学习.学号 not in

         (select distinct 学号 from 学习 where 分数<80))

  （3）update 学生

```
        set 奖学金='1000'
        where  学号  in(select distinct 学习.学号
        from  学生,学习
        where (奖学金  is null) and (学生.学号=学习.学号) and(分数=100))
```

（4）create view AAA as
　　　　select distinct 课程号,名称,学分
　　　　from 课程,学习
　　　　where (课程.课程号=学习.课程号) and(分数=100)

第 2 章　T-SQL 程序设计基础

一、填空题

1. Transact-SQL   2. 批处理
3. --、/* */   4. @@, @
5. set, select   6. # , ##
7. > ,OR   8. Begin, end
9. 行集函数、聚合函数、Ranking 函数、标量函数
10. 通过 Execute 执行函数，通过 Select 语句执行函数
11. 声明游标，打开游标，取出游标中的信息，关闭游标

二、选择题

1. D   2. A   3. A   4. C

三、简答题

1.

（1）局部临时表就是那些名称以井号（#）开头的表。如果用户断开连接时没有除去临时表，
SQL Server 将在一定时间后自动除去临时表。临时表不存储在当前数据库内，而是存储在系统数据
库 tempdb 内。局部临时表的创建方法与用户表相同，其生命周期自批处理开始生成，自批处理结
束终止，该临时表将从 tempdb 库中被删除。局部临时表往往在存储过程开发中被设计，至该存储
过程结束终止。

（2）以两个井号（##）开头的那些表名，在所有连接上都能够访问到的表就是全局临时表。
如果在创建全局临时表的连接断开前没有显式地除去这些表，那么只要所有其他任务停止引用它
们，这些表即被除去。当创建全局临时表的连接断开后，新的任务不能再引用它们。当前的语句一
旦执行完，任务与表之间的关联即被除去；因此通常情况下，只要创建全局临时表的连接断开，全
局临时表即被除去。

2.

（1）ROW_NUMBER（ ）。返回结果集分区内行的序列号，每个分区的第一行从 1 开始。
row_number 函数的功能是为查询出来的每一行记录生成一个序号。

（2）RANK( )。该函数将返回结果集的分区内每行的排名，行的排名是相关行之前的排名数
加一。

3.

（1）游标的概念：游标实际上是用户在系统中开设的一个数据缓冲区，存放 SQL 语句的执行结果。

（2）游标具体使用的过程：游标中存放查询结果的一组记录，用户可以通过移动游标指针逐一访问记录，获得结果，并赋给主变量，交由主语言进一步处理。

（3）游标概念引入的目的：替代了面向集合的数据信息操作方法，试图通过数据结构指针的方法进行数据的定位查询，这就是游标概念引入的目的。它允许每次一行的操作，基于行的内容，可以决定采取的下一步行为。

4.

（1）全文索引的概念：全文索引为在字符串数据中进行复杂的词搜索提供有效支持。全文索引存储关于重要词和这些词在特定列中的位置的信息。全文查询利用这些信息，可快速搜索包含具体某个词或一组词的行。

（2）降噪词：全文索引查询是建立在 Windows 操作系统的全文索引基础之上的查询方法，我们经常会使用的搜索文件或文件夹的操作就是基于这个原理。在进行全文索引的时候，检索者会录入一些口语中的助词和叹词等，比如中文的"的"等。这些词对于检索信息而言就是噪音，因此 Windows 操作系统就会根据不同的语言，进行降噪处理。这些噪音词就保存在操作系统的降噪文件里面，其文件名是以 noise 命名，后缀名是具体的国家简拼。如 noise.chs 是中文简体降噪词，noise.eng 是英文降噪词，noise.jpn 是日文降噪词等。

第 3 章　事务处理，并发控制及数据库优化

一、填空题

1. 数据库操作序列，全做，全不做，不可分割的工作单位
2. 安全性、完整性、检测性和并发性
3. 原子性、一致性、隔离性和持久性
4. 系统事务，用户定义事务
5. 正常地开始一个事务；正常地结束一个事务；非正常回滚事务，撤消全部的操作；保存事务
6. 共享锁、排他锁、更新锁，意向锁
7. DTA

二、简答题

1.

事务的编写是 T-SQL 编程过程中非常重要的操作，因此数据库专家根据事务编程的特点，总结并归纳出以下几个要点，以期达到编写有效事务的目的：

（1）不要在事务处理期间要求用户输入数据。

（2）在事务启动之前，必须获得所有需要的用户输入。

（3）在浏览数据的时候，尽量不要打开事务。

（4）在所有的数据检索分析完毕之前，不应该启动事务。

（5）事务的代码编写尽可能简短。

（6）在知道了必须要进行的修改之后，启动事务，执行修改语句，然后立即提交或者回滚。

（7）在事务中尽量使访问的数据量最小化。

（8）尽量减少锁定数据表的行数，从而减少事务之间的竞争。

2.

脏读就是指当一个事务正在访问数据，并且对数据进行了修改，而这种修改还没有提交到数据库中，这时，另外一个事务也访问这个数据，然后使用了这个数据。因为这个数据是还没有提交的数据，那么另外一个事务读到的这个数据就是脏数据，依据脏数据所做的操作可能是不正确的。

不可重复读是指在一个事务内，多次读同一数据。在这个事务还没有结束时，另外一个事务也访问该数据。那么，在第一个事务中的两次读数据之间，由于第二个事务的修改，则第一个事务两次读到的数据可能是不一样的。这样就发生了在一个事务内两次读到不一致的数据，因此，称为不可重复读。

幻觉读是指当事务不是独立执行时发生的一种现象，例如第一个事务对一个表中的数据进行了修改，这种修改涉及到表中的全部数据行。同时，第二个事务也修改这个表中的数据，这种修改是向表中插入一行新数据。那么，以后就会发生操作第一个事务的用户发现表中还有没修改的数据行，就好像发生了幻觉一样。

3.

（1）在事务使用锁的过程中，死锁是一个不可避免的现象。在下列两种情况下，可能发生死锁。

第一种情况是，当两个事务分别锁定了两个单独的对象，这时每一个事务都又要求在另外一个事务锁定的对象上获得一个锁，因此每一个事务都又必须等待另一个释放占有的锁，这时就发生了死锁，这种死锁是最典型的死锁形式。

死锁的第二种情况是，当在一个数据库中。有若干个长时间运行的事务执行并行的操作，当查询分析器处理一种非常复杂的查询（如连接查询）时，那么，由于不能控制处理的顺序，有可能发生死锁现象。

（2）SQL Server 2005 的 SQL Server Database Engine（数据库引擎）自动检测 SQL Server 中的死锁循环。数据库引擎选择一个会话作为死锁牺牲，然后终止当前事务（出现错误）来打断死锁。如果监视器检测到循环依赖关系，通过自动取消其中一个事务来结束死锁。处理时间长的事务具有较高的优先级，处理时间较短的事务具有较低的优先级。在发生冲突时，保留优先级高的事务，取消优先级低的事务。

第 4 章　管理触发器和存储过程

一、填空题

1. DML 触发器，DDL 触发器；删除触发器，修改触发器，插入触发器
2. 255，存储过程，规则和视图，64

二、简答题

1.

其具有以下几条基本特点：

（1）存储过程是以一个名称存储在数据库中，可以作为一个独立的数据对象，也可以作为一个单元在数据库中被用户调用。

（2）存储过程可以接收和输出数据、参数以及返回执行存储过程的状态值，还可以嵌套使用。

（3）存储过程提供了标准的 SQL 语言所没有的高级特性，其传递参数和执行逻辑表达式的功能，有助于应用程序设计者处理复杂的数据任务。

（4）存储过程是工作在服务器上的，从而有效地减少 C/S 频繁访问的数据流量，减少数据操作所需要的网络带宽和数据流量。

（5）存储过程使得开发者不必在客户端开发大量的程序代码，同时在数据库的安全性上面得到提高。

2.

（1）在 create procedure 中使用 with recompile 后，执行计划将不被存放到 CACHE 中，每次执行的时候都要重新编译整个过程，这与标准的查询方式非常类似。该方式对于执行效率低的参数非常有用，通过每次的重新编译，过程可以针对新的参数进行优化执行。

（2）在 Exec procedure 中使用 with recompile 则可以将执行的过程一次性打入到 cache 中，以供后面程序中 exec proc 的快速调用。

3.

触发器可以完成以下功能：

（1）级联修改数据库中的相关表。

（2）执行比完整性约束更为复杂的约束操作。

（3）拒绝或回滚违反引用完整性的操作。

（4）修改前后数据之间的差别。

三、选择题

1. B   2. C

四、操作题

1.

```
create trigger tr_goodbye on student
after delete
as
print '再见，我的同学！'
go
```

2.

```
use school
if exists(select name from sysobjects where name='check_string')
drop trigger check_string
go
--在 score 中建立触发器 check_string
create trigger check_course on score for insert
as
if exists(select * from inserted a where a.cno in
(select b.cno from course b)
begin
raiserror('您所插入课程号已存在！',16,1)
rollback transaction
End
else
```

```
print '插入数据成功!'
```

第 5 章　SQL Server 2005 XML 开发

一、选择题

1. B　2. A

二、简答题

1. XML 数据类型是 SQL Server 中内置的数据类型，它与其他内置类型（如 int 和 varchar）有些相似。创建表作为变量类型、参数类型、函数返回类型时，或者在 CAST 和 CONVERT 中，可以像使用其他内置类型那样使用 XML 数据类型作为列类型。XML 数据类型有 4 种主要的用法：用作列类型、用作变量类型、用作参数类型、用作函数返回类型。

2. 简单的说，非类型化 XML 就是说 XML 文档没有和任何模式相关联。当用一个描述 XML 数据的架构集合来关联一个 XML 文档的时候，该 XML 文档被称为类型化。您可以选择将 XML 架构集合与 XML 数据类型的列、参数或变量相关联。集合中的架构用于验证和类型化 XML 实例。在这种情况下，XML 是类型化的。

第 6 章　.NET Framework 集成与 Service Broker 开发

一、填空题

1. 公共语言运行库、.NET Framework 类库

2. 数据库引擎

二、选择题

1. A　2. A　3. D　4. A　5. C　6. A　7. C

三、简答题

公共语言运行库（CLR）强制实施代码访问安全；运行库的托管环境消除了许多常见的软件问题；运行库还提高了开发人员的工作效率；运行库旨在增强性能。

尽管运行库是为未来的软件设计的，但是它也支持现在和以前的软件。托管和非托管代码之间的互操作性使开发人员能够继续使用所需的 COM 组件和 DLL。运行库可由高性能的服务器端应用程序承载，如 Microsoft SQL Server 和 Internet 信息服务（IIS），此基础结构使用户在享受支持运行库宿主的行业最佳企业服务器的优越性能的同时，能够使用托管代码编写业务逻辑。

第 7 章　数据库需求分析与规划设计

一、填空题

1. 静态设计，动态特性设计、物理设计；

2. 结构特性设计，概念结构设计、逻辑结构设计；

3. 行为特性；

4. 存储模式，存取方法；

5. 业务处理模型、概念数据模型、物理数据模型和面向对象模型；

6. 属性不可以为空、该属性为主键/键、该属性在界面中是否显示；

7. 任意，至多 1 个，只有 1 个和至少 1 个。

二、简答题

1.

软件项目比较难的地方在于收集用户的真实需求，即需求分析报告和数据库分析报告很难编写；究其原因，除了专业和行业瓶颈外，用户很难按照程序员的思维或者 DBA 的想法告诉你想得到的东西，可能是无法获取项目事实的真实背景。因此我们需要一套事实的发现技术，以解决在实际项目中遇到的需求分析瓶颈。

2.

①检查公司业务文档；②查阅记录等；面谈，开调查会；③询问；④请专人介绍；⑤观察公司运行中的业务流程，跟班作业；⑥观察业务流程的优缺点；⑦同行业软件的业务研究问卷调查，设计调查表要用户填写。

3.

（1）概念数据模型（Conceptual Data Model，CDM）主要在系统开发的数据库设计阶段使用，是按用户的观点来对数据和信息进行建模，利用实体关系图（E-R 图）来实现。

物理数据模型（Physical Data Model，PDM）提供了系统初始设计所需要的基础元素，以及相关元素之间的关系，但在数据库的物理设计阶段必须在此基础上进行详细的后台设计。

（2）彼此的区别是：概念数据模型描述系统中的各个实体以及相关实体之间的关系，是系统特性的静态描述；而物理数据模型主要设计在具体的 DBMS 下的软件对象，包括数据库存储过程、触发器、视图和索引等。

4.

①选择 DBMS，配置 ODBC，建立数据库接口阶段；②将物理模型（PDM）生成实际数据库阶段。

参考文献

[1] 胡百敬. SQL Server 2005 数据库开发详解. 北京：电子工业出版社，2007.

[2] [美]Paul Nielsen. Server 2005 宝典. 北京：人民邮电出版社，2007.

[3] 微软公司. SQL Server 2005 数据库开发与实现. 北京：高等教育出版社，2007.

软件工程、软件技术类

书号：5084-5932-5
定价：30.00元

书号：5084-5546-4
定价：22.00元

书号：5084-4007-1
定价：26.00元

书号：5084-5381-1
定价：25.00元

书号：5084-6093-2
定价：24.00元

数据库原理与技术类

书号：5084-5446-7
定价：32.00元

书号：5084-6362-9
定价：30.00元

书号：5084-5841-0
定价：36.00元

书号：5084-5346-6
定价：28.00元

书号：5084-5850-2
定价：26.00元

书号：5084-6571-5
定价：32.00元

书号：5084-6207-3
定价：35.00元

电脑美术与艺术设计类

书号：5084-6431-2
定价：56.00元（赠1DVD）

书号：5084-6432-9
定价：46.00元（赠1DVD）

书号：5084-6532-6
定价：65.00元（赠1DVD）

书号：5084-5960-8
定价：65.00元（赠1DVD）

书号：5084-6126-7
定价：69.00元（赠1DVD）